丛书主编 郑毅

鸡塞集

清·顾晋昌 撰

李国芳 注

吉林文史出版社

图书在版编目（CIP）数据

鸡塞集 / (清) 顾晋昌撰；李国芳注. — 长春：吉林文史出版社, 2020.11

（长白文库）

ISBN 978-7-5472-7384-5

Ⅰ.①鸡… Ⅱ.①顾… ②李… Ⅲ.①诗集 – 中国 – 近代 Ⅳ.①I222.75

中国版本图书馆CIP数据核字(2020)第216044号

鸡塞集

JISAI JI

出 品 人：张　强
撰　　者：（清）顾晋昌
　　　注：李国芳
丛书主编：郑　毅
责任编辑：程　明　高冰若
装帧设计：尤　蕾
出版发行：吉林文史出版社有限责任公司
电　　话：0431—81629369
地　　址：长春市福祉大路出版集团A座
邮　　编：130117
网　　址：www.jlws.com.cn
印　　刷：吉林省优视印务有限公司
开　　本：170mm × 240mm　1/16
印　　张：21.25
字　　数：200千字
版　　次：2020年11月第1版　2020年11月第1次印刷
书　　号：ISBN 978-7-5472-7384-5
定　　价：198.00元

《长白文库》总序

  中华优秀传统文化是中华民族的"根"和"魂",习近平总书记高度重视中华优秀传统文化,并将其作为治国理政的重要思想文化资源。"不忘本来才能开辟未来,善于继承才能更好创新。""优秀传统文化是一个国家、一个民族传承和发展的根本,如果丢掉了,就割断了精神命脉。"中华优秀传统文化具有多样性和地域性等特征,东北地域文化是多元一体的中华文化中的重要组成部分。吉林省地处东北地区中部,是中华民族世代生存融合的重要地区,素有"白山松水"之美誉,肃慎、扶余、东胡、高句丽、契丹、女真、汉族、满族、蒙古族等诸多族群自古繁衍生息于此,创造出多种极具地域特征的绚烂多姿的地方文化。为了"弘扬地方文化,开发乡邦文献",自 20 世纪 80 年代起,原吉林师范学院李澍田先生积极响应陈云同志倡导古籍整理的号召,应东北地区方志编修之急,服务于东北地方史研究的热潮,遍访国内百余家图书馆寻书求籍,审慎筛选具有代表性的著述文典 300 余种,编撰校订出版以《长白丛书》(以下简称《丛书》)为名的大型东北地方文献丛书,迄今已近 40 载。历经李澍田先生、刁书仁和郑毅两位教授三任丛书主编,数十位古籍所前辈和同人青灯黄卷、兀兀穷年,诸多省内外专家学者的鼎力支持,《丛书》迄今已共计整理出版了 110 部 5000 余万字。《丛书》以"长白"为名,"在清代中叶以来,吉林省疆域迭有变迁,而长白山钟灵毓秀,蔚然耸立,为吉林名山,从历史上看,不咸山于《山海经·大荒北经》中也有明确记录,把长白山当作吉林的象征,这是合情合理的。"(《长白丛书》初版陈连庆先生序)

  1983 年吉林师范学院古籍研究所(室)成立,作为吉林省古籍整理与研究协作组常设机构和丛书的编务机构,李澍田先生出任所长。全国高校古籍整理工作委员会、吉林省教委和省财政厅都给予了该项目一定的支持。李澍田先生是《丛书》的创始人,他的学术生涯就是《丛书》的创业史。《丛书》能够在国内外学界有如此大的影响力,与李澍田先生的敬业精神和艰辛努力是分不开的。《丛书》创办之始，李澍田先生"邀集吉、长各地的中青年同志，乃至吉林的一些老同志，群策群力，分工合作"（初版陈序），寻访底本，夙兴夜寐逐字校勘，联络印刷单位、寻找合作方，因经常有生僻古字，先生不得不亲自到车间与排版工人拼字铸模；吉林文史出版社于永玉先生作为《丛书》的第一任责编，殚精竭虑地付出了很多努力，为《丛书》的完成出版做出了突出贡献；原古籍所衣兴国等诸位前辈同人在辅助李澍田先生编印《丛书》的过程中，一道解决了遇到的诸多问题、排除了诸多困难，是《丛书》草创时期的重要参与者。《丛书》自20世纪80年代出版发行以来，经历了铅字排版印刷、激光照排印刷、数字化出版等多个时期，《丛书》本身也称得上是改革开放以来中国印刷史的见证。由于《丛书》不同卷册在出版发行的不同历史时期，投入的人力、财力受当时的条件所限，每一种图书的质量都不同程度留有遗憾，且印数多则千册、少则数百册，历经数十年的流布与交换，有些图书可谓一册难求。

1994年，李澍田先生年逾花甲，功成身退，由刁书仁教授继任《丛书》主编。刁书仁教授"萧规曹随"，延续了《丛书》的出版生命，在经费拮据、古籍整理热潮消退、社会关注度降低的情况下，多方呼吁，破解困局，使得《丛书》得以继续出版，文化品牌得以保存，其功不可没。1999年原吉林师范学院、吉林医学院、吉林林学院和吉林电气化高等专科学校合并组建为北华大学，首任校长于庚蒲教授力主保留古籍所作为北华大学处级建制科研单位，使得《丛书》的学术研究成果得以延续保存。依托北华大学古籍所发展形成的专门史学科被学校确定为四个重点建设学科之一，在东北边疆史地研究、东北民族史研究方面形成了北华大学的特色与优势。

2002年，刁书仁教授调至扬州大学工作，笔者当时正担任北华大学图书馆馆长，在北华大学的委托和古籍所同人的希冀下，本人兼任古籍所所长、《丛书》主编。在北华大学的鼎力支持下，为了适应新时期形势的发展，出于拓展古籍研究所研究领域、繁荣学术文化、有利于学术交流以及人才培养工作的实际需要，原古籍研究所改建为东亚历史与文献研究中心，在保持原古籍整理与研究的学术专长的同时，中心将学术研究的视野和交流渠道拓展至东亚地域范围。同时，为努力保持《丛书》的出版规模，我们以出文献精品、重学术研究成果为工作方针，确保《丛书》学术研究成果的传承与延续。

在全方位、深层次挖掘和研究的基础上，整套《丛书》整理与研究成果斐然。《丛书》分为文献整理与东亚文化研究两大系列，内容包括史料、方志、档案、人物、诗词、满学、农学、边疆、民俗、金石、地理、专题论集 12 个子系列。《丛书》问世后得到学术界和出版界的好评，《丛书》初集中的《吉林通志》于 1987 年荣获全国古籍出版奖，三集中的《东三省政略》于 1992 年获国家新闻出版总署全国古籍整理图书奖，是当年全国地方文献中唯一获奖的图书。同年，在吉林省第二届社会科学成果评奖中，全套丛书获优秀成果二等奖，并被国家新闻出版总署列为"八五"计划重点图书。1995 年《中国东北通史》获吉林省第三届社会科学优秀成果二等奖。2005 年，《同文汇考中朝史料》获北方十五省（市、区）哲学社会科学优秀图书奖。

《丛书》的出版在社会各界引起很大反响，与当时广东出现的以岭南文献为主的《岭南丛书》并称国内两大地方文献丛书，有"北有长白，南有岭南"之誉。吉林大学金景芳教授认为"编辑《长白丛书》的贡献很大，从《辽海丛书》到《长白丛书》都证明东北并非没有文化"。著名明史学者、东北师范大学李洵教授认为："《长白丛书》把现在已经很难得的东西整理出来，说明东北文化有很高的水准，所以丛书的意义不只在于出了几本书，更在于开发了东北的文化，这是很有意义的，现在不能再说东北没有文化了。"美国学者杜赞奇认为"以往有关东北方面的材料，利用日文资料很多。而现在中文的《长白丛书》则很有利于提高中国东北史的研究"（《长白丛书》出版十周年纪念会上的发言）。中国社会科学院边疆史地研究中心主任厉声研究员认为："《长白丛书》已经成为一个品牌，与西北研究同列全国之首。"（1999 年 12 月在《长白丛书》工作规划会议上的发言）目前，《长白丛书》已被收藏于日本、俄罗斯、美国、德国、英国、加拿大、澳大利亚、韩国及东南亚各国多所学府和研究机构，并深受海内外史学研究者的关注。

为了更好地传承和弘扬优秀地域文化，再现《丛书》在"面向吉林，服务桑梓"方面的传统与特色，2010 年前后，我与时任吉林文史出版社社长的徐潜先生就曾多次动议启动出版《长白丛书精品集》，并做了相应的前期准备工作，后因出版资助经费落实有困难而一再拖延。2020 年，以十年前的动议与前期工作为基础，在吉林省省级文化发展专项资金的资助下，北华大学东亚历史与文献研究中心与吉林文史出版社共同议定以《长白丛书》为文献基础，从《丛书》已出版的图书中优选数十种具有代表性的文献图书和研究著述合编为《长白文库》加以出版。

《长白文库》是在新的历史发展时期对《长白丛书》的一种文化传承和创新，《长白丛书》仍将以推出地方文化精华和学术研究精品为目标，延续东北地域文化的文脉。

《长白文库》以《长白丛书》刊印40年来广受社会各界关注的地方文化图书为入选标准，第一期选择约30部反映吉林地域传统文化精华的图书，充分展现白山松水孕育的地域传统文化之风貌，为当代传统文化传承提供丰厚的文化滋养，是一件功在当代、利在千秋的文化盛举。

盛世兴文，文以载道。保存和延续优秀传统文化的文脉，是人文社会科学研究者的社会责任和学术使命，《长白丛书》在创立之时，就得到省内外多所高校诸多学界前辈的关注和提携，"开发乡邦文献，弘扬地方文化"成为20世纪80年代一批志同道合的老一辈学者的共同奋斗目标，没有他们当初的默默耕耘和艰辛努力，就没有今天《长白丛书》这样一个存续40年的地方文化品牌的荣耀。"独行快，众行远"，这次在组建《长白文库》编委会的过程中，受邀的各位学者都表达了对这项工作的肯定和支持，慨然应允出任编委会委员，并对《长白文库》的编辑工作提出了诸多真知灼见，这是学界同道对《丛书》多年情感的流露，也是对即将问世的《长白文库》的期许。

感谢原吉林师范学院、现北华大学40年来对《丛书》的投入与支持，感谢吉林文史出版社历届领导的精诚合作，感谢学界同人对《丛书》的关心与帮助！

郑　毅

谨序于北华大学东亚历史与文献研究中心

2020年7月1日

目　录

卷 二

卷 四

短　文

刊行赘言

在近代吉林诗坛上，继吉林"三杰"之后，顾晋昌及其《鸡塞集》的出现，对"诗价重鸡林"这一论断，又是一个力证。

一

顾晋昌（1871—?），字子馨，别号养心居士，辽宁省台安县人。清末秀才。光绪三十一年（1905年）考入留东师范，留学日本。归国后见时势日非，便投笔从戎，到奉天陆军二十七师一百五团，掌书翰。民国六年移防铁岭，曾与诗友组织龙山俱乐部，游山乐水，啸傲烟霞。民国十四年（1925年）调任十五师军械库副主任。在长春与金毓黻、王化宣、李厚民、朱吉甫、李蓬仙诸诗人结识，参加吉林冷社和江天诗社，往返吉、长两地，吟诗集会，颇极一时文酒风流之盛。1930年离长春到吉林，任吉林省烟酒事务局副局长。九一八事变后退职。1936年归台安，在吉凡十六年。

顾晋昌从少年起就酷爱诗歌，到 1929 年止，藏诸秘箧之诗，据陈绍虞说已不下千首。顾氏自述："闲居自著诗千首，遣醉时倾酒一壶。"时军界同僚安瑞珊读其诗稿，慨欲自捐廉俸，谋为付梓。后因时世日窘，安君远引，事未果。来吉后，经曹民之介绍，俞谷冰得识顾氏，并读其诗稿，亦愿出资，筹划付梓。俞氏出示《菊花诗》十二首，《秋柳诗》四章，顾氏看后，按题一一奉和。诗集中完整地保存了顾、俞二人和《红楼梦》菊花诗各十二章。

九一八事变后，诗友云散，骚坛冷落。直到 1936 年（丙子），俞谷冰等人又重新筹划诗集出版之事，在千首诗中将"无关风化者，删其大半"。所谓"无关风化者"正是诗人们对日伪统治存有戒心所删掉的"有关风化"的诗篇。诗集原拟名为《公余杂咏》，后经商定改为《鸡塞集》，值丙子朝，百工开业，诗集由俞谷冰、吴仁溥、曹民之三人各分廉俸，乃得付梓排印。集中收有古近体诗五百六十八首，顾氏女儿顾文清一首，与顾往来唱和的诗人十八人，和诗七十五首，共计诗六百四十四首。顾晋昌为我们这个山清水秀、人文荟萃的吉林大地，留下了一部足资补史的诗册。

二

顾晋昌的诗集,以"鸡塞"命名是有深意的。南唐中主李璟《摊破浣溪沙》:"细雨梦回鸡塞远,小楼吹彻玉笙寒,簌簌泪珠多少恨,倚栏杆。""鸡塞"者,内蒙古鸡鹿塞,中国北方领土也。鸡塞与吉林首字谐音。吉林地处祖国东北,虽九一八事变后建伪满洲国,仍不能改变其中国领土的事实。取名"鸡塞"含蓄而具深情。为名切实际,又有出典。顾氏之诗,受到当时诗人赞誉,金毓黻在《顾芷馨诗序》中说:"顷者,君将裒集其诗,付之剞劂,与世人共见,并命序于予。余惟昔人之论杜少陵曰:'此老诗外大有事在',使君得志当世,激昂青云,其所成就,岂寥寥数卷之诗所能限?然世以诗人目君,犹未达一间者也。"

金氏要我们用苏轼评价杜甫诗的一句"诗外大有事在"的名论,来衡量《鸡塞集》。那么《鸡塞集》中的诗,从诗句之外又看到了哪些"事在"呢?"事在"之一,是诗人强烈的爱国思想。顾氏出生于小有产家庭,较接近底层人民,幼读诗书,留学日本,关心时政,有中国知识分子具有的爱国思想。

俞谷冰在论顾氏之为人说:"少摘芹香,壮游海国,夙负大志。为秀才时,即以天下为己任,归国后,效班超投笔襄戎幕者有年。"诗人希望祖国统一的思想,流露在诗中,比比皆是。诸如"门外青山谁作主,窗前明月我同袍"(《自遣》)。"大好河山依旧在,高悬旗帜庆钧天"。"兴废几人伤往事，江山依旧属神州"（《游奉天北陵有感》）。但是时局的发展，残酷的现实，山河并非依旧在，江山亦非属神州。诗人耳闻目睹的是山河破碎，版图日蹙。1931年九一八事变，日本帝国主义魔掌又伸向华北，热河失守引起诗人的无比愤慨："烽火警边城，元戎胆破惊。烟尘如望敌，草木尽疑兵。败卒逸山谷，降旗竖野营。吁嗟老健将，空有虎威名"（《热河》之一）。勾勒出高级将领昏庸无能，贪生怕死，屈膝投降的嘴脸。诗人深感前途渺茫："国破民心涣，图谋再举难。士兵无勇气，将帅少忠肝。"对这种形势，诗人曾一度幻想日本帝国主义者能放下屠刀："愿期王道者，从此罢征端。"（《热河》之二）

但他深知对敌人是不能抱有任何幻想的。他看到祖国人民遭受空前的劫难："四塞愁云起，千家鬼哭声。黄沙埋战骨，碧血洒连营。城郭为墟里，人民半死生。何时天厌乱，武库尽销兵。"（《热河》之三）

他也曾把挽救人民出涂炭寄希望于上帝，但上帝也无能为力。最后，诗人热切地企望在中国大地上能有这样一支队伍："昨夜羽书通，将军拂晓攻。霜翻锋刃白，血洒战袍红。虏骑全消灭，妖氛一扫空。班师歌奏凯，勒石著边功。"（《热河》之四）其爱国之情溢于言表。惜诗人囿于见闻和思想的局限性，未听到，未看到，也未想到中国共产党领导的抗日队伍。

诗人希望有朝一日，将日本帝国主义的"虏骑"全消灭，将日本帝国主义的"妖氛"一扫空。"事在"之二，诗人是关心人民疾苦与群众命运的。例如：

1931年夏，"湘鄂各地洪水为灾。待哺饥民，流离载道"。诗人以极大的关注和同情记述道："两湖全区域，居民百余县。今夏大水灾，淹没有其半。房屋逐水流，鸡犬随波泛。平地成江湖，人民死无算。老弱转沟溪，壮者四方散。"

诗人在叙述流民走死逃亡的惨状之后又写道："颠沛真可怜，皇天胡不眷。我欲解倒悬，身无柄尺寸。我欲拯饥寒，手无钱万贯。对此流离民，徒为长嘘叹。"（《流离吟》）

诗人对生活在底层的劳动人民的疾苦也给予很大的关注，体现在"八老"（老渔、老樵、老农、老圃、老儒、老医、老仆、老妓）的八首七律诗中。如《老农》诗："终岁劳劳四体勤，烟蓑雨笠苦耕耘。"《老儒》诗："有志著书传后世，无心投笔请长缨。"《老仆》诗："晓起每同鸡犬早，夜眠不及马牛先。"

关心人民疾苦的诗，如《感时》："春旱秋来雨更多，田禾淹没水成河。天灾未救兵灾起，饥馑苍生可奈何。"

《事在》之三是诗人在交友上的爱憎分明，对进步作家王作镐之死，声泪俱下，对青年诗人秋声馆主郭庆麟爱抚备至："萍水初相会，情深似故知。烹茶谈旧约，剪烛话新诗。未弄琴三曲，先沽酒一卮。与君同尽醉，莫唱别离词。"

但对那些"攀龙鳞、附凤翼"之辈，均视之蔑如。顾氏《拟别烟霞友词》竟是一篇内容新颖的《广绝交论》。诗人那种刚直不阿的性格，不愿随世浮沉的耿介胸怀跃然纸上："烟霞友，烟霞友，昔日绸缪今分手。我今赋作别离词，劝汝勿恋我老叟。"为什么要与老友"作别"呢？诗人说："世人与我订知交，交情未有汝最厚。孰知汝厚因为黄金多，今我无钱交不久。聪明因汝误，芳名因汝朽。昔时以汝为良朋，今日反成吠尧狗。烟霞友，烟霞友，从此与汝绝交游，勿效丝连已断藕。"（《事在》之四）是诗集在反映地方民风民俗方面，都有生动具体的写照。如吉、长两地的风俗、民情、时序、节令、气候等，都有较为深刻地反映。亦有其他文献资料很难看到的。如《腊日》一诗，诗题下小序载：

《荆楚岁时记》：十二月八日为腊日。谚云：腊鼓鸣，春草生，村人并击细腰鼓，戴胡头，及作金刚力士以逐疫。诗中说："街巷咚咚鸣腊鼓，乡人作傩示威武。少长咸集呈技能，执戈扬盾庭中舞。玄衣朱裳彩色新，横眉竖目金刚怒。面画胡头声巨雷，雄视眈眈猛如虎。"

这是长诗开头几句，它真实、生动地反映了当时江城的民俗风情。其他如《清明》："客窗新乞钻榆火，野冢愁看化纸钱。

城郭不殊风景异，家家儿女戏秋千。"

《祀灶神》："爆竹家家祀灶神，儿童嬉戏画堂春。赠行纸马休言吝，祖饯糖瓜莫笑贫。"

《七夕》："少妇新妆缓缓行，自陈瓜果暗含情。芳心不乞天孙巧，愿乞良人罢远征。"

这首诗在开拓意境上可与杜牧的《七夕》媲美，甚至超过。

反映气候的诗章。如1928年（戊辰）《正月十五日大雪》。1931年（辛未）的《塞上苦寒》，其诗序中说："今年天气之冷，为近十六七年所未有，夜间温度竟降至零下四十余度。"其他如《艾人》《艾虎》《供月》《龙灯》《乡人饮酒》等短诗，均能从事物中见到古朴淳厚的民风。

《事在》之五，真实生动地记录了吉林等处的名山胜地，留下了诗人的足迹和感情。

诗人对祖国山川、草木均有深厚感情，诗人与其诗友多次结社联吟，不止一次地游北山，登小白山，游望云山，游江南公园，过德源石桥。诗人之游兴，山色之清润，时令之频更，时世之变化，都一一留在楮墨之间。如《同于泽彭游北山》二首之一："携手登高豁远眸，千家炊爨晓烟浮。长江绕郭城连白，野树围村叶坠秋。花坞暗藏春色丽，僧房新起客厅幽。兴来欲借秃毫笔，留得词章证胜游。"

《登小白山》："兴来不觉倦，高上白山头。古道无人迹，前朝有鹿游。祠荒谁造荐，木落自为秋。王气今何在，长江日夜流。"

《游望云山》："联步出城郭，登峰纵目观。蒹葭秋水冷，花木夕阳残。黄菊幽同调，青松友共寒。憩来寻道院，静听讲金丹。"

清代诗论家赵执信在《谈龙录》中说："诗人贵知学，尤贵知道。东坡论少陵曰：诗外尚有事在是也。"并举例说："'沉舟侧畔千帆过，病树前头万木春。'有道之言也。"由此可知，"道"，即是今天所说的主题。"事"即"道"。金毓黻要我们从"诗外有事"角度来评价《鸡塞集》，意思是说顾氏的诗不是无病呻吟，都是有血有肉有灵魂的佳作。的确，顾氏的诗表现了一个知识分子在国家多难又没找到光明前途时采取"穷则独善其身"的人生态度，同时唱出忧国忧民的心声。

对《鸡塞集》我提出"五个事在"的评价，得到同寅们的赞同，但也有对"诗价重鸡林"一句提出疑义，认为这样提法对"鸡林即为今之吉林"做了肯定，视为不妥。其实，"诗价重鸡林"一语已脱离历史、地理范畴的含义，而是成为文学领域中的概念了。这句用来对诗人及其作品的称颂，则"鸡林"用来特指吉林诗人及其诗作，已约定俗成。否则有人用"诗价重鸡林"来称颂成多禄，也将不能成立。

三

《鸡塞集》是一部木版刻本，线装四册，作为一函装帧成书。这一点与其他线装书并无二致。但稍加注意，即可发现此书的显著特点：

第一，四册书前后扉页上都没有注明出版年月，更没有标明由哪家印书局出版。

第二，书前的序言，除作者的自序和诗人的女儿顾文清的一篇后记之处，还有十二位名家序言。一部诗集竟有十多人为之作序，这种情况亦属少见。

第三，《鸡塞集》出版的时间是在 1936 年（丙子），其时东北为沦陷区，《鸡塞集》在文末未书"满洲国"号，一律用干支纪年。

以上几事，我们初步做这样分析：

《鸡塞集》问世前，其编辑人员是做了充分的思想准备的。一是尽量删掉诗中"无关风化"实际是于伪满洲国有微词的诗篇，不留一点儿把柄；二是为了不给书局带来麻烦，不标书局名号，也不写印书时间；三是所请的十几名序作者多是清末秀才、贡生、进士、旧朝遗老宿儒、湖海名流，借以卫护；四是尽量在诗集中保留几处歌功颂德的诗句。所有这些都为"应变"做充分准备。

《鸡塞集》的问世，表现了诗作者及编辑人员高尚的民族气节。

　　人们知道，日伪统治者对文士的迫害是十分残酷的。尤其出版一部诗集要担很大风险。何况集中又有许多诗涉禁，除前面提到的《热河》四首诗之外，再如："辽东大局似残棋，往事沧桑益可悲。管领虽为新幼主，旌旗不是共和时。关山险阻凭堪守，戎马纷更调已驰。闻道秋江鲈正美，西风吹我动乡思。"(《秋兴》八首之四)

　　"故国山河隔暮云，西风吹送雁来群。每怀亲友关心切，最怕家书入耳闻。塞上凄凉芳草歇，城头黯澹野烟熏。离愁满眼谁堪语，江岸萧萧落叶纷。"(《野望》)

　　像这样的诗篇还有很多，表现了诗人身在沦陷地，心念故土情，志在共和的民族气节，诗人们没有忘记自己是中华儿女，十几篇序文写在出书于"大满洲帝国"成立之后的 1936 年（伪康德三年）的诗集上，一律用"干支"纪年，这绝不是偶然的巧合，也不是编辑的粗心，只能是对日伪政权的腹非与否定。

　　序作者一致赞许诗人的"淡泊宁静"的为人，"清高澹远"的诗风，旨在说诗集以"温柔敦厚"的诗教取人。

　　序作者之一杨湛霖序中以诗赞道："凤泊鸾漂幸此遭，松花江上识人豪。风怀清远规元白，雅抱芳馨入谢陶。诗价鸡林从古重，名到能传毕竟高。"

鸡塞集

《鸡塞集》反映江城的风光，以及那个时代的风风雨雨，人民的苦苦乐乐，乡土特色很浓，说它是一部地方"史诗"也未为过。

四

民国以来，吉林较早的诗社是"雪蕉"诗社，宋惟清的《雪蕉剩草》为其结晶，惜至今还未发现这部诗集。稍后的是由郭宗熙、顾本璞等人倡导的"松江修暇"诗社。成多禄隐居北京之后，还曾多次回江城参加活动，写下了许多诗篇。《松江修暇集》的结集，即其创作成果。1930年前后，吉林又出现了一个"冷社"，其成果为荣孟枚编辑的《冷社集》。

与此同时，在江城大地上还诞生了一个"江天"诗社。从《鸡塞集》中，我们可以了解到"江天"诗社的活动情况：

（一）结社集会，创作诗歌。"江天"诗社大约成立于1929年，诗社社长（当时称为"首席"）王作镐，字子安，号白眼狂生，辽东人。当时为哈尔滨《大北新报》的主笔。他来吉林组织诗社活动不到两年，正逢文运亨通之际。竟于1931年年底，猝然逝世。顾晋昌对这位年仅三十三岁的年轻诗人之死颇为震悼。且看《吊王作镐主笔》诗："天性疏狂莫比伦，竹林阮籍是前身。君今瞑目泉台下，此后谁看世上人。""海内争传王子安，布衣直笔尚诛奸。奇才莫谓无昌寿，地下修文作判官。"

顾氏的悼诗，没有提到"病"字，因此，王作镐不是因病而死这当是无疑的。从"阮籍是前身"以及"直笔尚诛奸"来看，有可能是遇害而死。不管怎样，王作镐作为一个有建树的青年诗人，在江城组织"江天"诗社，贡献很大，顾晋昌给予高度评价。吊祭诗的另两首是："平生才调迈前伦，社结江干寄此身。天妒辽东风雅士，骚坛牛耳属何人。""久仰芳名面未谋，往来文字结交游。亡琴子敬诚堪痛，泪洒松江向北流。"王氏之死，给顾晋昌带来极大的悲痛。"江天"诗社也因无人再执牛耳而告结束。

（二）督促诗友，课题作诗，集会结社，每年也只能举行一两次，而课题作诗，这是经常督促社友写诗的一个有效措施。即每课诗题发给每位诗友按题作诗，犹如老师给学生留作业一样。顾晋昌虽已年过花甲，但作为"江天"诗社的一名成员，也精心认真地去完成"作业"。《鸡塞集》中江天诗社课题诗，计有古近体八十四首。

课题诗内容非常广泛。有反映季节、风光的，如《春雨》《夏云》《秋柳》等；有反映节日、节令的，如《元旦》《清明》《七夕》等；有反映民俗风情的，如《祭司命》《腊日》等；有咏史的，如《古侠客》《四美人》等；有感时的，如《流离吟》《秋夜感怀》等。

（三）诗友之间酬唱、步韵、联吟，切磋诗艺，增进友谊。《鸡塞集》刊入顾晋昌与其他十八名诗友的唱和诗计有一百四十九首之多。和诗中较为常见的是祝寿、游览、送别、宴请、访问以及节日的相互祝贺等。集中刊入较为突出的有与郭庆麟、俞谷冰、曹德馥、吴燕绍等人的祝寿诗；有与金静庵等人的《食雁》和诗；有在南岭宴集的和诗，尤其是与俞谷冰所唱和的十二章《菊花诗》是和诗中难得的佳篇。

在诗集中我们还看到了三首回文诗，也是在其他诗集中很难见到的佳作。

五

《鸡塞集》在反映吉林历史方面，堪称是一部史诗。在刊行这部诗集的时候，我们要感谢俞谷冰献书的功劳，现在我们所看到的市图书馆所藏的这部《鸡塞集》是俞谷冰献给吉林省图书馆的。市图书馆所藏线装《鸡塞集》一部。书中夹有一张纸条，上书："吉林省立图书馆惠存"的字样。落款是：

吉林专卖署　事务官庶务科长　俞彦彬敬赠（印）

现在《鸡塞集》能够再版，俞氏献书的功劳，应当提及。

俞谷冰，名彦彬，字国宾，号谷冰，无锡人。顾晋昌称赞他们的诗是"当代诗坛无出其右者"。俞谷冰也认为，他们是文坛上"旗鼓骚坛只二人"的佼佼者。俞谷冰在1935年五十自寿诗中说:"世味酸咸每饱尝,人情何处不炎凉。浮沉宦海诗千首,潦倒情场酒一觞。旧日亲朋都陌路,故时家国况沧桑。邯郸一枕黄粱梦,五十年来鬓已霜。"

从诗中可知俞氏也写了大量的诗作,有待于我们搜求。

《鸡塞集》原刊木刻,1936年版。今天,《鸡塞集》能够刊行问世,这是吉林师范学院李澍田教授主编的《长白丛书》的功绩。澍田先生在主编《长白丛书》过程中也十分注意和重视诗文的刊行。如吉林三杰的诗集的问世。《鸡塞集》是继吉林三杰诗集之后又一部反映吉林历史风貌的较大的诗集。作者虽没有三杰那样高的名望,但是其诗可与三杰媲美。从内容到艺术特色,均足资后人欣赏,惜原版留存甚鲜,且无注释。恐不复存在,因此重刊并适当注释。《鸡塞集》注释稿,惠蒙师院古籍研究所刘第谦、蒙秉书、夏润生、金国泰诸公悉心审阅,主编李澍田教授最后审阅定稿。在编辑过程中得到吉林市图书馆领导的大力支持,印刷厂的精心协作,编校同志的细致核校,这里深致谢忱。

顾晋昌以一清末秀才,官不过民国时省烟酒事务局副局长,能在当日诗坛上受到清末进士吴燕绍,著名学者金毓黻的器重、推崇,可见其德才学识有过人之处。其诗风效渊明之清淡飘逸,香山之通俗流畅，所用典故信手拈来甚为贴切。写景叙事，直抒胸怀；酬唱应和，亦不故弄玄虚，深得诗家要旨。全集竟达二千多条，令人目不暇接。诗集收有作者诗作近六百首，我注此书旨在借以提高自己的文化素质，增长见闻，开阔视野，进一步提高欣赏水平。更限于编注者水平所限，失误错注之处，在所难免，敬希读者、专家教正。

《鸡塞集》为我们提供了很多信息，如顾氏的诗作并没有完全收入集内，吴燕绍当时在吉林"国立"高等师范学校任教，俞谷冰侨居江城，当时二人都有大量的诗篇问世。尤其是东北文献专家金毓黻，竟然在《鸡塞集》中保存下许多诗篇。所有这些都有待于我们进一步搜集，愿文史学界同仁共勉。

最后，我再一次感谢所内全体同仁对本书的关注，感谢李澍田教授的最后审定。因此，在我年近古稀之年，能够写书问世，亦殊感荣幸之至。

李 国 芳

1990 年 2 月

发刊《鸡塞集》诗序[1]

台安顾芷馨先生，辽东名士也。原籍黑山，与余同郡。民国建元，台安设治，先生住址划归台安所属，今为台安人也。幼家贫，读书务性理[2]，不慕虚荣；与人酬酢[3]，重信义，不尚周旋；性淡泊，不谐于俗。晚年好诗学，终日披吟[4]，寝食不辍。风味摹居易，神韵效渊明。共作古近体诗不下千首，藏诸秘箧[5]，不欲示人，人遂不得而知焉。岁庚午[6]，先生服官吉省。侨居余宅，知其梗概。时有同僚安君瑞珊与先生交旧，知其品学，不知其能诗。闻余言，索取全稿，披览之余，赞不绝口。慨欲自捐廉俸，谋为梓行[7]。先生将集内无关风化者，删其大半，事未果，安君远引，先生之诗不见于世，余甚惜之。迨乙亥冬[8]，先生与专卖署科长俞君谷冰结成诗友，其全集又为俞君赏识。今俞君与其署长吴公，同人曹君民之，各分廉俸付梓排印，公诸同好。可知青萍结绿，终见赏于薛卞之门[9]，先生之诗得长留于天地间矣。余不禁为先生幸，并为先生诗幸。

丙子[10]上元后学陈绍虞序并书

[1]鸡塞：指吉林省。《启东录·新罗》："（唐）龙朔元年，春秋卒，

诏其子法敏嗣位""三年诏以其国，为鸡林州都督府，授法敏为鸡林州都督。……""鸡林"与今吉林音译、地理相符。《满洲源流考》："吉林，确为唐时新罗国之鸡林州，嗣鸡林都督屡次移治。""鸡塞"一词，最早见于南唐中主李璟《摊破浣溪沙》："细雨梦回鸡塞远，小楼吹彻玉笙寒。"词中鸡塞，在今陕西横山县西鸡鹿塞，这里借用。

［2］性理：指宋、明理学家所主张的性命理气之学。程朱派理学家说："性即理也。"又说："自理而言谓之天，自禀受而言谓之性。"由于理学家们多谈这个"性理"问题，故理学亦称"性理之学"。

［3］酬酢（zuò）：酢，同酬。朋友交往应酬。《淮南子·主术》："觞酌俎豆，酬酢之礼，所以效善也。"

［4］披吟：披读，吟咏。

［5］箧（qiè）：箧，箱。大曰箱，小曰箧。

［6］庚午：1930年（民国十九年）。

［7］梓行：刻板发行。梓，雕制印书的木板。引申为印刷。

［8］乙亥：1935年，（民国二十四年）。

［9］青萍：剑名。结绿，美玉名。萍，指春秋时的萍烛，善相剑。卞，指楚人卞和，善鉴美玉。李白《与韩荆州书》："若赐观刍荛，请给纸墨，兼之书人，然后退扫闲轩，缮写呈上，庶青萍，结绿，长价于薛卞之门。"这里称赞顾氏诗受到人们的赏识。

［10］丙子：1936年，民国二十五年。《鸡塞集》在这年出版。

《鸡塞集》序

　　《鸡塞集》者，台安顾子所著也。顾子为辽东名士，名晋昌，字芷馨，别号养心居士。少摘芹香[1]，壮游海国[2]，夙负大志。为秀才时，即以天下为己任；归国后，效班超投笔，襄戎幕者有年[3]。一时公卿将相，交推重之。迨年逾知命[4]，上峰知其淡泊盟志[5]，畀以清闲之职[6]，先司武库，继长委吏，骎骎乎方钦大用也[7]，乃以伏波矍铄之身[8]，忽作邺侯乞骸之举[9]。托言须发皓白，不堪与裙屐少年为伍，飘然远引，侨寓松花江畔，日以吟咏自娱。其诗学之精深，固由胚胎三百篇而俯视魏晋六朝，允称一代作手。晚近更致力渊明、香山[10]。性近而神似也。余橐笔天涯[11]，乙亥冬，客居鸡塞，以同人曹民之君介绍，获读顾子诗集，开卷心折。中有《老境篇》及《六十自寿》诸什[12]，逼近香山，拟陶允神韵酷肖。及读各家序言，知众目共赏，文章自有定价。谋为付梓者有人，精心雠勘者有人[13]，端楷抄录者亦有人。无如机缘未熟，同仁远引[14]，致事不果成。余末学肤受而爱才若渴[15]，每遇公余访戴[16]，其居停曹民之君[17]，具壶觞留饮，酒酣耳热，纵谈诗学，沆瀣一气[18]。自此往还无虚日，浸假而成道义性命之交。偶有吟咏必往就正，一经指点，如饮仙中琼浆，心脾清凉，蓬衷豁朗[19]。顾子实大有造于余者也。辱承不弃以诗集属为校订，予何人斯，曷克承此？但重以雅命，不敢不勉竭操觚矣[20]。是集原名《公余杂咏》，又名《养心居士集》。洎再三商订，始易今名。丙子朝[21]，百工开业，余商诸民之君，各分鹤俸[22]，谋付剞劂[23]。井掘九仞，功亏一篑，顾子旧雨吴署长仁溥[24]，慨然允诺，厥事乃举。开雕之日，索序于余，爰书梗概，并赋长古，用志景仰，知不足为大集生色也。是为序。

题　词　七古

辽东顾子人中豪，襟怀高旷诗学陶。

壮岁从戎奋投笔，当代将相皆同袍。

露布草成群低首[25]，矢口无才胸却有。

年逾五十不言兵，世事纷纠叹功狗。

未老早蓄归农愿，上峰挽留同僚劝。

诗人逸志薄公侯，随俗浮沉呼马牛[26]。

耻以折腰博五斗[27]，频年吏隐读庄周[28]。

隐于武库犹龙蛰[29]，弹指年华过六十。

既长委吏领群僚，上游已授青云级。

新国开基尚王道，野有遗贤推此老。

鬓须如银貌如婴，陶白诗诣精探讨。

平静温厚可以风，读之但觉风味好。

我来江上遇高贤，开卷不禁心倾倒。

武惠第中识面初[30]，杯酒谈心开怀抱。

从此结成性命交，方于诗学深有造。

或诮顾诗多澹薄，庸俗那识连城宝。

元旦试笔颂圣明，除夕祭诗师贾岛[31]。

江南小儒偶效颦，气弱神疲空绞脑。

不如精雠《鸡塞集》，亟付剞劂光梨枣[32]。

诗卷长留天地间，千古骚坛祝寿考[33]。

岁次丙子人日无锡俞彦彬谷冰甫序于松花江上[34]

［1］芹香：芹，《诗·泮水》："思乐泮水，薄采其芹。"芹是芹藻的简称，比喻贡士。顾晋昌少年乡试考取秀才。苏辙《燕贡士》："泮水生芹藻，干旄在浚城。"

［2］海国：指日本。顾晋昌于1906年东渡日本留学，时年36岁。

［3］班超：班超（32—102年）汉扶风安陵人。字仲升。彪少子，固弟，昭兄。父卒，家贫，为官府抄书以养母。尝投笔叹曰："大丈夫无他志略，犹当效傅介子、张骞立功异域以取封侯，安能久事笔研间乎！"明帝永平十六年率36人出使西域。超在西域31年，官至西域都护，封定远侯。襄戎幕：襄，助理。幕，军府。

［4］年逾知命：年过五十。知命：知天命懂得上天的旨意。《论语》：孔子自谓："五十而知天命。"

［5］上峰：旧时官场中指上级。

［6］畀（bì）：给予。《诗·巷伯》："取彼谮人，投畀豺虎。"

[7]骎骎（qīn）：疾速、急迫的样子。钦：钦佩。

[8]伏波：汉光武时马援（公元前14—49年）于建武十七年（41年）任伏波将军，尝曰："丈夫立志，穷当益坚，老当益壮。"又言："男儿要当死于边野，以马革裹尸还葬。"后果卒于军。

[9]邺侯：李泌（722—789年）字长源，辽东襄平人。徙居京兆。唐天宝中，以翰林供奉东宫，历仕玄、肃、代、德四朝，位至宰相。数为权幸忌嫉，三次借口身体不适，请隐居获免。死封邺县侯。这里是说，顾氏年过五十便"飘然远引"，辞官在松花江畔隐居。

[10]渊明：晋文学家陶潜（365—427年），字元亮，又字渊明。香山：唐代大诗人，白居易（772—846年），字乐天，晚年号香山居士。

[11]橐（túo驼）笔：橐，盛物的袋子。古代书史小吏，手持囊橐。插笔于其中，持立于帝王大臣左右，以备随时记事，称持橐簪笔。简称橐笔。元·马祖常《奏对兴圣殿后》："侍臣橐笔皆鹓凤，御士囊弓尽虎罴。"后因用以指文士的笔墨生涯。

[12]什：篇。

[13]雠勘：校对勘订文字，亦作雠校。刘向《别录》："雠校，一人读书，校其上干，得谬误为校。一人持本，一人读书，若怨家相对为雠。"

[14]同仁远引：1929年，安瑞珊曾自愿出资为顾晋昌这本诗集筹划刊印。后因远走他乡，印书之事因此中断。同仁：同僚，同事。

[15]末学肤受：学浅识薄。张衡《东京赋》："若客所谓末学肤受，贵耳而贱目者也。"

[16]访戴：晋·王微之居山阴，大雪夜眠觉，即便夜乘轻船就戴，

经宿方至。既造门，不前便返。人问其故，微之曰："吾本乘兴而来，兴尽而返，何必见戴。"（事见《世说新语·任诞》）后泛指访友之词。李白《陪从祖济南太守泛鹊山湖》："此行殊访戴，自可缓归桡。"

〔17〕居停：指房主，习称房东。

〔18〕沆瀣（hàng xiè）：唐崔沆、崔瀣，二人气味相投。宋钱易《南部新书》："崔沆放崔瀣，谈者称座主门生，沆瀣一气。"

〔19〕蓬衷：即蓬心。比喻浮浅，心无主见。《庄子·逍遥游》："今子有五石之瓠，何不虑以为大樽，而浮乎江湖，而忧其瓠落无所容，则夫子犹有蓬之心也夫。"

〔20〕操觚（gū）：执笔作文写诗。觚，古人书写时所用的木简。今谓执笔。陆机《文赋》："或操觚以率尔，或含毫而邈然。"

〔21〕丙子：1936年，民国二十五年。《鸡塞集》刊入的诗是从1925年（乙丑）到1936年（丙子）12年间的作品。

〔22〕鹤俸：微薄的俸禄。陆游《被命再领冲佑有感》："未能追鸿冥，乃复分鹤俸。"亦称鹤料。

〔23〕刭劂（jī jué）：刻印，《淮南子·俶贞》："镂之以刭劂。"注："刭，巧工钩刀也；劂者，规度刺画墨边笺也，所以刻镂之具也。"后因泛称书籍雕版为刭劂。

〔24〕旧雨：杜甫《秋述》："秋，杜子卧病长安旅次，多雨生鱼，青苔及榻。常时车马之客，旧，雨来；今，雨不来。"言旧时宾客遇雨亦来，而今不来。后用旧雨比喻老朋友，故人；新雨比喻新交。

〔25〕露布：古代行文中不缄封的文书。汉·蔡邕《独断》："唯赦令、赎令，召三公诣朝堂受制书，司徒印封，露布下州郡。"后多指捷报、

檄文。这里泛指文书。

［26］呼马牛：即呼牛呼马。《庄子·天道》："昔者子呼我牛也，而谓之牛；呼我马也，而谓之马。"意思是毁誉随人，不加计较，亦作呼牛作马，或呼牛唤马。明洪应明《菜根谭》："饱谙世味，一任覆雨翻云，总慵开眼；会尽人情，随教呼牛唤马，只是点头。"

［27］折腰博五斗：博，换取。意为领取五斗的俸禄而去折腰。典出陶潜辞官归去的故事。

［28］庄周：庄子名周，宋蒙人。约前369—前286年。曾为蒙国漆园吏。是战国时期著名的思想家兼文学家。他的著作，据《汉书·艺文志》说有52篇，现存33篇。共分内篇7，外篇15，杂篇11，十余万言。因尝隐居南华山，故又名其书为《南华经》。他的思想祖述道家，发挥老子的学说。

［29］龙蛰：龙蛇蛰伏。原意是帝王未得位之时。这里喻有才之士不能起用，隐居不仕。

［30］武惠第中：第，门第。序作者俞谷冰初次认识顾晋昌是在曹民之家中。武惠可能是曹民之。

［31］除夕祭诗师贾岛：贾岛（788—843年），一说（779—843年），字浪仙，范阳人。初为浮图（僧），后还俗。贾岛苦吟诗，曾有"两句三年得，一吟双泪流"及千古盛传的"推""敲"佳话。岛为自己的苦吟，每岁除夕，检一年所作，祭以酒脯，对自己苦吟的辛劳，聊以自慰。并云："劳吾精神，以是补之。"这就是史传贾岛祭诗。"师贾岛"：一是效法除夕祭诗的活动；二是学习他的苦吟精神。

［32］梨枣：古时刻板印书多作梨木或枣木，故以梨枣为书版的

代称。顾炎武《答曾庭闻书》："《音学五书》40 卷，今方付之剞劂，其枣梨之工，悉出于先人之所遗，故国之遗泽，未尝取诸人也。"

［33］寿考：年高、长寿。《诗·大雅·棫（yù 域）朴》："倬彼云汉，为章于天。周王寿考，遐不作人。"《笺》："文王是时九十余矣，故云寿考。"《古诗十九首》之九："人生非金石，岂能长寿考！"

［34］岁次丙子人日：即公元 1936 年农历正月七日。

顾子芷馨《鸡塞集》序

昔鸡林购白香山诗集[1]世为香山重，窃以为鸡林重也[2]。

鸡林，在唐龙朔间设大都督府[3]，为新罗、百济所演进。其渐摩王化，犹有明夷箕子遗风[4]。知其人必上国观光[5]，性耽吟咏，故酷好长庆体，深高山景行之心意[6]；或著作等身，斐然成集[7]。乃当时已不详其姓氏，遑论乎篇什之流传[8]？潜德不彰[9]，诚属文人憾事，是则顾子《鸡塞集》不綦重乎[10]？

顾子生长于锦州柳边[11]，挹萨尔浒[12]大凌河[13]之秀，固已擅美词章，蜚英[14]庠序[15]，童年所作，久满奚囊矣[16]。我生不辰，运丁阳九[17]，朝野愤版图日蹙，励行新政，讲求武备，遂乃闻鸡起舞[18]，投笔从戎[19]，弃儒巾而读豹略[20]，此事遂废矣。然而腹有诗书气自华。以雅歌投壶之儒将[21]，杂厕[22]于长枪大戟之武夫，鹤立鸡群，故侪朋均奉为圭臬[23]。无何苍头突起[24]，内哄交兴，同学少年乘机利变，应若兴云[25]，陇上辍耕[26]，一跃而为夥颐之沈沈[27]。

于斯时也，攀龙鳞，附凤翼，霞蒸云蔚[28]，席丰履厚[29]，家资累巨万万，君视之蔑如也。虽未作广绝交论[30]，而不求闻达，耻吟渭城[31]，其学养有素也。洎乎旁求傅梦[32]，踪迹钓台[33]，不得已迫之出山，乃辞尊居卑，投闲置散，畀[34]以武库、财政等职。在爱之者，欲积储旨蓄为慰冬计，乃处脂膏而不润。迄解组归田[35]，两袖清风如故也。

近年以来，虽不爱放翁南园之疵[36]，而愈增梁鸿五噫之歌[37]，鹤发童颜，相羊[38]于混同江畔[39]，与鸡林诗人唱和，深得乎香山之闲适，殆诗如其人也。综君生平，由文而武，由显而隐。当，有兕踣夔咶之气[40]，否，则舒其猿吟雁落之声[41]。乃读是集，矜平躁释[42]，清新开府，俊逸参军[43]，大有"结庐在人境，而无车马喧"之神韵[44]。则又香山而进于泉明[45]。盖立品既高，吐词自雅，言为心声，良有以也。

仆忝拥皋比[46]，无以益此邦子弟；跫音空谷[47]，绝少朋侪。偶与梁溪俞子谷宾相酬酢，遂得纳交于君，因出是集问序于余。以余衰朽余年，迂腐学究，乌足以言诗？惟念新造之邦，若不于品学立其基，未免探骊失珠[48]。如君之老成典型[49]，淡泊明志[50]，允足为国人矜式。后生小子读其诗而仰止，自不汩[51]于功利之途，且潜消其犷悍之俗，深造于我满洲[52]之人士，尤有无形之感化，讵不与黑水白山生色哉[53]。故不辞而为之序。

岁次丙子[54]花朝日[55]笠泽吴燕绍[56]

书于吉林之国立高等师范学校

[1]白香山诗集：唐白居易的诗文结集。

［2］以为鸡林重:《龙文鞭影》:"唐白居易为江州司马,筑草堂于香炉峰下,称香山居士,工诗……至数千篇,士人争相传写。鸡林行贾售其相国,率篇易一金,其伪者国相辄能辨别之。"这说明,吉林早在唐朝的新罗年代就很重视文化教育,诗风很盛。鸡林是否即今之吉林,史学界至今仍有争论,但"诗价重鸡林"之"鸡林"它的特定含义即指今之吉林。

［3］唐龙朔间设大都督府:见前注。

［4］"犹有"句:还有殷商末贤臣箕子的遗风。明夷:六十四卦之一,离下坤上。离象征日,坤象征地。《周易集解》郑玄注:"夷,伤也,日出地上其明乃光,至其明则伤矣,故谓之明夷。"后因比喻主暗于上,贤人退避的乱世。箕子:商纣诸父,封国于箕,故称箕子。纣暴虐,箕子谏不听,乃披发佯狂为奴,为纣所囚。周武王灭商。释箕子之囚,封之朝鲜。《易·明夷》:"象曰:明入地中,明夷。内久明而外柔顺,以蒙大难,文王以之。利艰贞,晦其明也,内难而能正其志,箕子以之。"

［5］上国:指边疆少数民族对中原华夏的尊称。上国观光,是说边地人民到中原学习、参观。

［6］高山景行:《诗·小雅》:"高山仰止,景行行止。"高山喻道德高尚;景行喻行为正大光明。

［7］裒(póu):聚集。

［8］遑:原意是闲暇,这里以反问出现,表示"何、岂、哪"语气。

［9］潜德:好的德行被埋没。韩愈《答崔立之书》:"诛奸谄于既死,发潜德之幽光。"

［10］綦(qí):甚,极。《荀子·王霸》:"夫人之情,目欲綦色,

耳欲綦声，口欲綦味，鼻欲綦臭，心欲綦佚，此五綦者，人情之所必不免也。"

［11］柳边：即柳条边。清初为使其"祖宗肇迹兴王之所"不受汉化，实行封禁，由今辽宁凤城南边门，北向经新宾旺清门，折向西北至开原威远堡，再向西南至山海关北接长城，又从开原北走经梨树、伊通到舒兰法特，用柳条植篱笆墙。始于顺治年间，竣工于康熙二十年（1681年）。

［12］萨尔浒：山名，在辽宁省新宾县西。

［13］大凌河：在辽宁省西部。北源出凌源县境努鲁儿虎山，南源建昌县境黑山。经锦县入辽东湾，长397公里。

［14］蜚英：蜚，同飞。蜚英腾茂之省略。司马相如《封禅文》："蜚英声，腾茂实。"后因以称赞人的事业、声名日盛，为蜚英或蜚英腾茂。

［15］庠序：古代地方所设的学校。后泛指学校。

［16］奚囊：唐李贺（790—816年），"每日早出，骑弱马，（一书作驴），从小奚奴，背古锦囊。遇所得，书投囊中。晚归，贺母使婢探囊中，见所书诗句盛满锦囊即怒曰：'是儿要呕出心乃已耳。'"奚：仆人。后多称诗囊为奚囊。

［17］运丁阳九：运，命运，时运。丁，交，遇到，碰上。阳九，指灾荒年景和厄运。

［18］闻鸡起舞：《晋书·祖逖传》："与司空刘琨俱为司州主簿，情好绸缪，共被同寝，中夜闻荒鸡鸣，蹴琨觉曰：'此非恶声也。'因起舞。"意即听到鸡鸣，就起来舞剑。比喻有志向的人奋发向上的精神。

［19］投笔从戎：指文人从军。《后汉书·班超传》："大丈夫无他志略，

犹当效傅介子、张骞立功异域,以取封侯,安能久事笔研(砚)间乎?"

[20]豹略:古代兵书《六韬》中的《豹韬》篇,后称用兵之术为豹略。北周庾信《从驾观讲武》:"豹略推全胜,龙图揖所长。"

[21]雅歌投壶:《后汉书·祭遵传》:"遵为将军,取士皆用儒术,对酒设乐,必雅歌投壶。"雅歌,原意为歌"雅"诗,这里指作诗。投壶,古人宴会时,设特制的壶,宾主依次投壶其中,中多者为胜,负者饮。这里大意是说,饮酒赋诗歌舞联欢。

[22]杂厕:杂置,参观。长枪大戟喻军界。

[23]圭臬(gūi niè):原意为测日影、量地面的仪器。又以喻准则、典范。在这里比喻典范、榜样。

[24]苍头突起:苍头军,秦末农民起义军之一。陈胜、吴广既败死,其部将吕臣在新阳组织部伍,头著青巾,称苍头军。这里指民国初年的军阀割据。

[25]应若兴云:形容响应的人像云的兴起那样多,仍指政治投机者。

[26]陇上辍耕:陇,通垄,田埂,地垄。辍耕,停下农活儿。意即弃农从事军事、政治活动。

[27]夥颐之沈(tán 潭):沈,夥颐,惊叹词。《史记·陈涉世家》:"见殿屋帷帐,客曰:夥颐!涉之为沈沈者。"今吴、楚等地惊羡人势称"夥颐"。犹如"啊噫"。沈沈:深邃的样子。

[28]霞蒸云蔚:蒸,上升。蔚,聚集。形容绚烂美丽的景象。

[29]席丰履厚:席,指坐具;丰,多。履,鞋子,指踩在脚下的东西;厚,丰厚。旧时形容家产丰厚,生活优裕。

［30］广绝交论：断绝交谊，谓之绝交。晋嵇康有《与山巨源绝交书》，南朝梁刘峻有《广绝交论》。语本此。

［31］耻吟渭城：渭城，曲名。唐·王维《送元二使安西》："渭城朝雨浥轻尘，客舍青青柳色新，劝君更尽一杯酒，西出阳关无故人。"后入乐府，因以名曲。此曲多在送别友人时演奏，因此，渭城又作送别友人的代词。耻吟渭城，这里是说对那些趋炎附势，乘机利变之辈去作送别是可耻的。

［32］洎，到。旁求傅梦：傅山，明末清初阳曲人。字青竹，改字青主，别号甚多。明亡，穿朱衣，住土穴，绝不仕清。这里是说顾晋昌在清亡后，也要追求傅山的理想不再做官。

［33］踪迹钓台：钓台，古迹名。中国历史上，钓台古迹有十多处，多是高人隐士避居之处。如太公望钓鱼台在今陕西宝鸡县之磻溪。汉严子陵钓鱼台在今浙江桐庐县富春山下。这里"踪迹钓台"是说顾氏亦有归隐之意。

［34］畀：给予。

［35］解组：组，系印的丝带，解下印绶意，即辞去官职。

［36］放翁南园：放翁，陆游（1125—1210 年），字务观，号放翁。越州山阴（今浙江绍兴）人。陆游是我国南宋杰出的爱国诗人。陆游一生力图抗金复国，又屡遭挫折。他因抗金复国和个人功名不能实现，常借酒消愁，放浪不羁，时遭非议。陆游不以为然，索性自号放翁。南园：这里泛指田园，指放翁晚年长期生活农村。

［37］梁鸿五噫：《后汉书·梁鸿传》："（鸿）因东出关过京师，作五噫之歌，肃宗闻而悲之，求鸿不得。其歌曰：'陟彼北芒兮，噫！

顾览帝京兮,噫!宫室崔嵬兮,噫!人之劬劳兮,噫!辽辽未央兮,噫!'"因五句诗末都有一"噫"字,故称"五噫歌"。后来诗文中多用"五噫"作为告退的意思。

[38] 相羊:即徜徉,徘徊,漫游之意。

[39] 混同江:《吉林通志》(《长白丛书》版 387 页)载:"松花江即混同江也。本名松阿哩乌拉。魏曰速末水。唐曰粟末水,辽曰鸭子河,改曰混同江。混同之名始见于此。金、元及明皆曰宋瓦,明宣德时始有松花江之名。"

[40] 兕踣夔呿(sì bó kuí qū):兕,兽名。《尔雅·释兽》认为兕似牛,犀似猪。踣,僵仆。夔,神话兽名,或云一足兽也。李颐云:黄帝在位诸侯于东海流山得奇兽,其状如牛,苍色无角,一足能走,出入水即风雨,目光如日月,其音如雷,名曰夔。"呿,张口。当,境遇佳,很得势。当,有兕踣夔呿之气",意思是说,境遇佳得势时也不张牙舞爪,像兕那样仆伏身子,像夔那样张嘴从容出气,不能稍有作威作势之态。

[41] 猿唫雁落:猨,同猿。唫,同吟。"否,则舒其猿吟雁落之声"。意思是说在处境不佳时,也应像猿那样高吟,像雁那样(在沼泽地寻宿)低徊飞翔,表示乐观。

[42] 矜平躁释:矜:矜持,矜负,即骄傲自负之气。矜平,即去掉骄负的气质,躁,急躁,暴躁。躁释,即不安的急躁情绪得到消失。

[43] "清新开府"句:杜甫《春日忆李白》:"白也诗无敌,飘然思不群。清新庾开府,俊逸鲍参军。"庾信,在北周官至骠骑大将军、开府仪同三司(司马、司徒、司空)世称庾开府。鲍照,刘宋时任荆

州前军参军，世称鲍参军。

[44]"结庐在人境"句：陶潜《饮酒》第四首："结庐在人境，而无车马喧。问君何能尔，心远地自偏。采菊东篱下，悠然见南山。山气日夕佳，飞鸟相与还。此中有真意，欲辨已忘言。"此处是赞美顾氏的诗也有陶潜淡泊宁静那样的诗风。

[45]泉明：系"渊明"之讹。

[46]忝拥皋比：忝，有愧于。拥，有，列。皋比，座席。古代用虎皮制成的座位。"仆，忝拥皋比"，我惭愧空自占着一个好位置……

[47]跫音空谷：比喻难得的客人的言论、事物或音信。

[48]探骊失珠：《庄子·列御寇》：河上有家贫者，其子没于渊，得千金之珠。其父谓其子曰："夫千金之珠必在九重之渊，骊龙颔下。你能得珠，一定是龙睡着了。如骊龙醒着，你要粉身碎骨的。"

[49]老成典型：老成，阅历多而练达世事；典型，模范，榜样。

[50]淡泊明志：亦写作澹泊明志。诸葛亮《诫子书》："夫君子之行，静以修身，俭以养德，非淡泊无以明志，非宁静无以致远。"

[51]汩（gǔ）：汩没，埋没。

[52]满洲：这里泛指东北。

[53]讵：何，怎么。

[54]丙子：1936年，民国二十五年。

[55]花朝日：旧俗以农历二月十五日为百花生日，称花朝节，又称花朝。唐·司空图《早春》："伤怀同客处，病眼却花朝。"

[56]吴燕绍：字笠泽，号寄荃。原籍江苏苏州人。清末进士。

养心居士诗序

科学昌而义理晦，英日文盛而汉学微。自胜清废科举，复学校，吾国数千年递嬗演进之诗歌[1]，遂如宋谚所谓："大市平天冠，已复无人过问。"[2]风雅一道，不几日就衰歇乎？虽然民国以来，如前大总统徐菊老[3]、郭春榆（曾炘）[4]、沈子培（曾植）[5]、陈石遗（山）[6]、易实甫（顺鼎）[7]、樊山老人（增祥）[8]、梁天琴居士（鼎芬）[9]诸名流，固尝以继往开来提倡风雅自任，而效卒不可睹者何故？岂果今人不及昔人耶？盖诗非一蹴可几事也，必其幼而习焉，长而安焉，不见异物而迁焉。且必胎息三百篇，渊源十九首[10]，涵咏汉魏[11]，吐纳晋唐，及其为诗，方能气息深厚，格律精严。近来诗人虽复不乏，然真有根底功夫、真实学问者，殊不多觏。故其诗终不能藏之名山，历久不磨，宜风雅之日衰也。

同仁老友台安顾芷馨，神采奕奕，腹笥便便[12]。频为郗超入幕之宾[13]，爱作王粲登楼之赋[14]。其为诗也，扬风扢雅[15]，超逸情新，声情之悠扬，格律之缜密，迥非近时诗人所能及，知其致力于风骚雅颂者深矣。自前岁主管长春军械库，政清事简，暇晷殊多，月夕花晨，辄命侪啸侣，行吟于山川名胜之区，以度其诗人清闲岁月。此种清福，如我辈仆仆于软红十丈[16]者，岂能望其项背？[17]顷自箧衍[18]搜集，共得古近体诗数百余首，名之曰公余杂咏[19]，纪实事也。仆慨风雅之垂绝，思有以提倡而保存之，乃为付印问世，是以区区维持风雅之微意也。爰弁数言，聊志鸿爪[20]。

岁次己巳孟夏月中浣瑞珊安玉珍拜识

[1] 递嬗（dì shàn）：一代传一代。

[2] 大市平天冠：市场上也有人家戴的平天冠。大市：在唐代有朝市、大市、夕市。即以后的集市。大市每日午后举行，交易者以百族为主。平天冠：古代帝王所戴的礼帽。因是平冕，冕的上方是一块前后长方形板，叫延，延的前沿挂着一串串的圆玉，叫作旒（liú）。天子有十二旒。因是平冕，故叫平天冠，又称通天冠。这种皇冠只限于朝政或国家举行大典时才戴。

[3] 徐菊老（1855—1939年）：徐世昌，直隶天津人。字卜五，号菊人，又号弢斋。1918年10月总统冯国璋下台，他由安福国会选为总统，主张文治，提倡儒学，网罗文士，标榜"偃武修文"。后被直系军阀曹锟、吴佩孚赶下台，迁居天津租界，成立编书处、诗社，以编书、赋诗、写字遣兴。1939年病死津寓。编有《清儒学案》《晚晴簃诗汇》等。

[4] 郭春榆（1885—? ）：名曾炘，号匏庵，福建闽侯人。光绪翰林，在礼部、工部、户部任职。1919年入晚晴簃诗社，1922年为漫社诗友。

[5] 沈子培（曾植）（1850—1922年）：浙江嘉兴人。字子培，号乙庵，晚号寐叟。光绪进士。历任刑部主事、员外郎、郎中，总理衙门章京、安徽提学使等。1895年忧愤《马关条约》的丧权辱国，与文廷式等数十人经常在北京陶然亭聚会，议论朝政，提倡西学，参加北京强学会。赞助康、梁变法。因触怒朝中权贵，1910年托恙辞官居上海。辛亥革命后与郑孝胥等人力主清帝复位。张勋复辟事败仍归居上海。他学识

渊博，书法最负盛名，在刑部任职 18 年，专研古今律令书，著有《汉律辑补》等书，尤深史学掌故，后专治辽、金、元三史。著有《海日楼文诗集》为光、宣间的"硕学通儒"。

［6］陈石遗（山）（1856—1937 年）:陈衍，福建福州人。字叔伊，号石遗。1882 年（光绪八年）举人。张之洞幕僚。曾任官报局总编纂、学部主事等职。主张中国应设洋文报馆、延聘贯通中外时务之人。又译述西人侵略中国者，刊之报纸，以醒国人。1898 年春入京，在维新变法思潮影响下，著《戊戌变法榷议》十条。后任京师大学堂、厦门大学文科教授。是晚清宋诗派的诗论家和诗人。与陈三立、郑孝胥齐名。纂《闽侯县志》106 卷。著有《石遗室集》《石遗室诗话》《石遗室诗》等。

［7］易顺鼎（1858—1920 年）：湖北龙阳人。字实甫，又字中硕，号哭庵。光绪举人。曾任广东钦廉道。袁世凯称帝时为代理印铸局长，能诗、词和骈文，有《丁戊之间行卷》《四魂集》等书。

［8］樊山老人：樊增祥（1846—1931 年），湖北恩施人，字嘉父，号云门让，一号樊山。光绪进士。清末曾任渭南知县，累官陕西、江宁布政使、护理两江总督。师事张之洞、李慈铭。工诗，以前后《彩云曲》咏赛金花事负盛名。又擅词及骈文。有《樊山全集》。

［9］梁鼎芬（1859—1919 年）：广东番禺人。字星海，号节庵。光绪进士。历任知州、知府、道员、按察使、布政使等。中法战争时，曾疏劾北洋大臣李鸿章,被清廷以妄劾罪,降五级调用。张之洞督粤时，聘其主广雅书院；后张署两江总督，复聘主钟山书院，1895 年（光绪二十一年）10 月，康有为倡设上海强学会，他参议章程，且合请张之洞发起。他对《时务报》宣传民主民权学说横加压抑。戊戌变法时期，

毁谤康、梁崇奉邪教、邪说，心同叛逆。辛亥革命后成为遗老，被废帝溥仪召充毓庆宫行走，参与张勋复辟。

[10]十九首：南朝梁昭明太子萧统在《文选》中所辑《古诗十九首》，约创作于东汉末年桓、灵时期，作者不详，但并非一人所作。多为游子思归之词。或抒宦游之愁，叙悲离之感；或指责世态炎凉，人情冷暖；或慨叹怀才不遇，知音难得等，艺术成就较高，善于摄取生活中典型情节，通过细腻的描写，抒发真挚的情感，语言质朴自然，堪为汉代五言诗成熟的标志。在诗歌发展史上影响深远。

[11]涵咏：深入体会。《朱子语类·性理》："此语或中或否皆出臆度，要之未可遽论，且涵咏玩索，久之当自有见。"

[12]腹笥便（pián）便：满腹学问。笥，藏书之器，腹笥是说肚子像书箱子。言学识丰富。便便，形容肚子肥满的样子。

[13]郗超入幕之宾：《晋书·郗超传》："谢安与王坦之尝诣（桓）温议事，温令超帐中听之。风动帐开。安笑曰：'郗生可谓入幕之宾矣。'"这里指顾晋昌尝为人做幕。

[14]王粲登楼之赋：王粲（177—217年），中国辞赋家，字仲宣，是建安七子之一，被称为"七子之冠冕"（《文心雕龙·才略》）。初到长安，蔡邕倒屣相迎，邕曰："此王公孙，有异才，吾不如也。吾家书籍文章尽当与之。"年十七除黄门侍郎，以西京扰乱不就，到荆州依刘表。《登楼赋》是一篇著名的抒情小赋。他在荆州过了十几年，怀才不遇，壮志难酬。寄人篱下，思乡怀土，因而登楼作赋。

[15]扬风扢雅："风""雅"指诗歌。这里泛指文化。"扬"，发扬，"扢"（qì），奋舞，发扬。

［16］软红：都市繁华。苏轼诗："半白不羞垂领发，软红犹恋属车尘。"自注："前辈戏语，有西湖风月，不如东华软红香土。"

［17］望其项背：看到他的颈项和脊背。

［18］箧衍：盛物竹器。参见"秘箧"一条。见前注。

［19］公余杂咏：《鸡塞集》定稿前暂定的书名。

［20］鸿爪：鸿爪雪泥，喻往事留下的痕迹。语出苏轼《和子由渑池怀旧》："人生到处知何似，应似飞鸿踏雪泥。"

养心居士诗序

天下事往往成于静，败于躁。躁则气浮而心瞀[1]，静则气定而神完。自古豪杰树丰功于当世，垂令名于青史者，何莫非静中得之。然则诗亦何独不然。

夫诗之贵静也素矣，陶彭泽诗"我爱其静"[2]，杜少陵诗"爱汝玉山草堂静"[3]，王右丞"楼静月倚门"[4]。韦苏州诗"水性自云静[5]，以至张九龄之"声静夜相宜"[6]，王昌龄之"海静月色空"[7]，高适之"好静无冬春"[8]，储光羲之"地静我亦闲"[9]，孟郊之"卑静身后老"[10]。凡诗之言静者靡不佳，于以知诗非静不工也[11]。

台安顾君芷馨，淡泊清静人也。文成倚马[12]，词妙探骊[13]。始以戎马书生[14]，继作将军掮客[15]。初在奉天陆军掌书翰[16]，嗣蒙吉林十五师师长今边防副司令长官张公[17]激赏。时方军事旁皇，特致缄招[18]，赞襄戎幕[19]，飞文驰檄[20]，磨盾枕戈[21]，十载戎行，卓著劳绩。凯还策勋，任为长春军械分库主任，盖素知其性耽清静也。君于簿书之暇[22]，除莳花种竹读书课孙外，辄招二三吟侣，倘徉于山巅水涯之间，见夫风云月露之变幻，泉石花鸟之瑰奇，每相与发为诗歌以寄其逸兴。日月浸久，骎骎乎[23]压驴背而裂锦囊[24]。

去冬不才随吉林十五师来吉，于参谋长安公瑞珊座中遇之，一见如旧相识。嗣此论人论世，若沆瀣默相契合者[25]。昨自长来省，出所著公余杂咏见视，并属为序。不才何人而敢佛头著粪耶[26]？展读之余，见其琳琅耀目，无美不臻。古体撷白傅之华[27]近体摘右丞之实[28]，淡而弥永，清而能醇，微得静中三昧者安及此[29]。不禁心为服，腰为折矣。

果少习竟病[30]，长拙推敲[31]。自先济莘兄凡、皎如、子戟两从兄逝世，家味新叔仕鲁，滇[32]之赵伯龙返里。涿[33]之冯畏鹎、杨汉云或宦龙江或拥皋比[34]。两度坛坫[35]，云散风流。果戎马关山[36]，亦复胸填荆棘[37]，岂复能韵斗尖叉[38]！故貂续有心[39]，而浮躁荒伧[40]，终惭形秽[41]，毋宁如魏收[42]藏拙也。敢缀数言，用志钦仰，知不足为三都增重[43]云。

　　　　岁次己巳五月上瀚愚弟（江定远方果毅夫）甫识拜

[1]心瞀（mào）：心烦意乱。

[2]"我爱其静"：陶潜《时运》第三首："延目中流，悠悠清沂。童冠齐业，闲咏以归。我爱其静，寤寐交挥。"

[3]杜少陵：杜甫（712—770年），字子美，原籍湖北襄阳，生

于河南巩县。因居杜曲在少陵原之东，自称杜陵布衣、少陵野老。故后世亦称之为杜陵或杜少陵。举进士不第，天宝末年献《三礼赋》待制集贤院，又为宰相李林甫所压抑。安禄山陷长安，玄宗奔蜀，甫巡凤翔肃宗行在，任左拾遗。官军收复长安后，因疏救房琯，被贬为华州司功参军。不久弃官入蜀，流落剑南，结庐成都西郊。严武镇成都，武荐为检校工部员外郎，故后世又称为杜工部。武死，杜甫出蜀入湘，出瞿塘，下江陵、泝沅湘，以登衡山。游岳祠，大水遽至，涉旬不得食。县令具舟迎之乃得还。寓居来阳，不久卒。甫博极群书，善为诗歌，涵浑汪洋，千态万状，忧时即事，世号诗史。尝从李白、高适过汴州，酒酣登吹台，慷慨怀古，人莫测也。居成都，于浣花里种竹植树，结庐枕江，纵酒啸咏，与田夫野老相与往还。

[4] 王右丞句：王维（701？—761年）：中国唐代著名诗人兼画家。字摩诘。太原人。曾任尚书右丞，人称王右丞。维好山水之乐，得宋之问蓝田别墅，在辋口辋川。尝与裴迪游其中。曾与裴迪书曰："近腊月下，风气和畅，北涉元灞，清月映郭，夜登华子冈，辋水沦涟，与月上下；寒山远火，明灭林外，深巷寒犬，吠声如豹；村墟夜春，复与疏钟相间。此时独坐，僮仆静嘿。多思曩昔，携手赋诗，步仄径，临清流也。"晚笃佛，以玄谈为乐。斋中无所有，惟茶铛、药臼、经案、绳床而已。妻亡不再娶，孤居三十年。著有诗千余篇。天宝后多亡佚，弟缙编缀得四百余篇，名《辋川集》传于世。画思入神，山水平远，云势，石色，绘工，以为天机所到，非学所能及。

[5] 韦苏州句：韦应物（737—？）唐京兆人。少年时以三卫郎事玄宗。后历官滁州、苏州刺史，有惠政。人称韦江州或韦苏州。诗

文结集名《韦苏州集》传于世。其《听嘉陵江水声寄深上人》诗中有"水性自云静，石中本无声"句。

[6] 张九龄（673或678—740年）：字子寿，韶州曲江人。七岁知属文，擢进士，始调校书郎，进中书舍人，出为冀州刺史，以母不肯去乡里，表换洪州都督。后以张说之荐，为集贤院学士，俄拜中书侍郎、同平章事，迁中书令。为李林甫所谮，改尚书右丞相，贬荆州刺史。尝识安禄山必反，请诛，不许。后明皇在蜀思其言。九龄卒后，遣使致祭，恤其家。有文集二十卷传于世。"声静夜相宜"，出自张九龄《和崔黄门寓直夜听蝉之作》。

[7] 王昌龄（？—约756年）：唐京兆长安人，字少伯，开元十五年进士，补秘书郎，开元二十二年，中宏词科，调汜水尉，迁江宁丞。晚节以不护细行，贬龙标尉。安史之乱时归里，为人所杀。"海静月色空"句应为"海净月色真"。

[8] 高适（约700—765年）：字达夫，渤海蓚（今河北景县）人。初在哥舒翰府掌书记。进左拾遗，转监察御史。禄山反，潼关失守，适奔赴行在，累官至谏议大夫。出为蜀、彭二州刺使，进成都尹，剑南西川节度使，召为刑部侍郎，封渤海县侯。

[9] 储光羲：唐衮州人，开元十四年登进士，又诏中书试文章，历监察御史。禄山乱后，坐陷贼贬官。集诗文七十卷。

[10] 孟郊（751—814年）：湖州武康人。字东野，少时隐居嵩山。贞元十二年举进士，时年五十，调溧阳尉。有《孟东野集》十卷。"卑静身后老"引自孟郊《大隐咏》。

[11] 诗非静不工：静与闲是中国古典诗歌传统诗论的重要主题

之一。静，原是哲学上的一个概念。《草木子·观物篇》："孟子夜气之说，是水静而清时，浩然之气，是水盛而大时。"何良俊《四友斋丛说》："夫内自足，然后神闲意定，神闲意定，则思不竭，而神不困也。"吕坤《呻吟语·存心》："天地间真滋味，惟静者能尝得出；天地间真机括，惟静者能看得透；天地间真情景，惟静者能题得破。"静的学说进入文学领域，是要人们去认真观察、体验生活。

［12］文成倚马：成语"倚马可待"。倚在战马前起草文件，可以等着完稿。形容文思敏捷，援笔立就。李白《与韩荆州书》："请日试万言，倚马可待。"

［13］词妙探骊：见前注。

［14］戎马：指军旅生活。

［15］揖客：平揖不拜之客，谓足与主人平起平坐，分庭抗礼者。

［16］掌书翰：主管文墨事务。

［17］张公：指张作相。1924年4月起任吉林督军兼省长。

［18］缥招：降重优礼招聘。缥：赤色。

［19］襄戎幕：见前。

［20］飞文驰檄（xí）：飞文，指军务文件。檄：古代官方文书，作木简长尺二寸。多用征召、晓谕、申讨等。若遇急告，则插上羽毛，称为羽檄。驰檄，迅速传送军事情报。《后汉书·孔融传》："融到郡，收合士民，起兵讲武，驰檄飞朝，引谋州郡。"

［21］磨盾枕戈：盾，盾牌，泛指武器，磨盾，意即准备。枕戈，枕戈待旦，形容杀敌心切，一刻也不能松懈。

［22］簿书：官署文书。

［23］骎骎乎：见前。

［24］压驴背而裂锦囊：见前。

［25］沆瀣：见前。

［26］佛头著粪：《景德传灯录》卷七："崔相公入寺，见鸟雀于佛头上放粪，乃问师曰：'鸟雀还有佛性也无？'师云：'有。'崔云：'为什么向佛头放粪？'师云：'是伊为什么不向鹞子头上放？'"这对话原意是说佛性慈善，在他头上放粪也不计较。后多比喻轻慢、亵渎。明范泓《典籍便览》："欧阳修作《五代史》，或作序冠其前。王安石曰：'佛头上岂可着（著）粪？'"郭沫若《革命春秋》："我往年是不肯替人做序的，达夫的《沉沦》……都曾叫我作序，但我都没着粪佛头。"

［27］白傅：见前。

［28］右丞：见前。

［29］三昧：原意为佛教之三摩提，排除一切杂念，使心神平静。这里指奥妙、诀窍。唐·李肇《国史补》："长沙僧怀素好草书，自言得草圣三昧。"

［30］竞病：南北朝曹景宗梁武帝朝为右将军，魏兵围钟离，景宗率师解围。振旅而还，帝宴之。群臣联句，令沈约限韵，时韵用已尽，惟余"竞、病"二字。景宗操笔立成云："去时儿女悲，归来笳鼓竞。借问行路人，何如霍去病？"帝大称赏。后因以竞病为作诗押险韵的典故。

［31］推敲：见前。

［32］滇（diān）：云南省的别称，因滇池得名。

［33］涿：古涿州，今河北省涿县。

〔34〕皋比：见前。

〔35〕坛坫：盟会的场所。《史记·鲁仲连传》："桓公朝天下，会诸侯，曹子以一剑之任，枝桓公之心于坛坫之上。"

〔36〕戎马关山：戎马，本指胡马，泛指军马，借指军事；关山，关隘山水。喻行军道阻且长，历艰险而备苦辛。

〔37〕胸填荆棘：胸中充满忧国之念。荆棘，是成语荆棘铜驼之省略。《晋书·索靖传》："靖有先识远量，知天下将乱，指洛阳宫门铜驼叹曰：'会见汝在荆棘中耳。'"历代诗人多用荆棘铜驼影射国家将衰。

〔38〕韵斗尖叉：苏轼《雪后书北台壁》与《谢人见和前篇》诗，都用尖、叉字为韵，是用险韵的代表作。故以尖、叉为险韵的代称。

〔39〕貂续：《晋书·赵王伦传》："赵王伦篡位,时侍中常侍九十七人，每朝小人满庭，貂蝉半坐。时人谣曰:貂不足，狗尾续。"宋孙光宪《北梦琐言》："乱离以来，官爵过滥，封王作辅，狗尾续貂。"这里是序作者的自谦。

〔40〕荒伧：魏晋南北朝时，吴人以上国自居，常称北人为伧，地远者称荒伧。言其地处荒塞，为人粗野。

〔41〕终惭形秽：成语自惭形秽。因自觉不如别人而惭愧。刘义庆《世说新语·容止》："珠玉在侧，觉我形秽。"

〔42〕魏收（506—572 年）：中国韵文学家，北齐人，字伯起，小字佛助。所撰魏书，时人以其褒贬不公，故有秽史之称。这里是说魏收应藏拙为是。

〔43〕三都增重：晋·左思，字太冲。齐临淄人，中国辞赋大家。作《齐都赋》一年乃成。赋《三都赋》，构思十年乃成。《三都赋》初成时，

人互有讥訾。张华见而叹曰："班（固）张（衡）之流也，使读之者，尽而有余，久而更新。"又曰："此二京可三，然君文未重于世，宜以经高明之士。"思乃询求于皇甫谧，谧称善，且为作序。序中有云："观中古以来，为赋者多矣。相如《子虚》擅名于前，班固《两都》理胜其辞，张衡《二京》文过其意。至若此赋，拟议数家，传辞会义，抑多精致，非夫研核者不能练其旨；非夫博物者不能统其异。世咸遗远而贱近，莫肯用心于明物。"于是《三都赋》愈为人称道。

顾芷馨诗序

顾君芷馨，台安名士也。名晋昌，别号养心居士。有清末叶，与敝邑石君蕴如，同以茂才[1]留学东瀛[2]。归国后，见时势日非，乃投为奉天陆军二十七师一百五团[3]幕府。盖抱匡济[4]之材，冀乘时得势，建定远之殊勋也。民初移防来铁[5]，值地方官绅，创组龙山俱乐部，经陈公漱六介绍，余得与君结识，且同被举为该部干事。每逢佳会，辄终日谈心，相见恨晚，遂订知交。

芷馨素好藏书，公余恒邀石君三人集会，参考中外经史、舆图，搜罗诸子百家群书，借资谈助。余嗜玄理[6]，芷馨、蕴如复能研究道法。旁及佛老。有时游山钓水，啸傲烟霞[7]。人几疑我三人放浪形骸[8]，疏狂不羁[9]，有巢[10]、许[11]，楚狂[12]之风焉。

民国六年，余游沈水[13]，越二载复之鸡林，十一年返铁。相处未久，而芷馨受吉省帅座之聘，任驻长春军械库官。本年秋，余服务家山[14]，正切秋水伊人[15]之念，适由蕴如出示芷馨公余杂咏二卷，并附函属余推敲，余愧曷敢当。反复披读，觉满纸琳琅，皆成珠玉，其用意深沉，炼句工整无论矣。举凡四时佳兴，今古风情，以及社会之往来，吟坛之酬和，无不因人因事，随地随时，描摩尽致。逸趣闲情，殊有潇洒出尘之概。至如《忆犬》《捕蛰》《拟别》等篇，尤推一时杰构，信手拈来，豁人心目，可谓诸体皆备，美不胜收矣。不但此也，妙龄爱女[16]亦解咏吟，其或谢韫[17]又生、坡仙[18]再世，特为混俗和光，而游戏人间者乎？

然芷馨胸怀豁达，品学高超，虽字里行间，未尝忘怀家国，使得获显达，握枢要[19]，展其所学，吾知功名勋业，将必大有可观。乃天靳长材，悲歌慷慨，竟以诗传。殆所谓时数限人，文章憎命[20]者欤？噫！诗穷而后工，学与年俱进。余睹佳作，回想当年，则知岛佛所宗[21]，独有真传，不禁瞠乎后[22]矣。因不自揣，附以俚词，妄加品题，庶几高明见之，知我两人道义之交，亦藉以刊播流传也。并以为序。

题　词　一

先生潇洒出风尘[23]，随意挥毫倍有神。

十载养心敦士品[24]，半囊佳句见天真。

当年曾作从戎客，今日权为守藏人[25]。

与世论交多恨晚，高山落落仰存仁[26]。

题　词　二

曾从军府幕中来，绝口兵戎亦怪哉。

宾客满堂诗兴动，戈矛列坐酒樽开。

使君本是吟坛主，谢女[27]生成咏雪才。

读到弃官归隐句，令人拍案费低徊。

题　词　三

莫论贤愚较短长，是非颠倒演荒唐。

未能寡过依然欲，不得中行[28]必也狂。

慷慨功名嗤定远[29]，逍遥事业问蒙庄[30]。

古今多少升沉感[31]，都被诗人贮锦囊。

岁次己巳秋铁岭妙一子化东丁肇甲拜序

[1]茂才：汉代举用人才的一种科目。即秀才（见前注）。《汉武帝纪》："其令州郡察吏民有茂才异等可为将相及使绝国者。"注：引汉·应劭曰："旧言秀才，避光武讳，称茂才。"

[2]留学东瀛：指顾晋昌留学日本。见前。

[3]奉天陆军二十七师一百五团：系张学良的军旅。

[4]匡济：《三国志》魏《贾诩传》："乃拜诩尚书，典选举，多所匡济。"《后汉书·袁绍传》："今欲与卿勠力同心，共安社稷，将何以匡济之乎？"意谓匡时济世。

[5]铁：铁岭市。

[6]玄理：《晋书·王湛传》："（王）济尝诣湛，见床头有《周易》。……济请言之，湛因剖析玄理，微妙有奇趣，皆济所未闻也。"指幽深微妙的义理，指老庄学说。

〔7〕啸傲烟霞：啸傲，歌咏自得，放旷不受拘束。晋·郭璞《游仙诗》："啸傲遗世罗，纵情在独往。"烟霞，山水胜景。南齐谢朓《拟宋玉风赋》："烟霞润色，荃荑结芳，出涧幽而泉冽，入山户而松凉。"

〔8〕放浪形骸：放浪，放荡；形骸，人的形体。意即行为放纵，不拘形迹。王羲之《兰亭集序》："或因寄所托，放浪形骸之外。"

〔9〕疏狂不羁：狂放不受拘束。白居易《代书诗一百韵寄微之》："疏狂属年少，闲散为官卑。"羁，马笼头，比喻束缚。

〔10〕巢：巢父，上古尧时隐人。山居不营世利，年老以树为巢，寝其上。故时人号曰巢父。尧让天下于巢父，巢父曰："君之牧天下，犹予之牧犊，无用天下为。"乃过清冷之水洗其耳曰："向闻贪言污吾耳也。"

〔11〕许：许由，字武仲。初隐于沛泽之中，尧以天下让之，乃隐于中岳。又召为九州长，由不欲闻，洗耳于颍水之滨。

〔12〕楚狂：《论语·微子》："楚狂接舆歌而过孔子。"疏："接舆，楚人，姓陆名通。昭王时，政令无常，乃披发佯狂不仕。时人谓之楚狂。"

〔13〕沈水：沈水在沈阳。

〔14〕家山：家乡。唐·钱起诗："蓬舟同宿浦，柳岸向家山。"

〔15〕秋水伊人：《诗·秦风·蒹葭》："所谓伊人，在水一方。"后泛指所怀念的人。

〔16〕妙龄爱女：指顾晋昌女儿顾文清。

〔17〕谢韫：本名谢道韫，晋，陈郡阳夏人。安西将军谢奕之女，王凝之之妻。叔父谢安尝问《毛诗》何句最佳？伊谓："吉甫作颂，穆如清风。仲山甫咏怀，以慰其心。"谢安赞谓有雅人深致。又尝内

集，俄尔雪骤下，安问："何所似？"安兄子朗曰："撒盐空中差可拟。"
道韫曰："未若柳絮因风起。"安大悦。凝之弟献之尝与宾客谈议，词
理将屈，韫遣婢白献之曰："欲为小郎解围。"乃施青绫步幛自蔽，申
献之前议，客不能对。遭孙恩之难后嫠居会稽，治家严谨。人称："王
夫人神清散朗，有林下风气。"道韫著诗赋诔颂诸文三卷传于世。

[18]坡仙：宋·苏轼，字东坡，才华横溢，人尊之为坡仙。元好问《息
轩画》诗："奚官有知应解笑，世无坡仙谁赏音。"

[19]枢要：中心要害。刘勰《文心雕龙·论说》："凡说之枢要，
必使时利而义贞，进有契于成务，退无阻于荣身。"又指中央政权机
要部门或职务。这里指重要权位。

[20]文章憎命：憎，厌恶。文章厌恶命运好的人。杜甫《天末
怀李白》："文章憎命达，魑魅喜人过。"

[21]岛佛所宗：贾岛为僧时与无可僧吟诗清苦，极力推敲诗句
之工稳，是岛、可二人作诗的宗旨。

[22]瞠（chēng）乎后：瞠，瞪眼睛。《庄子·田子方》："颜渊
问于仲尼曰：'夫子步，亦步；夫子趋，亦趋；夫子驰，亦驰；夫子
奔逸绝尘，而回瞠若乎后矣。'"

[23]潇洒出风尘：孔稚珪《北山移文》："夫以耿介拔俗之标，
潇洒出尘之想，度白雪以方洁，干青云而直上。"意即风度洒脱，超
出尘世。

[24]士品：泛指读书人的德行。

[25]守藏人：（一）古代掌典籍之人。《史记·老子传》："周守
藏室之史也。"《索隐》："藏室史，周守藏室之史也。又《张苍传》：'老

子为柱下史,盖即藏室之柱下,因以为官名。'"(二)又"守藏(zàng)人:掌管藏府之人,即府库。"作者顾晋昌从幕府掌书翰到任军械库主任。

[26]高山落落仰存仁:存仁,《孟子·离娄下》:"君子所以异于人者,以其存心也。君子以仁存心,以礼存心。"高山落落,形容庄重。

[27]谢女:见前。

[28]中行:中庸之道。《论语·子路》:"不得中行而与之,必也狂狷乎。"

[29]定远:班超,封定远侯。见前。

[30]蒙庄:庄周,蒙人,故曰蒙庄。见前注。

[31]升沉:指仕官的升降进退。

顾芷馨诗序

余友顾君子馨,辽东台安人也。幼习帖括[1],长于词章声律之学,而屡踬[2]于有司。壮游四方,佐军书以糊其口。公余之暇,时托吟咏以抒其志气。缥缃[3]所积,久之自成卷帙,然君亦未尝以诗自见。如仅以诗人目君,非知君者也。

君夙有大志,曩者海氛不靖[4],酒酣耳热,慷慨悲歌,辄露所蓄,卒以未就,乃激发于诗。今已裒为一集,友人强其刊行以公同好。君来书属为序言,余素不能诗,又复不文。窃以诗至唐而极其变,故其格莫备于唐。诗贵温柔,主性灵,又必关系人伦日用,非徒吟风弄月已也。

且人各有造诣所极,原不必兼众体,至其性情遭际,人人

033

有我在焉。袁简斋[5]与友人论诗有云："边风塞云，李杜[6]所宜也，若郊岛为之则陋矣[7]。题香吹律，温李[8]所宜也，若韩孟为之则亢矣[9]。宜少陵不为王、杨、卢、骆[10]之诗，而尊之为万古江河[11]，山谷不为西昆之体[12]，而尊之为一朝郛廓[13]。"可见为诗之道，人人有我在焉，不必强古人而同之，畏古人而拘之也。

君性情真挚和悦，淡泊明志。知其诗清超淡远，能见性灵，婉而多风，其味弥永。能道人所不能道，又岂必规规摹韩学杜始可与言诗哉。是为序。

岁次己巳十月砚弟赵诚格存甫谨识

[1]帖括：科举考试文体名称。唐代明经科以"帖经"试士，即以所习之经，掩其两端，中开一行，裁纸为帖。后考官常选偏僻章句为试题，考生便总括偏僻经文，编成歌诀，熟读记忆，以应付考试，叫帖括。《新唐书·选举志》："明经者但记帖括。"明清两代，八股文也称为帖括。

[2]踬（zhì）：挫折。

[3]缥缃：缥，淡青色；缃，浅黄色。古时线装书的书套常用淡青或浅黄的丝帛，后因以代指书卷。关汉卿《窦娥冤·楔子》："读尽缥缃万卷书，可怜贫杀马相如。"

[4]海氛不靖：指日本帝国主义自甲午以来发动的侵华战争。

[5]袁简斋：袁枚（1716—1798 年），字子才，号简斋，钱塘人。居于江宁小仓山之随园，世称随园先生，自号仓山居士或随园老人。著有《小仓山房集》《随园诗话》等书。其为诗以性灵为主，与王渔

洋神韵说相反对。

[6] 李杜：李白与杜甫。

[7] 郊岛：孟郊（751—814 年）字东野。唐玄宗天宝十年生于湖州之武康，卒于宪宗元和九年。少隐于嵩山，韩愈一见为忘形交。五十得进士，卒谥曰贞曜先生。有《孟东野诗集》。岛：贾岛，见前注。

[8] 温李：温庭筠与李商隐。温庭筠，字飞卿，本名岐，太原人，为温彦博裔孙。大中初应进士。官国子助教，尝作诗忤时相令狐绹，故不得大用。诗词与李商隐齐名，时称温李。作诗八叉手而八韵成，时称温八叉，诗词风格浓艳，多写闺情。著有《握兰集》《金荃集》《汉南真稿》传于世。李商隐（约 813—约 858 年），唐怀州河内人。字义山，号玉谿生。开成二年进士。累官东川节度使判官，检校工部员外郎。著有《李商隐集》《樊南文集》，后人辑有《樊南文集补编》。

[9] 韩孟为之则元矣韩孟，韩愈与孟郊。韩愈（768—824 年），字退之，愈性明锐，不诡随，与人交，一往情深，奖掖后进，提携时辈，往往成名，六朝以来文风日向绮缛，唐初虽历革之，犹有余风。愈力矫浮风，一时学为古文者皆师法之。后世称愈文能起八代之衰。亦长于五言古诗，雄峙如高山，奔放如大海。所著《文集》四十卷。亢，高亢、亢直。

[10] 王、杨、卢、骆：即唐初"四杰"，王勃、杨炯、卢照邻、骆宾王。王勃（649 或 650—676 年）：字子安，六岁善文辞，刘祥道表于朝，对策高第，因未冠，授朝散郎。沛王闻其名，任修撰，时诸王斗鸡，勃戏为文《檄英王鸡》。高宗闻之削其职，斥出府。客剑南。父福时，因罪左迁交趾令，勃往省，渡海溺水，卒。著文集三十卷传

于世。

杨炯（650—? 年）：善属文，举神童，授校书郎。为崇文馆学士，迁盈川令，著有文集三十卷，传于世。

卢照邻：唐范阳人，字升之。官新都尉，居太白山，后得疾，手足挛废。退居具茨山下，买园数十亩，疏颍水周舍，著《五悲文》以自明。病既久，自沉颍水。著有文集二十卷，《幽忧子集》三卷。

骆宾王（约638—? 年）：唐婺州义乌人。高宗末年为长安主簿，以言事得罪，贬临海丞。后随徐敬业于扬州起兵反对武则天，署府佐，为敬业传檄天下，斥武后罪。敬业败，有一说骆亡命西湖灵隐寺为僧，武后求而杀之。卒后，文多散失，兖州郗云卿集成十卷传于世。

[11] 万古江河：杜甫《戏为六绝句》之二："王杨卢骆当时体，轻薄为文哂未休。尔曹身与名俱灭，不废江河万古流。"杜甫对四杰诗歌成就给予充分肯定。

[12] 西昆之体：宋太宗时，诗人杨亿，为转变文风，提倡用事精巧，对偶亲切，诗人刘筠、钱惟演起而唱和。杨亿等人唱和诗二百五十首，结集名曰《西昆酬唱集》。翁方纲《石州诗话》："宋初杨大年、钱惟演诸人馆阁之作，曰《西昆酬唱集》……西昆者，宋初翰苑也。是宋初馆阁效温李体而有西昆之目，而晚唐温、李时，初无西昆之目也。"

[13] 郛廓：外城。南朝·宋·颜延年《还至梁城作》诗："丘垄填郛廓，铭志灭无水。"又，屏障。扬雄《法言·吾子》："虐政虐世，然后知圣人之为郛廓也。"此作屏障解。

顾芷馨诗序

卜子[1]有言："诗者，志之所之也。在心为志，发言为诗[2]。是故志定于诗，先有志而后有诗。诗三百篇皆古人发愤之所作，下至陶、谢、李、杜[3]莫不皆然。不知此义，始为无病之呻吟，以袭取貌似为工。於戏[4]！不光言其志，而一以诗是尚，其弊乃至如此，可胜叹哉！

台安顾君芷馨少有大志，慕宗悫[5]之为人，尝欲乘风破浪超行万里之外，终无所就。乃壹发之于诗。余初识君于长春，时君年逾五十，目炯炯而神奕，意气无殊少年。已而出所撰诗视余，观其托物咏志[6]，自道性质，不屑屑于字句之工，以庶几于古人之所为，此其所造，岂以袭取貌似为工者所能识。

友人之能诗者如李丈蓬仙、王子秩清、关子路夫皆喜与之游。每会则必有诗，如是者二年矣。今年春，余以衔恤[7]去长春，不及别君，日月居诸，念之綦切。顷者君将裒集其诗付之剞劂，与世人以共见，并命序于余。余惟昔人之论杜少陵曰："此老诗外大有事在。"[8]使君而得志当世，激昂青云其所成就岂寥寥数卷之诗所能限？然则世以诗人目君，犹未达一间者也。

岁次己巳十一月辽阳金毓黻[9]静庵叙于辽宁省垣寓庐

[1]卜子：卜商（前507—？），字子夏，一说春秋卫国人。孔子弟子，长于文学，为人笃实，退而归于西河，教授门人。魏文侯师事之。为《诗》作序，为《易》作传，后世封河东公。

[2]"有言"句：这是《毛诗》之《序》中的一段话。全文是"诗

者，志之所之也，在心为志，发言为诗。情动于中而形于言，言之不足故嗟叹之，嗟叹之不足故永（咏）歌之，永歌之不足，不知手之舞之，足之蹈之也"。

［3］陶、谢、李、杜：陶潜、杜甫见前注。

谢灵运（385—433年）：南朝宋诗人，阳夏人。军事家谢玄之孙，袭封康乐公。博览群书，工书画。初为武帝太尉参军，少帝时贬为永嘉太守。好山水，肆意遨游，不久辞官移居会稽。文帝征为秘书监，迁侍中，常称病不朝，寻为临川内史，以行放纵，为有司所纠，流徙广州，途中又以谋反罪被杀。著有诗赋文论传于世。文词典丽，逸荡新巧。诗中多游览旅行之作，感时伤己之篇，刻画山水，独具匠心。

李白（701—762年）：唐诗人，自称祖籍陇西成纪人。生于安西都护府之碎叶城。神龙初年迁居蜀中绵州之青莲乡。击剑任侠，客任城，与孔巢父、韩准、裴政、张叔明、陶沔居徂徕山，日沈饮，号竹溪六逸。天宝初，入会稽与吴筠善，筠被召因随筠至长安，往见贺知章。经贺、吴推荐，任翰林院供俸，以蔑视权贵，遭逭出京，游历江湖，纵情诗酒。后因永王（李璘）之乱，被流放夜郎，途中遇赦。依族中人当涂令李阳冰，不久病卒。在京与贺知章、李适之、汝阳王琎、崔宗之、苏晋、张旭、焦遂为酒中八仙人。著有文集三十卷，传于世。文风轻逸飘忽，洒落豁达，故号为"诗仙"。其为诗以气为主，以自然为宗，以俊逸高畅为贵。可与齐名者，唯有杜甫。韩愈有诗评曰："李杜文章在，光焰万丈长。"

［4］於戏：感叹词，同"呜呼"。

［5］宗悫（？—465年）：字元干，南北朝，南阳人。少时叔父宗

炳问其志，悫答曰："愿乘长风破万里浪。"

[6]托物咏志：借物抒怀。

[7]衔恤：衔忧。《诗·小雅·蓼莪》："无父何怙，无母何恃。出则衔恤，入则靡至。"

[8]"余惟昔人之论杜少陵"句：昔人，指宋代学者苏轼，其《东城诗话评子美诗》中说："子美自比稷与契，人未必许也。然其诗云：'舜举十六相，身尊道益高，秦时用商鞅，法令如牛毛。'此自是稷契辈人口中语也。又云'知名未足称，局促商山芝。'又云：'王侯与蝼蚁，同尽随丘墟。愿闻第一义，回向心地初。'乃知子美诗外尚（别）有事在也。"

[9]金毓黻（1887—1962年）：字静庵，号千华山民，辽宁辽阳人。历任奉天省议会秘书、东北政务委员会秘书、辽宁省政府委员兼教育厅长、辽宁省政府秘书长等。东北史专家，著有《东北通史》等。

顾芷馨先生公余吟稿

余初识顾芷馨先生于长春，由金公静庵为之介，极一时文酒风流之盛。既而金君去参沈阳戎幕，朋侪雨散，无复觞咏以谢江山，意绪之牢落[1]可知矣。先生闲，尝过余清谈移晷，辄出示诗文相倡和，其崟奇[2]磊落之气，时时流露楮墨[3]间而不自知也。

先生早岁攻举业[4]，蜚声庠序[5]间。凡与之游者，以文章道义相切劘[6]。威武富贵莫得而移也[7]。鼎革[8]以来，屈指耳目所闻见，其才地不逮远甚者，乃先后蹑亨涂[9]，膴肭仕[10]，独先生以望六之年，寥落不得行其意。此孰为之而孰止之耶！

先生既管军库，任务清简，暇则肆力诗文，得数百篇，妍秀典丽，声律稳谐，而抚时触事，类多凄清激岩之音。虽屡遭坛墦[11]，偃蹇[12]不合，其简夷萧疏[13]之气未尝稍挫，一以发之于文章，固自如也。

今岁，先生袠所著诗文问序于余，余何能无一言以弁诸简首。因观其雅志期待不同畴人[14]，所以取重于当世者，端在此欤？

岁次己巳嘉平[15]之月黑山王肇澄秩清序于长春寓次

[1] 牢落：寥落，荒废。《文选》司马长卿（相如）《上林赋》："牢落陆离，烂漫远迁。"孤寂，无所寄托。李贺《京城》："驱马出门意，牢落长安心。"

[2] 嵚（qīn）奇：一作"嵚崎"。喻山高峻。喻人杰出，嵚奇磊落。《儒林外史》第一回："虽然如此说，元朝末年，也曾出了一个嵚奇磊落的人，这人姓王名冕，在诸暨县乡村里住。"比喻杰出之士的高岸俊伟。

[3] 楮（chǔ）墨：纸和墨。借指写作。

[4] 举业：科举考试。

[5] 庠序：见前。

[6] 切劘（mó）：琢磨、切磋。王安石《与王深父书》："自与足下别，日思规箴切劘之补，甚于饥渴。"

[7] "威武富贵"句：《孟子·滕文公下》："富贵不能淫，贫贱不能移，威武不能屈，此之谓大丈夫。"

［8］鼎革：指辛亥革命。《易·杂卦》："革，去故也。鼎，取新也。"《彖传》："天地革而四时成。汤武革命，顺乎天而应乎人。"

［9］"亨涂"句：涂，同途。亨通之路。唐郑谷《咏怀诗》："自许亨途在，儒纲复振时。"蹑，踏。

［10］膺朊（ruǎn）仕：得到高官厚禄。《诗·小雅·节南山》："琐琐姻亚，则无朊仕。"朊：美，厚。膺，受。这里是说得到高官厚禄。

［11］埳壈（kǎn lǎn）：同坎壈，不平之路，引申为穷困、不得志。宋鲍照《代结客少年场行》："今我独何为，埳壈怀百忧。"

［12］偃蹇（yǎn jiǎn）：困顿。《聊斋志异·三生》："后婿中岁偃蹇，苦不得售。"

［13］简夷萧疏：简夷，义同简易，此指平易近人。萧疏，原意指事物稀散。韦应物《淮上喜会梁川故人》："欢笑情如旧，萧疏鬓已斑。"这里指顾氏兴致，清幽暇逸，宁静恬淡。

［14］畴人：历算家。此指一般人。

［15］嘉平：腊月的别称。《史记·秦始皇本纪》："三十一年十二月，更名腊，曰嘉平。"《索隐》："殷曰嘉平，周曰大蜡，亦曰腊。"

顾芷馨诗序

尝谓诗之教大矣，诗之旨微矣。自国风一变而为雅颂[1]，雅颂一变而为离骚[2]，学者咸奉为词章之祖。降而汉、魏、六朝，词藻虽尚华靡，而音节尤不失古意。有唐再变而为应制体[3]，去古愈远而风斯下矣。然李杜光焰万丈[4]，不废江河万古流，所以集大成于盛、中、晚[5]，衍派别于宋、元、明、清，诗之教大而备，诗之旨微而显矣。

世间魁儒杰士代出，功业彪炳[6]，盛极一时，往往以提倡风雅为己任。以故老师宿儒，穷年兀兀[7]，虽不得志于时，而精神所系，犹得于一觞一咏，作题襟之雅集[8]，予以挽颓风，励薄俗，所关于世道人心者至巨。无如世风不古，而诗教之变迁亦随之愈下，有所谓新诗者出，不今不古，不文不韵，而一般青年学子竞学焉，若极有兴味之可寻者。习俗所移，贤者不免，此诗教之所以不振也。

吾友顾君芷馨，虽屈末僚，而性耽吟咏，师韩子诗正而葩[9]，香山老妪尽解之义[10]，著《公余杂咏》若干卷，索序于余。余不文，无能发挥风人之旨，或者精神所系，极尽温柔敦厚[11]兴观群怨[12]之能事，浸假而挽回风气[13]，俾世之有风教之责者，知诗之教大而备，诗之旨微而显，从而扩充之，张大之，不让盛唐独有千古安必今不如古耶？斯即作者之微意也。为书此质之。

题　词　二　首

凤泊鸾漂幸此遭，松花江上识人豪。

风怀清远规元白[14]，雅抱芳馨入谢陶[15]。

诗价鸡林从古重[16]，骚坛牛耳是谁操[17]。

文章事业虽销歇，名到能传毕竟高。

其 二

平生志业薄公侯，诗境原来老愈遒。

雅颂渐随秦汉歇，风骚全被晋唐收。

古人过后皆经道，佳句翻新孰与俦。

相遇赏音甘苦共，高山流水集中求。

岁次庚午四月中浣昌黎杨湛霖紫雨序于鸡林客次[18]

［1］国风一变而为雅颂：《毛诗序》："至于王道衰，礼义废，政教失，国异政，家殊俗，而变风变雅作矣。"在国风中，邶风以下十三国风为变风。小雅中《六月》以后的诗为变雅。

［2］雅颂一变而为离骚：白居易《与元九书》："国风变为骚辞。"

［3］应制：为应皇帝之命而作。

［4］光焰万丈：韩愈《调张籍》："李杜文章在，光焰万丈长。不知群儿愚，那用故谤伤。蚍蜉撼大树，可笑不自量。"

［5］集大成于盛、中、晚：盛、中、晚指三唐。旧时对唐诗的分期。宋·严羽《沧浪诗话》诗体认为初唐、盛唐、晚唐为三唐。元·杨士宏《唐音》以盛唐、中唐、晚唐为三唐。

［6］彪炳：晋·左思《蜀都赋》："符采彪炳，晖丽灼烁。"形容文采焕发。

［7］兀兀：勤勉不止。韩愈《进学解》："焚膏油以继晷，恒兀兀以穷年。"

［8］题襟：书写文字于衣襟上，亦曰题衣。晋·王嘉《拾遗记》："任

末年十四时，学无常师，负笈不远险阻……观书有合意者，题其衣裳以记其事。"

[9]韩子：指韩愈。诗正而葩；韩愈《进学解》："《春秋》谨严，《左氏》浮夸，《易》奇而法，《诗》正而葩。"《诗》是我国古代最早的一部诗歌总集。正而葩，谓义理正大而辞藻华美。

[10]香山老妪尽解：《诗人玉屑》《老妪解诗》："白乐天每作诗，令老妪听之，问曰：解否？妪曰：解，则录之，不解则改之。故唐末之诗，近于鄙俚也。"

[11]温柔敦厚：温和宽厚。《礼·经解》："温柔敦厚，《诗》教也。"《疏》："温，谓颜色温润，柔，谓性情和柔。"

[12]兴观群怨：《论语·阳货》："子曰：小子！何莫学夫诗？诗可以兴，可以观，可以群，可以怨。迩之事父，远之事君，多识于鸟兽草木之名。"

[13]浸假：浸，渐。假，借。后多用作逐渐之意。《庄子·大宗师》："子祀曰：'汝恶之乎？'曰：'亡，予何恶？浸假而化予之左臂以为卵，予因之以求时夜；浸假而化予之右臂以为弹，予因之以求鸮炙。'"

[14]元白：元稹和白居易。

[15]谢陶：谢灵运和陶潜。

[16]诗价鸡林从古重：见前。

[17]牛耳：古代诸侯会盟时，割牛耳取血，分尝为誓，以资信守。《左传·定八年》："卫人请执牛耳。"《注》："盟礼尊者为牛耳。"宋·文天祥《二月六日海上大战》："身为大臣，义当死，城下师盟愧牛耳。"这里指诗坛领袖。

[18]庚午：1930年。中浣：中旬。浣，洗濯。唐代制度，官吏每10日休息洗沐一次，后因称每月上、中、下旬为上、中、下浣。

顾芷馨先生诗序

余自幼好涉猎古书，尝考古之作者，多出于名山大川之域。盖其钟灵毓秀之气，澎渤蕴蓄既久，于物则发为灵芝异卉，于人则必有鸿儒硕彦[1]，寄迹于其间。

丙寅[2]四月，余游吉林桦甸县，供职三载，交游颇广，而能谈文艺善诗赋者寥寥无几[3]。此何故哉？夫吉林之山川非不多也，何竟人文之不著耶？

嗣于省垣，无意中乃遇顾芷馨先生。先生名晋昌，字芷馨，别号养心居士，奉天台安县人，现为吉省烟酒事务局副局长。天生儒雅[4]，蔼然可亲，与谈文艺尤蓄积宏富。因出自著公余杂咏数卷示余，暇辄焚香吟咏，其清高淡远之气，溢于字里行间，洵不愧为古之作者。然犹长于五律，纾徐悠远，有白香山、陶彭泽之逸韵。于此而知山川之灵秀聚于此矣。

盖诗者，性情之流露也。先生淡泊明志，不慕荣利，虽任局长之职，不求进取。其诗惟多乐天知命之言，细绎言中之物[5]，莫非悲天悯人之隐[6]。故以怀才莫展，终日无事，借诗以发舒其志气。盖贤人不得志者，岂以诗名乎？

岁次辛未[7]七月古雄州品良周俊贤序於吉林客次

[1]鸿儒：大儒，泛指博学之士。汉·王充《论衡·本性》："自孟子以下至刘子政（向），鸿儒博生，闻见多矣。"硕彦：硕儒彦士，俊彦。指才德杰出的人。《书·太甲》："旁求俊彦，启迪后人。"

[2]丙寅：1926年（民国十五年）。

[3]寥寥无几：寥（音疗），形容数量少，没几个。

[4]儒雅：指风度温文尔雅，兼寓富有学识。庾信《枯树赋》："般仲文风流儒雅，海内知名。"

[5]细绎（yì）：详细推究，寻求。

[6]悲天悯人：哀叹时世，怜悯人民的疾苦。

[7]辛未：1931年。

养心居士诗序

顾芷丈[1]先生，台安名宿也。品端学粹，志趣清高，平向闻其名，未谋其面，窃尝自以为憾。民国庚午秋由辽来吉，始获亲晤。斯时丈年花甲，精神龙马，海鹤姿容[2]，言谈风雅，蔼然可亲，诚有倍于向之所闻者。

及阅丈手著《公余杂咏》全稿，音律铿锵，字句古削，远绍葩经[3]，出入晋唐，纯系天籁自鸣，不假雕绘，而恻然动物。此诚道积厥躬，凡在可兴、可观、可群、可怨之事[4]，无不触于怀而发为诗歌者也，岂若近世诗人吟风弄月已乎？然其清真淡远，秀雅可餐[5]，有合王右丞、白香山为一身。

当时捧读回环，不忍释手。欲为录抄全稿，借镜观摩，乃缮写未终，而谋差远行，中途辄止。迨壬申[6]夏，由舒兰税捐分局解职归来，闲居无聊，躬往丈第，请将旧抄时稿，编订四卷，手书端楷，续录完整。故缀数语，用志毋谖[7]云尔。

　　　　岁次壬申秋七月黑山后学张治平谨识于吉林侨次

［1］丈：对长辈、师长的尊称。《礼·本命》："丈者，长也。"

［2］龙马句：古代形状像龙的骏马。比喻精神旺盛。唐·李郢《上裴晋公》诗："四朝忧国鬓如丝，龙马精神海鹤姿。"

［3］葩经：韩愈《进学解》："诗正而葩。"葩，华美之意。后遂称《诗经》为葩经。

［4］兴、观、群、怨：见前。

［5］秀雅可餐：成语秀色可餐。秀色，指美女姿容或自然美景。晋·陆机《日出东南隅行》："鲜肤一何润，秀色若可餐。"

［6］壬申：1932 年。

［7］毋谖（xuān）：勿忘。

《鸡塞集》自序

　　吾闻之：马逢伯乐而嘶鸣[1]，剑遇张华而耀彩[2]。且以人生到处，迹似爪泥[3]，蓬水相逢，难言知遇，求古人倾盖论交而欢若平生者[4]，不数觏[5]矣。

　　余于庚午[6]端阳来至鸡林，服官酒政[7]，得识各机关莲幕名流[8]，互相酬酢，每于日曜休沐之期，结社联吟，此唱彼和，甚盛事也。不意辛未秋[9]，骚坛冷落，风雅无存，佳士名流，天各一方，回忆前尘，竟成泡影。余时因故乡多难，未越雷池[10]，终日埋首蓬门[11]，不问世事，虽有良朋往还，恨无知音相赏。

岁乙亥九月杪，余由省垣牛宅[12]胡同迁移大榆树后胡同曹宅院内。居停曹民之系北平民国大学经济学士，幼承庭训[13]，于古文诗学颇得薪传[14]。一日见余旧作吟稿，袖至专卖公署，与科长俞君谷冰，互相参阅，谬蒙赏识。且俞君亦当代诗人，韬晦[10]仕途，出所作菊花诗十二首，秋柳诗四章见示。余闲于灯下读之，觉满纸琳琅，无美不臻。其诗境老，诗品高，迥超乎吾当日骚坛之右。余披览再三，技痒勃发，遂不禁按其原韵，一一妄和，从此订为知交。是以前恨无知音者，今果相逢矣。

乃俞君与民之素具热诚，悯余贫老，不令长吉心血[16]，湮没无闻，与其署长吴公各捐廉俸，谋为梓行，并兼此稿俞君又为校正以期问世。余思前人有言曰：人能留几句腐词于天地间，供后人指摘，亦是幸福。缘此稿前经友人安瑞珊君曾许捐廉付梓，未及进行而时变迁，安君远引，窃叹一生心血终无建白之日矣。孰知彼苍眷佑，不负苦衷，乃于落落寡合之中，竟获俞君青眼[17]，不惜重资玉成其事，岂非马逢伯乐而剑遇张华乎！兹将灾付枣梨[18]，爰缀数语以志巅末。

岁次丙子人日[19]养心居士书于鸡林寓次

[1]伯乐：春秋秦穆公时人，以善相马著称。《庄子》释文："伯乐，姓孙名阳，善驭马。"

［2］张华（232—300年）：晋范阳方城人。字茂先。官至司空。好奖人才，即寒门下士有片长者，莫不叹赏、推誉。华尝见斗间有紫气，密召雷焕观之。焕曰：宝剑之精当在丰城。华补焕为丰城令。焕掘狱基，入地四丈，得石函。中有宝剑。题曰：龙泉，太阿。送一与华，华曰："此干将也。莫邪可复至否？虽然，天生神物，终当合耳。"及华被杀，失剑所在。

［3］人生到处，迹似爪泥：苏轼《和子由渑池怀旧》："人生到处知何似，应似飞鸿踏雪泥。"

［4］倾盖：停车而遇，车盖相近，因称初交，一见如故。《史记邹阳传·狱中上书》："谚曰：'有白头如新，倾盖如故'，何则？知与不知也。"苏轼《台头寺送宋希元》："相从倾盖只今年，送别南台便黯然。"

［5］覯（gòu）：遇见。同"遘"。

［6］庚午：1930年。

［7］酒政：即酒正，古代官名。《周礼·天官》有酒正，掌有关酒的政令。此指顾晋昌辞去长春军械库主任一职来吉林任省烟酒事务局副局长之职。

［8］莲幕：幕府。南齐王俭于高帝时为卫将军，即宰相之职，领朝政，一时所辟，皆才名之士，时人以入俭府为入莲花池，言如红莲绿水，交相辉映。后因称幕府为莲幕。李商隐《祭张书记文》："职高莲幕，官带芸香。"也作莲花幕。唐·韩偓《寄湖南从事》诗："莲花幕下风流客，试与温存遣逐情。"

［9］辛未：1931年，日本帝国主义在东北发动了九一八事变，局势恶化，故说："骚坛冷落，风雅无存。"

［10］未越雷池：雷池，即大雷池，今名杨溪河，在安徽望江县南。《晋书·庾亮传·报温峤书》："吾忧西陲，过于历阳，足下无过雷池一步也。"后用以比喻不可越出一定的范围。

［11］蓬门：柴门，贫寒之家。宋·谢庄《怀园引》："青苔芜石路，宿草尘蓬门。"杜甫《客至》："花径不曾缘客扫，蓬门今始为君开。"

［12］牛宅胡同：今吉林市大东街建材胡同。

［13］庭训：《论语·季氏》："陈亢问于伯鱼曰：子亦有异闻乎？对曰：未也，尝独立，鲤趋而过庭，曰：学诗乎？对曰：未也。不学诗无以言。鲤退而学诗。他日又独立，鲤趋而过庭，曰：学礼乎？对曰：未也。不学礼抚以立，鲤退而学礼。"

［14］薪传：成语"薪尽火传"之省。《庄子·养生主》："指穷于为薪，而火传也，不知其尽也。"本义为薪柴虽烧尽，而火种仍可留传。后比喻学问技艺世代相传。《儒林外史》五回："风流云散，贤豪才色总成空；薪尽火传，工匠市廛都有韵。"

［15］韬晦：隐匿声迹，不自炫露。《景德传灯录·文喜禅师》："属会昌废教，返服韬晦。"

［16］长吉：李贺，字长吉。见前。

［17］青眼：受到人们的重视。白居易《春雪过皇甫家》诗："唯要主人青眼待，琴诗谈笑自将来。"

［18］灾付枣梨：成语灾梨祸枣。指刻版印刷，旧时多用梨、枣两种木材刻版印书，致使梨树、枣树受到灾祸。

［19］人日：农历正月初七日为人生日。《北齐书·魏收传》："魏帝宴百僚，问何故名人日，皆莫能知。收对曰：'晋议郎董勋《答问礼俗》

云：正月一日为鸡，二日为犬，三日为猪，四日为羊，五日为牛，六日为马，七日为人。'"

书家大人《鸡塞集》后

余父之《公余杂咏》，韫匵数载[1]，初意仅为自行消遣，吟风弄月而已。今已积成卷轴．蒙诸父执不忍湮没心血[2]，捐资付梓，公诸同好，传流后世，实女始料所不及也。

吾父今年六十有六，白发盈头，精神矍铄[3]，耳目聪明，步履轻捷，较诸少年无以异也。

余幼时，父爱如珠，昼出牵衣偕往，暮归灯前教读，亲爱之情，诚莫敢忘。惜女才拙，未能继承父志，以慰晚怀，每一思之，惭愧难安。

尝闻母亲告曰：汝父幼慧，家道寒微，读书艰窘，亲朋之中家有素封[4]者，每怜才而资助。故吾父未及弱冠[5]即教读自修，其苦心孤诣[6]，亦非常人所可及也。

父又好书成癖，每以巨资购书，常招家人怨言。平日无事，手不释卷，兴至之时，昼夜吟咏不辍，母烦甚，以"诗魔"讥之。回忆母言，颇有趣味。

今父诗稿，灾付枣梨[7]，诚所谓苦心人天不负，有志者事竟成。女不禁为诸父执致谢，拉杂书此，不成文言，乞谅之。

岁次丙子人日女儿文清谨识

[1]韫匵：藏在柜子里。匵，同椟。《论语·子罕》："子贡曰：'有

美玉于斯，韫椟而藏诸？求善贾而沽诸？'"子曰：'沽之哉！沽之哉！我待贾者也！'"本指藏于柜中，引申为保存不失。

[2]父执：父亲的友辈。《礼·曲礼上》："见父之执，不谓之进，不敢进。"《疏》："谓执友与父同志者也。"杜甫《赠卫八处士》："怡然敬父执，问我来何方。"

[3]矍铄：老而勇健。《后汉书·马援传》："时年六十二，帝愍其老，未许之。援自请曰：'臣尚能披甲上马。'"帝令试之。援据鞍顾眄，以示可用。帝笑曰："矍铄哉是翁也！"

[4]素封：无官无职而拥有资财的富人。《史记·货殖传》："今有无秩禄之奉，爵邑之入，而乐与之比者，命曰'素封'。"《正义》："古不士之人，自有园田收养之给，其利比于封君，故曰'素封'。"

[5]弱冠：古时男子二十成人，初加冠，体尚未壮，故称弱冠。晋·左思《咏史》诗："弱冠弄柔翰，卓荦观群书。"

[6]苦心孤诣：苦心，刻苦用心，孤诣独到的境地。清翁方纲《复初初斋文集·格调论下》："今且勿以意匠之独运者言之，且匠以苦心孤诣戛独造者言之。"

[7]灾付枣梨：见前。

卷 一

春日早起 岁次乙丑

晨兴理杖阅东皋[1]，信步盘桓不厌劳[2]。

几阵晓风寒彻骨，一弯残月冷侵袍。

荒烟蔓草迷晴雪[3]，古道苍松响怒涛。

回到床头身未暖，催人汽笛数声号。

春 日 晚 眺

酒余茶罢掩柴荆[4]，独步郊原正晚晴。

云外鸦飞争树宿，篱边犬吠阻人行。

心怀骨肉书长寄，地隔山河路不平。

极目乡关何处是，天涯一抹淡烟横。

[1]东皋：田野或高地泛称为皋。陶潜《归去来辞》："登东皋以舒啸，临清流而赋诗。"

[2]信步：随意行走。唐·齐己《游谷山寺》："此生有底难抛事，时复移筇信步登。"盘桓：逗留、徘徊。在古典诗文中经常出现。《汉书》

卷一百上《幽通赋》："承灵训其徐虚兮，竚盘桓而且俟。"

[3] 蔓草：《诗·郑风·野有蔓草》："野有蔓草，零露溥兮。"毛亨：
"蔓，延也。"即蔓延生长的青草。《左传·隐公元年》："蔓草犹不可除，
况君之宠弟乎？"荒烟蔓草，有烟迷蓑草的意境。

[4] 柴荆：木门，村舍。杜甫《羌村》："驱鸡上树木，始闻扣柴荆。"

清　明

小斋独坐雨初晴，节届清明百感生。

妻恋他乡因爱女，子归故里欲躬耕。

天寒地冷花无信，冰裂江开水有声[1]。

市远更无沽酒处，且将诗赋自陶情。

其　二

离乡背井复经年，回首相思亦黯然。

父吏子耕千里隔[2]，天涯海角两心悬。

客窗新乞钻榆火[3]，野冢愁看化纸钱。

城郭不殊风景异[4]，家家儿女戏秋千。

[1] 松花江在丰满电站未修之前，每年冬，江水结冻，冰面上形
成一条天然交通要道。每年清明前后冰裂开江。

[2] 顾晋昌有一子二女，子婚后回台安务农，顾氏定居于吉林。
故曰千里隔。

[3] 榆火：从榆木取火。《周礼·夏官·司爟》："四时变国火。"汉·郑

玄注:"春取榆柳之火。"唐·李峤《清明》:"槐烟乘晓散,榆火应春开。"

[4]不殊:西晋末中原战乱频仍,过江人士,每至暇日,相邀至新亭饮宴。元帝时,丞相王导与客宴新亭,周顗中坐而叹曰:"风景不殊,举目有江河之异。"

花蝴蝶

问柳寻花栩栩忙,满身谁绣锦衣裳。

邻家春色浓于酒,振翼高飞过小墙。

秋　燕

春来秋去竟何因,前定泥巢亦尚新。

夜宿不堪霜露冷,故辞旧主傍他人。

秋　葵

养到秋深子已成,昂头高出百花惊。

经霜不共群芳萎,愿表丹忱向日倾。

秋　山

春山不爱爱秋山,霜叶如花满树殷。

天意与人留晚景,停车坐望夕阳还。

中　秋　望　月

今宵月色正团圆，独坐空庭思悄然。

有室有家人快乐，无荣无辱我安全。

客中须发催年老，梦里儿童傍母眠。

商贾不知离恨苦，惊心爆竹响连绵。

村　女

桃花如面柳如眉，生长穷乡世罕知。

拟托良媒羞自语，浪施脂粉笑人为[1]。

甘居蓬户清贫苦[2]，不羡兰闺艳冶姿。

千古遭逢无定论，赏心悦目即西施[3]。

[1]浪施：浪，有轻浮、草率的含义。施，涂抹。

[2]蓬户：编蓬为户，谓穷人的住屋。《庄子·让王》："原宪居鲁，环堵之室，茨以生草，蓬户不完，桑以为枢。"

[3]西施：春秋越国苎萝人。一作先施。"先""西"古音同。传说越国败于吴，命范蠡求得美女西施，进于吴王夫差。吴王许和。西施以美著称，后作绝色美女的代称。

秋　日　晚　眺

打面飞黄叶，惊心又到秋。

天空新雨过，地旷暮烟收。

雁唳云归浦，渔歌月载舟。

乡关何处是，灯火遍江楼。

初　雪

一番秋雨一番凉，雨未逢晴雪又雱[1]。

大地山河成玉垒，满城楼阁尽银妆。

诗吟柳絮怜才女，醉卧梅花笑酒狂[2]。

破晓偶从篱外望，溪桥野叟跨驴忙。

[1]雱（fāng）：《诗·邶·北风》："北风其凉，雨雪其雱。"毛亨注："雱，雪盛貌。"郑玄注："寒凉之风，病害万物。兴者，喻君政酷暴，使民散乱。"

[2]"醉卧梅花"句：唐·柳宗元《龙城录》："隋开皇中，赵师雄迁罗浮，日暮于松林酒肆旁，见一美人，淡妆素服出迎，与语，芳香袭人，因与扣酒家共饮。师雄醉寝。比醒，起视乃在梅花树下。上有翠羽啾嘈相顾，月落参横，但惆怅而已。"

九　日

佳节登高在异乡，凭栏四顾思茫茫。

天边雁断书难寄，篱畔花开菊有香。

吴楚风云多紧急，关山戎马几仓皇。

何时得庆安澜日[1]，手把茱萸饮酒浆[2]。

[1]安澜：水波不兴，比喻时局安定。《文选》王子渊（褒）《四子讲德论》："天下安澜，比屋可封。"注："安澜，比喻太平也。"

[2]茱萸：植物名。古代风俗，阴历九月九日重阳节佩戴茱萸以祛邪辟灾。人们佩戴茱萸相约登高，称茱萸会。

烈　女　篇　并序　五古

吾乡孙姓女，年廿七。光绪庚子秋，盗贼蜂起[1]，烧杀淫掠，民不堪命。盗魁杨欲掠女为妻，遂自经全节[2]。

吾乡有烈女，姓孙名未申，

生长寒门内，赋性异常人。

脂粉不敷面，绮罗不着身。

独处深闺中，本来面目真。

姊妹无戏言，兄嫂敬如宾。

廿余未许字，父母爱如珍。

斯年秋遭乱，盗匪暴如秦。

大股聚城市，小股扰乡民。

十室九见空，尽避桃源津。

惟女无所藏，惟女无所赴。

上天少云梯，入地惟泉路。

何以完节贞，自经七尺布。

吾与结邻居，闻警前往顾。

面貌不改常，神色浑如故。

哀哉众人悲，叹息命有数。

邑绅张子潭，欲为旌表墓[3]。

志石标千秋，家贫力不足。

子沄今已亡，其意徒所慕。

吾亦爱其贞，有关风化庶。

年久恐不彰，作此五言赋。

[1] 蜂起：群蜂并飞，比喻众多。《史记·项羽本纪》："太史公曰：夫秦失其政，陈涉首难，豪杰蜂起，相与并争，不可胜数。"

[2] 自经：上吊自杀。

[3] 旌表：表彰。自汉以来，历代王朝提倡封建礼教。对"义夫、节妇、孝子、顺孙"常由官府立牌坊、赐匾额，称为'旌表'。《晋书》虞预《与王导笺》："今承大弊之后，淳风颓败，苟有一介之善，宜在旌表之例。"

挽张子沄先生　有序

子沄先生，吾邑名宿[1]也。前清汉教习[2]，朝考知县，留奉候补[3]。宣统末叶，胡匪四起，假改革名义[4]，扰乱地方。先生时为奉天咨议局议员，禀请总督赵尔巽[5]，抚盗安民，以救人民涂炭。一车两马，行至中途，为盗所害。父老感叹，至今不已。先生现入清史馆忠义传，恤赠知府，赏世职。

人逢乱世等蜉蝣[6]，生死浑难说蝶周[7]。

蹈海鲁连名不朽[8]，沉江屈子怨常留[9]。

舍身取义先生志，殉难成仁国史修。

莫道天公施报爽，寿终那得播千秋。

［1］名宿：素来有名望的人。

［2］教习：职务名称。为古代掌课试之学官。明·宣德设学士训课庶吉士，称教习。万历后，专以礼、吏二部侍郎掌教习，清沿用此制。这里指一般教务职称。

［3］候补：清制，没有补授实缺的官员。经吏部候选的人，吏部再根据职位、资格、班次，每月抽签一次，分发到某一部或某一省，听候委用，称候补。

［4］假改革名义：指冒充革命军。

［5］赵尔巽（1844—1927年）：字公镶，号次珊。又号无补老人。清同治翰林，累官盛京将军、湖广总督、四川总督、东三省总督。民国任清史馆长。

［6］蜉蝣：虫名。寿命短者仅数小时。

［7］蝶周：《庄子·齐物论》："昔者庄周梦为蝴蝶，栩栩然蝴蝶也，自喻适志与！不知周也。俄尔觉，则蘧蘧然周也。不知周之梦为蝴蝶与？蝴蝶之梦为周与？"

［8］蹈海鲁连：鲁仲连，战国齐人，亦称鲁连。秦围赵急，魏遣新垣衍说请帝秦。仲连见衍曰：如帝秦，连将踏东海而死尔。会信陵君率魏兵至，秦军却走。后燕将据聊城，齐攻之，岁余不能下，仲连遗书燕将，聊城乃下。齐王欲爵之，仲连逃隐海上。

［9］屈子（前340—前295年）：辞赋家，战国末楚人，名平，字灵均。楚之同姓。楚怀王左徒。生来聪颖异常，博闻强记，明于治乱，娴于辞令。入则与王图议国事，出则接待宾客，应对诸侯，受到怀王信任。而上官大夫靳尚妒其能，心欲害之。会怀王令屈原草宪令将成，靳尚

欲夺之不成，乃诬陷屈原。后又因主张连齐抗秦，被放逐，作《离骚》，顷襄王时再遭谗毁，谪于江南。行吟泽畔，楼迟于三湘之间。创作了《离骚》，又继续创作《九歌》十一篇，《九章》九篇。还有《天问》《远游》《卜居》《渔父》各一篇。《九章》中《怀沙》写成后，即怀石自投于汨罗江以见志。屈原的创作，上承《诗经》，开拓后世辞赋一体，贡献巨大。

挽吴绪五先生　　有 序

先生于民国初年，为本县收捐处主任，出纳款项一丝不苟，以致积劳成疾，在职病故。余时正在外从戎，未获一吊，作此以挽。

百岁茫茫皆幻梦，先生亮节最堪褒。

才能治国心偏淡，事不求人品自高。

两袖清风留世誉，一腔热血为民劳。

言坊行表遗身后[1]，祭社无惭享太牢[2]。

[1] 言坊行表：意即死者生前的一言都是无声的牌坊，一行都是无形的表文。

[2] 太牢：原指盛装牺牲的食器，大的叫太牢。后把盛装的牛、羊、豕三牲叫太牢。又，亦专指牛为太牢。享太牢之祭是说享祭的隆重。

哭方雨南　　并 序

雨南，余总角[1]交也。平生最相知心，为人慷慨有侠气。民国十一年奉直[2]事起，雨南适任察区警察所长，竟殉职。当雨南赴察濒行之际。奉站祖饯[3]无限依依。讵一别遽成隔世，悲哉！

噩耗飞来万里程，初闻半信半心惊。

仲由非命情堪痛[4]，盗跖延龄理莫明[5]。

虽是人生由造定，也疑天道不公平。

回思总角无知己，泣泪滔滔似雨倾。

其　二

知音钟子竟躯捐，誓碎牙琴不拂弦[6]。

曾记远行供祖帐[7]，谁知永决隔重泉。

惜君幸返千金骨，愧我无酬一纸钱。

生死从来虽有定，天涯作鬼亦堪怜。

[1]总角：古代男子童年束发为两结，状如牛角，故称总角。

[2]奉直战争：指第一次直奉战争。1922年，奉系军阀张作霖与直系军阀曹锟、吴佩孚的混战，奉军战败。

[3]祖饯：设宴饯别。《三国志·魏·管辂传》："馆陶令诸葛原迁新兴太守，辂往祖饯之，宾客并会。"祖，古代送行时祭路神。饯，设宴。

[4]仲由（前542—前480年）：春秋卞人。仲由字子路，一字季路，孔子弟子。仕卫，为卫大夫孔悝邑宰。因不愿跟从孔悝迎立蒉聩为卫公，被杀。

[5]盗跖（zhí同跖）：相传为春秋末期人，名跖，柳下屯（今山

鸡塞集

东西部）人。传说他是盗，寿命很长。

［6］知音钟子二句：钟子期，春秋楚人，精于音律。伯牙鼓琴，志在高山流水，子期听而知之。后子期死，伯牙谓世无知音者，乃绝弦破琴，终身不复鼓琴。

［7］祖帐：为出行者饯行时所设的帐幕。王维《齐州送祖三》诗："祖帐已伤离，荒城复愁入。"

怀方子珍先生

才调于君执与俦[1]，文章有价惜无留。

不求富贵趋当路[2]，甘代林泉作隐流[3]。

酒后乱离思故雨，天涯飘泊忆同舟。

何时得庆升平日，乞假田园续旧游。

［1］才调：指才气，多就文才而言。《晋书·王接传·论》："王接才调秀出，见赏知音，惜其天枉，未申骥足。"

［2］当路：当仕路，掌握政权。《孟子·公孙丑上》："夫子当路于齐，管仲、晏子之功可复许乎？"

［3］隐流：指隐逸之流。林泉：山林与泉石。指幽静宜于隐遁之所。五代宋·徐铉《奉和子龙》诗："怀恩未遂林泉约，窃位空惭组绶悬。"

怀王阔斋先生

不求荣禄不辞贫，终老林泉作逸民，

明道常思传道计[1]，无官胜是有官人，

满城桃李迎春早，两地云山入梦频，

我亦门墙曾立雪[2]，回头想象已成陈。

［1］传道：儒家谓传文、武、周、孔等圣贤之道。韩愈《师说》："师者，所以传道授业解惑者也。"

［2］立雪：宋·游酢、杨时初见程颐。颐瞑目而坐，二人侍立。及觉，门外之雪已深一尺。后遂以"立雪程门"为尊师榜样。

怀孙景贤先生

同窗同里又同心，总角相交义气深。

爱我勤修思错玉[1]，感君知已惠多金。

廿年往事成春梦[2]，数载离情隔暮云[3]。

何日归田重聚首，挑灯把酒细论文[4]。

［1］错玉：雕琢、加工美玉。《诗·小雅·鹤鸣》："他山之石，可以为错。""他山之石，可以攻玉。"这里有友人督促之意。

［2］春梦：喻繁华易逝，时世无常。刘禹锡《春日书怀》："眼前名利同春梦，醉里风情敌少年。"苏轼《出郊寻春》："人似秋鸿来有信，事如春梦了无痕。"

［3］暮云：春树暮云，表示思念远方朋友。杜甫《春日忆李白》："渭北春天树，江东日暮云。"

［4］细论文句：杜甫《春日忆李白》尾联："何时一樽酒，重与细论文。"

怀 王 润 斋

无情岁月易蹉跎，久客他乡奈老何。

身外浮名如幻梦，意中好友隔山河。

三年聚会犹嫌晚，数载暌违更恨多[1]。

回想少时同笔砚，尖叉斗韵咏诗歌。

[1]暌违：分离。唐·姚合《寄陕府内兄》："暌违逾十年，一会豁素诚。"

怀 顾 绍 周

忆昔同舟手足亲，和衷共济展经纶。

除奸务去噬群马，弭盗先安失业民。

其慎其难惟尔我，任劳任怨效臣邻。

君今攘背重撄虎[1]，几度相思几往神。

[1]攘背：背，应为臂。捋衣出臂，表示振奋。《史记·苏秦传》："于是韩王勃然作色，攘臂瞋目，按剑，仰天太息曰：'寡人虽不肖，必不能事秦。'"撄虎：《孟子·尽心下》："有众逐虎，虎负嵎，莫之敢撄。"撄，触犯。吕坤《呻吟语·治道》："撼大摧坚要徐徐下手，久久见功，默默留意，攘臂极力一犯手，自家先败。"

怀 王 向 辰

燕赵悲歌古道存[1]，座中佳士若云屯[2]。

济贫不惜西江水[3]，爱客常开北海尊[4]。

有志躬耕归故里，无心弹铗谒侯门[6]。

羡君侠义交游广，轻掷千金重一言。

[1]燕赵悲歌：燕赵古有荆轲、高渐离等侠义之士。黄遵宪《慷慨》："慷慨悲歌士，相传燕赵多。"

[2]云屯：如云之聚集。庾信《三月三日华林园马射赋》："千乘雷动，万骑云屯。"这里是形容骚人、墨客之多。

[3]西江水：《庄子·外物》："庄周家贫，故往贷粟于监河侯。监河侯曰：'诺，我将得邑，将贷子三百金，可乎？'庄周忿然作色曰：'周昨来，有中道而呼者，周顾视车辙中，有鲋鱼（鲫鱼）焉。周问之曰：'鲋鱼来，子何为者邪？'对曰：'我，东海之波臣也，君岂有斗升之水而活我哉？'周曰：'诺。我且南游吴、越之王，激西江之水而迎子，可乎？'鲋鱼忿然作色曰：'吾失我常与，我无所处。吾得斗升之水然活耳，君乃言此，曾不如早索我于枯鱼之肆？'"

[4]北海：孔融（153—208年）：东汉末文学家，为"建安七子"之一。字文举。献帝时为北海相，好客有"座上客常满，杯中酒不空"之誉。

[5]弹铗句：见前注。

冬 夜 苦 眠

冬来最喜逢晴日，每遇西风苦断肠。

夜静仆眠炉火烬，更深人卧板床凉。

白生满室霜凝壁，寒透重衾月照廊。

晨起盥余无个事，草书一纸寄家乡。

祀 灶 神[1]

爆竹家家祀皂神，儿童嬉戏画堂春。

赠行纸马休言啬，祖饯糖瓜莫笑贫[2]。

去路风云皆绕足，升天鸡犬亦随身。

新年元旦归来日，俎豆馨香再洗尘[3]。

[1]《吉林通志·风俗》："腊月二十三日夜，祀灶神，供饧糖糕，放鞭炮，谓之过小年。《吉林纪事诗·风俗》：祀灶糖糕并酒肴，新年未到小年交。丰储饮食资中馈，饽饽蒸齐水角包。"

[2]祖饯：见前。

[3]俎豆：俎，置肉的几；豆，盛干肉一类的礼器。《论语·卫灵公》："俎豆之事，则尝闻之矣。"注："俎豆，礼器。"这里是祭祀之义。

自 咏

频年作嫁走西东[1]，爵未高班禄未丰[2]。

我幸一身无重累，谁知两袖有清风[3]。

田园不废承先泽，茅屋虽存易主翁。

说与旁人皆莫信，镜花水月本相同。

[1]作嫁：《才调集》载秦韬玉《贫女》诗："苦恨年年压金线，为他人作嫁衣裳。"后指为他人辛苦忙碌。

[2]高班：高位，班：犹如今天所谈的级别、职位。《孟子·万章下》："周室班爵禄也如之何？"爵指官职，禄指俸禄。

［3］两袖清风：指居官清廉，囊空如洗。元·魏初《送杨季海诗》："交亲零落鬓如丝，两袖清风一束诗。"

沽　裘　并序

余有白狐皮裘一袭[1]，颇自珍贵。昨得家书竟被室人沽去。赋此自慰。

白裘一腋倍羊千，仲氏何堪与比肩[2]。

我爱珍奇犹未著，妇因窘迫欲沽钱。

勋名但使荣身后，轻暖何须耀目前。

虽道世风竞尚侈，布衣或可化淳然。

［1］一袭：一套。《史记·赵世家》："赐相国衣二袭。"

［2］比肩：多义，一指并肩；二指披肩。仲氏：指弟，与伯（兄）相对而言。

思　家

莫谓离家不返家，人生谁肯恋天涯。

身当重任难由己，发逾中年易变华。

故国山遥频入梦，他乡梅放懒看花。

归期拟度元宵节，检点行装上晚车。

除 夕

昨晚铭盘沐浴身[1]，今宵衣履尽更新。

呼童敬备屠苏酒，待我欢迎阿堵神[2]。

富贵穷通虽有命，舍求得夫总宜人。

明朝元旦逢晴日。爆竹家家大好春。

［1］铭盘：这里指浴具。

［2］阿堵神：阿堵物，是钱的别称。这里指财神。"迎阿堵神"
即迎财神。

元 旦 [1]　　岁次丙寅 [2]

今朝喜过太平年，锦绣春光满眼前。

万户桃符晴映日[3]，四郊烽火靖无烟。

农氓踊跃安耕凿[4]，商贾腾欢奏管弦。

大好山河依旧在，高悬旗帜庆钧天。

［1］元旦：旧历指今之春节为元旦。

［2］丙寅：1926年，民国十五年。

［3］桃符：相传东海度朔山有大桃树，其下有神荼、郁櫑二神，
能食百鬼。故俗于农历元旦，用桃木板画二神于其上，悬于门上以驱
鬼辟邪。南朝梁·宗懔《荆楚岁时记》："正月初一……插桃符其旁，
百鬼畏之。"五代后蜀主孟昶于除夕亲自在桃符板上书一联语："新年
纳余庆；嘉节号长春。"这是我国历史上最早见之于文献记载的春联。
其后改用纸书写，一年一度的"新桃换旧符"寄托对新的一年的希望。

［4］农氓（méng）：农民。《诗》毛亨注："氓，民也。"

人 日 自 寿

古云人日是灵辰，我育灵辰似有因。

心性梅花同冷淡，聪明冰雪见精神。

樽中有酒谁称寿，堂上题诗自祝春。

幸喜他乡无贺客，免劳地主宴嘉宾。

咏 雪

满院花飞六出稠，农夫志喜兆丰收。

孰知天意偏怜老，不落山头落我头。

郊 行 即 事

寻春来野外，鸟语过当头。

涧水山融雪，荒村树隐楼，

苍烟迷岸柳，曛日上帘钩。

归蹴檐前石，泥粘两屐稠。

喜友人张子香见访忽又作别

暮云春树隔山河，乱后相逢快若何。

对面惊看须发变，问年始觉别离多。

西岩日落红余树，南浦风微绿皱波[1]。

今喜见君犹恨晚，无端又欲唱骊歌[2]。

[1]南浦：水的南面。屈原《九歌·河伯》："子交手兮东行，送美人兮南浦。"后泛指送别的地方。

[2]骊歌：告别之歌。是"骊驹之歌"的省文。李白《灞陵行送别》："正当今夕断肠处，骊歌愁绝不忍听。"

咏 白 梅

竹外斜窥雪一枝，暗香浮动影离离。

春风吹放花多日，蝶使缘何报得迟。

其 二

冰肌玉骨雪霜肤[1]，志在深山宁静孤。

今日淡妆思欲嫁。未知何处遇林逋[2]。

[1]冰肌玉骨：以冰为肌，以玉为骨，言其隽爽、高洁。常用以形容女性肌肤光润莹洁。这里是形容梅花的傲寒斗艳。宋·毛滂诗："冰肌玉骨终安在，赖有清诗为写真。"

[2]林逋：林和靖（967—1029年）名逋，字君复，宋钱塘人，隐居西湖孤山，二十年未入城市，工行书，喜为诗，不娶。种梅养鹤以自娱。因有"梅妻鹤子"之称。常泛舟西湖，有客来，童子放鹤，逋见鹤知客来，即棹舟而归，卒谥和靖先生。

书 所 见

香车油壁疾如梭[1]，夹道相逢一掷过。

云髻乍梳光艳丽，罗衣半露影婆娑。

依稀似梦原非梦，仿佛疑他未见他。

牛女双星俱有意，不知何日渡银河。

[1]香车油壁：古代贵族妇女所乘之车。因车壁以彩油涂饰而得名。《玉台新咏》《钱塘苏小小》："妾乘油壁车，郎骑青骢马。"罗隐《江南行》："西陵路边月悄悄，油壁轻车苏小小。"

无 题

休嫌月老太糊涂[1]，赤线难牵大丈夫。

本为蓝桥寻玉女[2]，那知沧海遇麻姑[3]。

文君有意求凰侣，司马无心结凤孥[4]。

虽道天台仙境好，刘郎不惯住蓬壶[5]。

[1]月老：月下老人的简称。唐·李复言《定婚店》：韦固夜经宋城，遇一老人向月检书。固问所检何书？答曰：天下之婚牍。又问囊中赤绳？答曰：以系夫妻之足，虽仇家异域，此绳一系，终不可避。后世人称主管男女婚姻之神为月下老人。

[2]蓝桥：在陕西蓝田县东南、蓝溪之上。《太平广记·裴航》记载：航，唐时人，因下第，维舟襄汉。同舟樊夫人（一名云翘），国色也。航赂其婢袅烟，达诗云："昔为胡越犹怀想，况遇天仙隔锦屏。倘若玉京相会去，愿随鸾鹤入青冥。"夫人答云："一饮琼浆百感生，无霜

捣尽见云英。蓝桥便是神仙路,何用区区上玉京。"后经蓝桥驿,渴甚,
见茅舍有老妪缉麻,航揖求浆。妪呼云英擎一瓯浆来。航接饮,乃玉
液也。还瓯后见女子光彩照人,白妪曰:"因睹小娘子姿容绝世,愿
纳礼娶之。"妪曰:"昨有神仙与药一刀圭,须得玉杵臼捣之,欲娶此女,
必以此为聘。"航月余始觅得,携以纳妪。妪曰:"有此信士。"夜见
一玉兔持杵捣药,雪光耀室。妪入洞室为裴郎具帏帐,见一第,仙童
引航相见。婚后,夫妻入玉峰洞中,饵绛雪琼英丹,成为上仙。后知
云翘乃云英之姐。

〔3〕麻姑:传说中的仙女,甚美,已见东海三为桑田。唐·颜真
卿撰有《麻姑仙坛记》,记载颇详。

〔4〕文君司马句:司马指司马相如(约前179—前118年),西汉
辞赋家,蜀郡成都人,字长卿,客游梁数年,著《子虚赋》。梁孝王卒,
相如归,家贫无以为生,临邛令王吉厚资之,饮于富人卓氏家,卓氏
女文君,新寡,相如鼓琴以挑之,文君夜奔相如。

〔5〕天台二句:南朝宋,刘义庆《幽明录》:相传东汉永平年间,
浙江剡县人刘晨与阮肇到天台山采药迷路,经十三日,迫于饥渴,取
桃而食,饮涧水。更越山至一溪会二美人,导至其家,侍婢多人具馔
以待。半年后回家,子孙已过七代。后重入天台山访女,踪迹渺然。

游奉天北陵有感〔1〕

昔闻胜迹未曾游,今视荒烟成古丘。

兴废几人伤往事,江山依旧属神州。

干戈满地英雄扰，罗幕危巢燕雀愁。

俯仰沧桑无限恨，争城问鼎有谁不[2]。

［1］北陵：一称昭陵。在辽宁省沈阳市北郊，清太宗皇太极的陵墓。中华人民共和国成立后，辟为北陵公园。

［2］问鼎：图谋王位。《晋书·赫连勃勃载记》："群雄岳峙，人怀问鼎。"

夏 日 偶 成

炎天日午睡初醒，一阵薰风入户庭[1]。

兰室有香留翰墨，榆墙分绿到窗棂。

每谈时世伤今古，闲读诗书作典型。

案牍无芳心自泰，静观山水乐忘形。

［1］薰风：和风，指初夏时的东南风。一曰晴明风。白居易《太平乐》："湛露浮尧酒，薰风起舜歌。"

自 遣

平生志趣慕林陶[1]，闲读诗书闷饮醪[2]。

门外青山谁作主，窗前明月我同袍。

花能耐久何嫌少，树可为凉不在高。

利锁名缰人自扰，笑他车马日劳劳。

［1］林陶：林逋和陶潜。

［2］醪（láo）：浊酒。杜甫《清明》："钟鼎山林各天性，浊醪粗饭任吾年。"

夜送曲静倩

随行伴我有奚童，送客长亭逆旅中[1]。

止渴香茶聊当酒，济时纸币亦为铜。

鸣铃振耳人趋驿，折柳分襟月在空[2]。

汽笛一声天地阔，海萍云鸟各西东[3]。

[1]长亭：秦、汉十里置亭，为行人休憩饯别之处。庾信《哀江南赋》："水毒秦泾，山高赵陉。十里五里，长亭短亭。"逆旅：客舍。《庄子·山木》："阳子之送，宿于逆旅。"李白《春夜宴桃李园序》："夫天地者，万物之逆旅。"

[2]折柳：古人折柳送行。李白《春夜洛城闻笛》："此夜曲中闻折柳，何人不起故园情。"分襟：别离。骆宾王《秋日别侯四》："歧路分襟易，风云促膝难。"

[3]海萍云鸟：如萍之飘荡，如鸟之飞翔，喻人之行止不定。

前 题

送客长亭畔，归来月向西。

城关车马少，街巷路灯齐。

地僻营连寨，墙高树覆堤。

到门还未叩，邻舍一声鸡。

九　日^[1]

手把茱萸感不禁，高峰咫尺懒登临。

老妻卧病添愁绪，旅雁惊寒动客心。

三径黄花秋雨足，一篱红叶晓霜侵。

遥知故友龙山会^[2]，诗咏重阳酒倍斟。

其　二

去岁登高城郡地，今年重九在荒村。

黄花酿酒销愁绪，红叶犹人带醉痕。

对户远山晴似画，当轩落木响敲门。

看来旅宦他乡处^[3]，泥爪鸿飞莫定论^[4]。

［1］九日：指农历九月初九，即重阳节。《艺文类聚·续晋阳秋》："世人每至九日，登山饮菊酒。"六朝以来诗题为九日者，一般都指重阳节日。

［2］龙山会：晋代，桓温于九月九日大宴龙山，参军孟嘉帽落，彼此作文相嘲，宴会甚欢。

［3］旅宦：离开家乡到外地做官。

［4］泥爪鸿飞：见前。

旅　病

天灾何事苦缠绵，自夏徂秋未卸肩。

方幸一身离枕畔，又添老妇卧床前。

儿孙远隔无消息，亲友多情尚往还。

不有女郎知孝意，茶铛药鼎嘱谁煎。

答家侄庆麟书　　并　序

老妻卧病月余，方告瘥[1]，忽庆麟侄儿自津来书询病，赋此答之。

生来骨格自嶙峋，况复经秋病在身。

面似黄花形似鹤，腰如弱柳体如鳞。

前时瘦菊殊无韵，此日寒梅尚有神。

老气未衰元气足，免劳折柬问原因[2]。

［1］瘥（chài）：病愈。

［2］折柬：同折简。裁纸写信。《三国志·魏王凌传》注：凌诏太傅曰："卿直以折简召我，我敢当不至耶？"

同于泽彭游北山[1]

携手登高豁远眸，千家炊爨晓烟浮[2]。

长江绕郭城连白[3]，野树围村叶坠秋。

花坞暗藏春色丽，僧房新起客厅幽。

兴来欲借秃毫笔，留得词章记胜游。

其 二

一年两度北山游，前值春光后值秋。

水阁松亭无坐客，歌台舞榭有空楼[4]。

径余落叶谁能扫，壁著新诗我自留。

今日与君须尽兴，明朝话别去悠悠。

[1] 北山：《永吉县志·卷五十》中《始修北山公园记》："永吉德胜门外有北山焉。东接玄天岭，西望温德赫恩山。层峦叠嶂，环拱省会，俯瞰松江，澄净如练。江以南诸山，若朝若拱，气象万千。洵关外之胜境，东北之隩区也。……徐公静宜长吉时，命警察厅取消租契而收回之。迨民国十三年李君敬山慨任此事……历三年而山上之工以竣。自山麓至山腹曰怡绿山庄，再上入庙后门西庑曰松风堂，正殿之东曰翥鹤轩，西曰暂留轩。殿之西南建楼三楹，曰澄江阁，高出山半，万屋鳞鳞，江山烟树罩如旷如，一览无际。折而南下，曰泛雪堂，石级齿齿，或错或整，随人踵趾。再下有石梁，梁之旁有花坞，沿途花树，位置楚楚。由旧道上，则先怡绿山庄，而后澄江阁……"《永吉县志·古迹》："北山横亘北郭，风景最佳。出德胜门，过卧波桥，直抵山下。东西平列二峰……古刹层层，亭榭累累。皆在东峰。有盘道二，前盘道……至山前关帝庙。门前石级七十五，突平阔，筑泛雪堂三楹，眉额为翁同龢题。楹联有：脚底烟云堪憩息，眼前城市隔喧嚣。为宋铁梅题。檐牙高啄，环以廊榭，下为花坞，香霏满庭。再上入山门，有钟鼓二楼。右为澄江阁，危楼耸立；左有舞台，清雍正辛亥九年（1731年）修。额曰华夏正声。三百余年之建筑物也。正面为关圣祠，康熙

辛巳（1701年）建，嘉庆甲戌（1817年）重修……左侧三楹为翥鹤轩，徐憩园题联云。""图画本天成，试观四壁云山，万家灯火；楼台从地起，且喜大江东去，爽气西来。""右侧三楹为蹔留轩，为何子贞墨迹。中悬铁梅庵尚书所书白山书院四字。西侧室六楹则松风堂……出北门则盘道曲折，甚平坦；中有怡绿山庄，茅屋三椽，每年夏正四月二十八日为药王庙大会，城乡人士，皆集于此……药王庙踞山之巅，其西小院有春江山阁……过坎离宫……西过两峰至玉皇阁朵云殿，矗立巍峨，多名人题联。民国十五年（1926年）四五月捐资重修。殿西有畅然亭。由外而内拾石级十三，正中坊横额"天下第一江山"，为松湘浦相国遗迹。……阁前西行里许，径稍坦，忽而山势崎岖，又二三里登西山极峰，虽较东峰高，而无庙宇。有旷亭一，风急若不可以久留者。

〔2〕爨（cuàn）：炊。

〔3〕长江：指松花江。

〔4〕歌台舞榭：指表演歌舞的娱乐场所。亦作舞榭歌台。辛弃疾《永遇乐·京口北固亭怀古》："舞榭歌台，风流总被雨打风吹去。"

应　试

嗟余老大发华颠[1]，投笔从戎数十年。

未觅封侯思避世，忽逢圣主诏求贤。

文章有价传千古，玉尺无私选万钱[2]。

今与群雄同逐鹿[3]，不知谁执祖生鞭[4]。

〔1〕华颠：白头。《后汉书·崔骃传·达旨》："唐且华颠以悟秦，

甘罗童子而报赵。"

［2］玉尺：《世说新语·术解》："有一田父耕于野，得周玉尺，便是天下正尺。"后比喻衡量才识高下的尺度。李白《上清宝鼎》："仙人持玉尺，度君多少才。玉尺不可尽，君才无时休。"

［3］逐鹿：逐，追赶。鹿，指所要捕猎的对象，常比喻帝位、政权。《史记·淮阴侯列传》："秦失其鹿，天下共逐之。"唐·魏征《述怀》诗："中原初逐鹿，投笔事戎轩。"

［4］祖生鞭：晋刘琨与祖逖为友，闻逖被用，乃致书亲故云："吾枕戈待旦，志枭逆虏，常恐祖生先吾着鞭。"后常以此为勉人努力进取之义。李白《呈崔侍御》："多逢剿绝儿，先著祖生鞭。"

冬　日

雪地冰天日影疏，半勤公务半家居。

晨趋武库膺官守，夜对银灯课女书。

屋冷频添炉火活，楼高惟爱曙光初。

身无荣辱心常泰，梦稳神清乐有余。

元　宵[1]　　岁次丁卯（1927年）

月明今夕好元宵，良友观灯户外招。

喜煞侬家小儿女，追随忘却戴金貂。

其 二

火树银花缀满楼[2]，金吾不禁夜来游[3]。

通衢达巷人如堵，争看双狮戏彩球。

[1]元宵：《吉林通志》："十五日为元宵节，以粉馔祀祖先。街市张灯三日，金鼓喧阗，燃冰灯，放花炮、陈鱼龙、曼衍、高跷、秧歌、旱船、竹马诸杂剧。是日男女出游，填塞衢巷。或步平沙，谓之走百病。或联袂打滚，谓之脱晦气，入夜尤多。"

[2]火树银花：形容节日夜晚灯光焰火绚丽灿烂的景象。

[3]金吾不禁：金吾，秦汉时卫戍京城的地方官。古时元宵及前后一日，终夜观灯，地方官取消夜禁，通宵出入无阻。唐·韦述《西都杂记》："西都京城街衢有金吾晓暝传呼，以禁夜行。惟正月十五夜敕许金吾弛禁，前后各一日。"

龙 灯

不居水国为鳞长，游戏人间作祝融[1]。

能屈能伸多变化，万民歌舞庆年丰。

其 二

何物神龙降九重，在田利见大人庸[2]，

胸藏万炬如秦鉴[3]，普照群黎于变雍[3]。

[1]祝融：高辛氏火正，即火神。《吕氏春秋·四月》："其帝炎帝，其神祝融。"注："为高辛氏火正，死为火官之神。"

［2］利见大人：《易·乾》："九二：见龙在田，利见大人。"《象》曰："见龙在田，德施普也。"陆希声说："阳气见于地，则生植利于民。圣人见于世，则教化见于物。"

［3］秦鉴：秦镜。汉·刘歆《西京杂记》："秦宫有方镜广四尺，高五尺九寸，表里有明，人直来照之，影则倒见；以手扪心而来，则见肠胃五脏；人有疾病，掩心而照，即知病之所在；人有邪心，照之见胆张心动。"唐·刘长卿《温汤客舍》诗："且喜礼闱秦镜在，还将丑妍付春官。"后人称颂断狱清明者，曰秦镜高悬。

［4］普照群黎于变雍：普照众百姓和乐安康。《书·尧典》："百姓昭明，协和万邦，黎民于变时雍。"黎：黎民，民众。于变：因教化而改变（风气）。时：是。雍：和睦。

移　家

不惯居城市，移家南岭中。

村孤人寂静，地僻气清空。

杨柳迎门绿，桃花融岸红。

客来沽酌便，巷口酒旗风。

其　二

移家南岭住，宾客往来疏。

自乐山中趣，人疑世外居。

身闲无俗事，案静有奇书。

得此忘机地，风光画不如。

酒　后

与王云波军需官夜返南岭，中途车覆坠入泥中。口占
二绝以解嘲之。

宴罢归来夜雨中，车驰马骤疾如风。

无端坠入沟洫内，惹得人人说醉翁。

其　二

辚辚车马往来频，夜雨灯昏路不真。

坠卧泥中君莫笑，老翁非是醉狂人。

咏　寿　仙　桃

一树花开一树春，仙桃应自寿仙人。

夏来个个成圆熟，摘得盈筐奉老亲。

其　二

仙桃应自倚云栽[1]，粉蕊何由映户开。

想是当年刘阮去[2]，偷将遗核种天台。

[1]倚云栽:高蟾《下第后》:"天上碧桃和露种,日边红杏倚云栽。"
诗意本此。

[2]刘阮、天台：见前。

新　燕

忽闻燕子语呢喃，起视新泥口内衔。

飞入画堂巢未补，复寻旧主落江帆。

卓　午　晏　起 [1]

风恬日暖百禽鸣 [2]，睡起天光午正晴。

闻道黄粱犹未熟，手携竹杖听流莺。

[1] 卓午：正午；晏起：晚起。

[2] 风恬：风静。

村　居　夏　日

夏至乡村景物多，秧青麦熟柳烟和。

墙头雨渍苔生石，水面风微絮落波。

扫径有时人过访，开轩偶听鸟声歌。

劳劳最是堂前燕，口啄新泥补旧窠。

咏　絮　四首

霏霏似雪白如绵，飘泊随风舞满天。

笑看儿童争扑捉，容颜未老发华颠 [1]。

其 二

何处杨花忽乱开，风飘点点落尘埃。

山翁误作天飞雪，忙唤家僮送炭来。

其 三

一带垂杨傍水隈[2]，花飞渡口似银堆。

邻翁款段桥头过[3]，疑是浩然踏雪来[4]。

其 四

渔翁舟系曲江头[5]，身倚垂杨下钓钩。

白满蓑衣萦落絮，痴人不解笑披裘。

［1］华颠：见前。

［2］隈（wèi）：山水弯曲处。

［3］款段：原指马行迟缓的样子，这里指人行缓慢，老态龙钟。

［4］浩然踏雪：唐诗人孟浩然踏雪寻梅。

［5］曲江：有多处，在诗文中多指曲江池。池在今陕西西安市西南。秦为宜春苑，汉为乐游园。水流曲折，故名曲江。司马相如《哀二世》："临曲江之隑洲兮，望南山之参差。"即此地。隋文帝以曲名不正，更名芙蓉园，唐复名曲江。唐时考中进士，放榜后大宴于曲江亭，谓之曲江会。这里的"曲江头"泛指水之弯曲处。

采 蒲[1]

清晨拄杖手提篮，自采新蒲酿酒甘[2]。

行过小桥流水急，昨宵村外雨余酣。

采 艾

未能免俗与今同，率小儿孙越岭东。

采得芄芄新绿艾[3]，为人为虎佩身中。

艾 人[4]

搏艾为人事亦奇，家家防疫系门楣。

果能驱鬼无灾恙，天下应多不死儿[5]。

艾 虎[6]

寻常一样三年艾，今日妆成百姓王。

不有闺中夸斗巧，如何草木亦生光。

[1]蒲：菖蒲。草名，生于水边，根入药。亦名昌阳、尧韭、水剑草。李时珍《本草纲目》："菖蒲，乃蒲类之昌盛者，故曰菖蒲。叶形如剑，故曰水剑草。"

[2]蒲酒：用菖蒲叶浸制的药酒。梁·宗懔《荆楚岁时记》："端午节以菖蒲一寸九节者，泛酒以辟瘟气。"《本草纲目》："端午日，切菖蒲渍酒饮之，或加雄黄少许，可除一切恶气。"

[3]艾：草名。又名冰台、医草、艾蒿。茎叶有香气。干后可作艾绒，

作炙用。《本草纲目》："茎类蒿，叶背白，以苗短者为良，三月三日，五月五日，采叶暴干，陈久方可用。"

［4］艾人：以艾草束成人形。《荆楚岁时记》："五月五日……采艾以为人，悬门户上，以禳毒气。"

［5］儿：读作泥。

［6］艾虎：旧俗，端午节用艾作虎，或剪采为艾，粘艾叶，戴以辟邪。宋·周紫芝《五日》："艾虎钗头，菖蒲酒里，旧约浑无据。"

附记：据《永吉县志·礼俗》载："端阳节门户悬蒲、艾，包角黍，食糯米糕，饮雄黄酒，门楣挂葫芦。妇女以采丝为帚，以五色缎制荷包、葫芦诸小物簪髻上，或以布作虎系儿肩，皆除灾辟沴之意。"

夏 日 独 酌 七 古

白日炎炎日正午，薰风入座吹人苦。

茅檐影翳昏沉沉，四围绿绕参天树。

柳阴铺地花拂墙，满座时闻阵阵香。

身闲事暇机虑静，北窗高卧学羲皇。

黄粱梦阑日未夕[1]，起视阶前草色碧。

草色盈庭蝶乱飞，扬花点点穿帘白。

家童唤我试新茶，沁入诗脾凉生腋。

几上瑶琴架上书，焚香默坐演周易[2]。

老妇暗藏美酒多，兴来欲饮邀佳客。

佳客迟迟竟不来，西岩日坠淡烟开。

当轩明月正徘徊，对此长歌醉数杯^[3]。

[1]黄粱梦：唐·沈既济《枕中记》卢生于邯郸客店，遇道者吕翁，生自叹穷困，翁乃授之枕，使入梦。生梦中历尽富贵荣华。及醒，主人炊黄粱尚未熟。后用以比喻不能实现的愿望。宋·郭印《上郑漕》诗："荣华路上黄粱梦，英俊丛中白发翁。"

[2]演周易：相传伏羲画八卦，经周文王演成六十四卦，每卦有六爻，共三百八十四爻。又经孔子作十翼。即《上彖》《下彖》《上象》《下象》《上系》《下系》《文言》《说卦》《序卦》《杂卦》十种。八卦符号代表宇宙万事万物，并且变化无穷。易：变易，变化。八卦以数演象，是周代形成，故称"周易"。据《易》占卜，"易"是内核朴素的辩证唯物观点，用于占卜，则走向唯心和形而上学。

[3]长歌醉数杯：有长歌当哭之意。《红楼梦》八十七回："感怀触绪，聊赋四章。匪曰无故呻吟，亦长歌当哭之意耳。"

夏日村居杂兴

短短垣墙小小门，楼台新起自成村。
同居比户皆军属^[1]，出入常怀将帅恩。

其 二

满园花草不知名，红紫新开雨乍晴。
闲读道书窗外坐，葛衣爽透晚风轻。

其　三

老翁老妇笑言温，并坐花前日欲昏。

闻说故乡禾稼好，喜无冻馁小儿孙。

其　四

团团蛱蝶斗花丛，一对黄兮一对红。

喜得女郎停刺绣，手持罗扇舞西东。

其　五

田禾锄罢麦登场，暑气蒸人日正长。

三五农夫垂柳下，科头露坐说年光[2]。

其　六

豆秧拔去草莱除，重整阡塍种菜蔬[3]。

一亩田园十亩地，从来为圃胜耕渔。

其　七

几家深住柳林边，长夏堪消酷热天。

日午阴浓牛系树，牧童高枕绿蓑眠。

其　八

瓜蔓绵绵覆短墙，花门满架有清香。

蜘蛛网结疏篱角，夜取飞蝇作口粮。

［1］比户：比邻，近邻。

［2］科头：指古人结发不戴冠。这里泛指不戴帽子。

［3］阡塍（chéng）：田中小路及田埂。这里泛指田地。

七　日

天光流火日蒸庐[1]，人晒衣裳我晒书。

可笑仲容无物晒，高悬犊鼻在庭除[2]。

［1］流火：《诗·豳风·七月》："七月流火，九月授衣。"火，指火星。这里指天热得如下火。

［2］犊鼻：犊鼻裈、短裤或围裙。

七　夕

今宵牛女度银河，云路桥横鹊架多[1]。

此会年年人尽望，缘何不见两星过。

其　二

牵牛织女两星辰，月老何曾结夙姻。

今古相传作夫妇，不知此语创何人。

其 三

一钩初上月光明，冷露无声夜气清。

笑看儿童瓜架卧，静听牛女叙离情。

其 四

少妇新妆缓缓行，自陈瓜果暗含情。

芳心不乞天孙巧[2]， 愿乞良人罢远征[3]。

[1]云路：犹言青云之路，喻宦途。鲍照《侍郎满辞阁》："金闺云路，从兹自远。"

[2]天孙：星名，即织女星。《史记·天官书》："河鼓大星……其北织女。织女，天女孙也。"《索隐》："织女，天孙也。"柳宗元《乞巧文》："下士之臣，窃闻天孙专巧于天。"

[3]良人罢远征：良人，指丈夫。此句出自李白《子夜吴歌》："长安一片月，万户捣衣声。秋风吹不尽，总是玉关情。何时平胡虏，良人罢远征。"

咏 天 麻 子

苔荒三径木萧萧，霜落天麻色未雕。

翠盖亭亭窗外映，夜来秋雨当芭蕉。

病 愈 书 怀

忆昔床头卧，良医日满堂。

岂无除病药，竟乏起疴方。

过午身偏冷，逢餐味反常。

缠绵经月久，灾退体犹强。

病 瘥 书 怀

天涯寥落客心酸，病愈亲朋尚往还。

可恨痴儿疏赖惯，更无一字问平安。

客 至

昨日家山客到来，倾杯旸饮笑言开。

今年禾稼丰收足，重累无虞脱债台。

次韵于子荣满城风雨近重阳辘轳体诗[1]

满城风雨近重阳[2]，云物凄凄客自伤。

意欲登高凭远眺，遮愁苦恨柳成行。

其 二

淡淡秋容景不芳，满城风雨近重阳。

故园菊放人千里，几度相思几断肠。

其　三

寒虫唧唧鸣当户，凄动离人异域苦。

满城风雨近重阳，手把茱萸愁莫睹。

其　四

百花开尽菊花香，瘦傲秋霜不觉凉。

莫道孤芳人未赏，满城风雨近重阳。

　　[1]次韵：也称步韵，即依照所和诗中用韵的字，以及先后次序去写诗。吴乔《答万季野诗问》："又问：'和诗必步韵乎？'答曰：'和诗之体不一，意如答问而不同韵者：谓之和诗；同其韵而不同其字者，谓之和韵；用其韵而次第不同者，谓之用韵；依其次第者，谓之步韵……此体元、白不多，皮、陆多矣，至明人而极。'"

　　辘轳体：本指律诗用韵的一种格式，也叫辘轳格。《诗人玉屑·诗体下》："韵者，双出双入。"这组诗共四首，每首都有"满城风雨近重阳"一句，但在诗中位置不同，分别放到一、二、三、四句中，作绝句出现。

　　[2]满城风雨：城内到处刮风下雨，形容重阳节前的气象。后比喻事情传开被人议论。

悍　妇

夜半谁家妇，啼号动四邻。

威如狮作吼[1]，怒似虎生瞋。

语语悲前事，声声叹此身。

自今求别嫁，不与老夫亲。

[1] 狮作吼：狮子吼喻悍妻的怒骂声。苏轼《寄吴德仁兼简陈季常》："龙丘居士亦可怜，谈空说有夜不眠。忽闻河东狮子吼，拄杖落手心茫然。"

阴　绣　球

团团一朵绣球阴，碧叶曾沾雨露深。

开到九秋犹未谢，似知余有惜花心。

张化难纳妾戏赠二章

一新一旧两婵娟，翠黛娥眉细若弦。

齐至堂前争笔画，不知京兆与谁先[1]。

其　二

未破天荒初嫁娘，娇羞满面倚新床。

夜深不敢腾欢语，恐醒邻狮作吼狂。

[1] 京兆：张敞，汉·河东平阳人，字子高，宣帝时为太中大夫、京兆尹、冀州刺史等。敢直言，严赏罚。尝为妻画眉，时长安有"张京兆眉妩"（美好）之说。后世成为夫妻恩爱的典故。

卷 二

祝和秋声馆主廿二初度杂感诗 四 首

有志从来事竟成[1]，须眉虽改性难更[2]。

老天不负勤供职，大器偏宜晚得名[3]。

过眼云烟悲作客，放怀诗酒慰平生。

羡君初度年犹少[4]，投笔欣逢此圣明。

其 二

橐笔从戎西复东[5]，怀才未试叹厥躬。

厄辕谁相空群马[6]，坐钓徒占兆梦熊[7]。

纵有奇缘为地宰，愧无妙手夺天工。

茫茫宦海生涯路，高陟云梯问碧穹[8]。

其 三

称觥雅客醉如仙[9]，白发吟诗祝少年。

下马笔能书露布[10]，济川材可作舟船[11]。

力除荆棘苏民困，绩著旗常慰圣颜[12]。

际此干戈犹未息，闻鸡起舞莫留连。

其 四

同室为仇日逞戈，频年不解奈民何。

田园失业流亡众，村野无兵盗匪多。

乱世易求名与利，韶光难禁岁如梭。

祝君早作边城将，净扫蛮烟奏凯歌。

[1]有志竟成：有决心和毅力，事情终可成功。陆游《雪夜作》："君勿轻癯儒，有志事竟成。"

[2]须眉：古时以男子之美在须眉，故以须眉称男子。

[3]大器晚成：大才须积久始能成功，后多指人之成就较晚。语源于《老子》第四十一章"大方无隅，大器晚成，大音希声"。

[4]初度：初生的年时。后称人的生日为初度。这里指郭庆麟二十二岁的生日。

[5]橐笔：见前注。

[6]厄辕谁相空群马：唐·韩愈《送温处士赴河阳军序》："伯乐一过冀北之野，而马群遂空。夫冀北马多天下，伯乐虽善知马，安能空其群邪？解之者曰：吾谓空非无马也，无良马也。"空群马，原意是天下人才尽皆选用。而这句"扼辕谁相空群马"是说谁能拦阻住车辕来选识良马呢？意思是说，人才不得录用。

[7]坐钓徒占兆梦熊：梦熊，原指飞熊入梦。飞熊，本作飞虎，

后作非熊，讹作"飞熊"。原指周文王梦飞熊而得太公望。后比喻君主得贤臣的征兆。"坐钓徒占兆梦熊"，意谓即使有太公那样的人才坐在江边钓鱼也是徒劳的，因为没有像周文王那样的君主来访问贤才了。

〔8〕高陟云梯：高登青云之梯，意即青云得路。云梯：指仕途。

〔9〕称觥（gōng）：《诗·七月》："朋酒斯飨，曰杀羔羊，跻彼公堂，称彼兕觥，万寿无疆。"兕觥，兕角杯，称，举起，即举杯待客。

〔10〕露布：见前注。

〔11〕济川材：上句"下马笔"对应。能造船渡河的木材。

〔12〕旗常：古代以不同样式的旌旗和服饰，作为区别等级的标志。《礼·月令》："以给郊庙祭祀之服，以为旗章，以别贵贱等级之度。"常：旗名，九旗之，一名大常。

附：原　唱　郭庆鳞

功名事业两无成，　过眼频经岁月更。

拙运谁怜常作嫁，　不才岂敢浪求名。

闲情半向诗中写，　杂感偏从客里生。

尘海茫茫应记取，　是非自古最分明。

其　二

蓬飘踪迹惯西东，戎马生涯已瘁躬。

八斗才谁夸绣虎，一朝梦岂望飞熊。

襟怀磊落穷非病，杖履逢迎技未工。

消长盈虚参造化，悠悠何必问苍穹。

其　三

前生合是酒中仙，醉里乾坤廿二年。

傲骨空钦陶令节，逃名应放米家船。

溪山尽入诗人笔，猿鹤亲承逸士颜。

自分已无清净福，行间字里且流连。

其　四

连年匪患杂兵戈，遍地哀黎唤奈何。

话到沧桑魂欲断，谈来家国恨偏多。

惊心岁月驰如电，转眼光阴去似梭。

处处频添惆怅意，无端箛吹又戎歌。

晨　起

清晨揽衣起，携杖步东冈。

路熟不知远，天阴微觉凉。

寒鸦鸣树杪，野犬吠村旁。

到库倚床坐，钟闻六点刚。

其　二

一路经行处，纷纷落叶黄。

群飞林鸟散，乱语草虫忙。

朝露凉如水，秋山净似妆。

归来逢早膳，把酒意徜徉。

答秋声馆主见赠诗 二 首

羞称文藻灿如玑，翻叹头颅发渐稀。

不敢情居师若弟，忘年结契尚依依。

其 二

风雅耽吟李杜公，得来佳句贮诗筒。

联情赠与骚坛俊，休笑猖狂一老翁。

附：原 唱

诗来满幅落珠玑，妙笔应推晚近稀。

立雪无缘为弟子，云天引领恨依依。

其 二

孺子闻名未识公，和章遥感寄邮筒。

龙门拜手倾心日。福寿齐隆祝此翁。

冬 至 口 占

阳生冬至喜晴和，最怕连阴降雪多。

未起床头呼老仆，今朝天气更如何。

冬 夜 即 事

日暮天寒客到稀，呼童饭罢掩柴扉。

竹炉暖阁频添火，松月凉人早下帷。

士女迟眠温旧课，山妻忙岁制新衣。

老夫亦有耽吟兴，手把唐诗对烛辉。

冬夜怀友人

金炉香烬夜灯明，枕冷衾寒梦不成。

人踏雪声邻犬吠，僧归月下寺钟鸣。

故园久别千山隔，良友长驱万里征。

欲寄一行相问讯，仓皇戎马阻邮程。

冬 夜 客 至

夜半良朋至，天寒水滴冰。

茗炉添活火，斗室续残灯。

市远盘餐薄，家贫秫酒澄。

劝君须尽量，痛饮两三升。

家 庭 即 事

笑看二女不离群，并坐灯前课自勤。

满口呢喃如燕语，问来说是读英文。

其　二

一生空度岁茫茫，今日新开老眼光。

手把英文心自笑，行行字曲似鱼肠。

其　三

巾帼须眉万古传，班昭续史著名贤[1]。

而今宪法颁天下，女子多才亦主权。

其　四

男子为农女业儒，世人笑我太糊涂。

岂知教养因才授，女性聪明男性愚。

其　五

一男二女绕堂前，朝夕承欢有夙缘。

男已完婚女未嫁，向平心愿了何年。

其　六

一家骨肉两情疏，父客他乡子里居。

老少异途为事业，各谋温饱度年余。

其 七

平生最好古诗歌，每日公余便吟哦。

老妇不知风雅趣，向人说我有书魔。

其 八

老翁老妇尚康强，儿女追随客异乡。

本欲荣名归故里，谁知宦海却茫茫。

其 九

良田不置置书田，欲望儿孙继世传。

今叹豚儿庸劣甚，光前只得盼孙贤。

其 十

我幸康强命不穷，有儿有女有孙童。

他年解组归田日，好叙天伦乐事同。

［1］班昭（约49—约120），中国女文学家兼史学家。字惠班，一名姬。班彪之女，班固、班超之妹。汉光武十七八年间生于扶风之安陵，卒于安帝元初中。十四岁归于同郡之曹世叔，偕欢未几年，世叔卒，孀居至七十余岁。兄班固著汉书，八表及其《天文志》未成而卒，和帝命昭就东观藏书阁续成之。屡受召入宫，令皇后及诸贵人以师事之，号曰"大家"（家，同姑）。著有赋、颂、铭、诔、问注、哀辞、书论、上疏、遗令等十六篇，其子妇丁氏帮她撰集成书，并作有《大

家赞》。丈夫妹曹丰生有才惠，尝著书，对班昭所著《女诫》进行驳难。

送　灶

爆竹三声酒一卮，　今宵送汝上天时。

玉皇若问人间事，　即奏兵戈无了期。

［1］卮（zhī）：古代一种盛酒器。容量四升。《史记·项羽本纪》："项伯即入见沛公，沛公奉卮酒为寿。"

除　夕

今宵俱不寐，共坐候迎神。

少小喜增岁，年高乐健身。

桃符千户丽，花烛一堂新。

遥忆家山里，儿孙自度春。

其　二

屈指人三辈，居家我独尊。

虽然为大父，尚未识童孙。

老妇随游幕，庸儿守故村。

他年返梓里[1]，团聚乐无垠。

［1］梓里：故乡。古人多于宅旁种桑栽梓，故称故乡为桑梓。宋·范成大《杨君士挽词》："孝至兰陔茂，身修梓里恭。"

初度自咏 _{岁次戊辰}

年虽过半百，身体尚康强。

初度逢人日[1]，谋生在异乡。

椒花欣献瑞[2]，柏酒自称觞[3]。

不待蟠桃熟[4]，歌诗祝寿昌。

其 二

年欲将迟暮，昂藏志未伸[5]。

请缨虽有路[6]，作嫁尚依人。

裘敝黄金尽[7]，心劳白发新。

何时邀眷顾[8]，竭智展经纶[9]。

[1]人日：即1928年农历正月初七，为顾晋昌五十八岁生日。

[2]椒花：这里《椒花颂》。晋刘致臻妻陈氏尝在正月初一献《椒花颂》，后用为新岁祝词之典。唐戴叔伦《二灵寺守岁》："无人更献椒花颂，有客同参柏子禅。"

[3]柏酒：古代风俗，取柏叶浸酒，元旦共饮，以祝长寿。《荆楚岁时记》：正月初一，"长幼悉正衣冠，以次拜贺，进椒，柏酒，饮桃汤"。杜甫《元日示宗武》："飘零还柏酒，衰病只藜床。"

[4]蟠桃：神话中的仙桃。传说东海中有度索山，山上有大桃树，屈蟠三千里，曰蟠木。结果曰蟠桃，三千年才结果。

[5]昂藏：仪表雄伟，气宇不凡貌。陆机《孝侯周处碑》："汪洋廷阙之旁，昂藏寮寀之上。"

［6］请缨：终军（公元前？—公元前112年）汉·济南人。宇子云，少好学，年十八选为博士弟子。武帝时选为谏议大夫，遣军说南越王入朝。军自请"愿受长缨，必羁南越王而致之阙下"。既至，南越王愿举国内属，越相吕嘉不从，举兵杀其王及汉使者，军死时年二十余。世称终童。

［7］裘敝黄金尽：皮裘已破敝，囊内钱空。用苏秦未发迹时故事。

［8］眷顾，《诗·大雅·皇矣》："乃眷西顾，此维与宅。"后遂取"眷顾"一词，作关注之意用。

［9］经纶：整理丝缕，理出丝绪叫经，编丝成绳叫纶，统称经纶，引申为筹划治理国家大事。

正月十五日大雪

昨晚阴云布，今朝大雪狂。

行人愁没路，饥鸟叹无粮。

树白千峰冷，楼高万瓦凉。

夜来城市里，应少好灯光。

感 时

冬雪连绵又到春，米珠薪桂客愁新[1]。

哀黎乞食频呼主[2]，饥鸟寻粮不避人。

盗寇未除妖孽起，金融已坏富豪贫。

旷观宇内烟云绕，哪有桃源去问津。

［1］米珠薪桂：极言柴米之贵。《战国策》楚三："楚国之食贵如玉，薪贵如桂。"

［2］哀黎：乞丐。

昨接绍周大兄来函中有

"一日安闲一日福"句，感而成章

乱世多财是祸因，功名虽好亦非真。

千金美酒休言奢，两袖清风不算贫。

一日安闲一日福，百年那有百年人。

及时得乐且行乐，何必劳劳役此身。

赠家绍周大兄　　五　古

人生各有命，凡事勿求全。

贫贱人人恶，富贵乃在天[1]。

君年六十一，福寿齐绵绵。

荆钗相伴老[2]，棠棣日比肩[3]。

其次儿与孙，贤孝美名传。

一子乐读书，一子勤耕田。

孙年虽幼小，犹可娱目前。

终朝同聚首，其乐亦陶然。

我年五十四，头上发已颠。

飘蓬在异乡，数载未回还。

骨肉久离别，利名终日牵。

所幸体康强，堪比金石坚。

若论家庭趣，与君霄壤悬。

有兄今更老，古稀逾三年。

虽系手足亲，早年各炊烟。

惟有糟糠妻[4]，终日相周旋。

两情虽不疑，非我结发缘。

膝下一孤儿，生懒性又偏。

幼年不读书，好武役幽燕。

中年习稼穑，不知南北阡。

一来终未成，悔我失教权。

古来唐虞帝[5]，生子不像先。

丹朱与商均[6]，怙恶终不悛。

岂帝养未教，下愚不能迁[7]。

我今复何如，只得盼孙贤。

比如犁牛子，骍角享山川[8]。

他年长成人，或盖乃父愆。

我遇此苦境，谁为同病怜。

与群素相契，赠此诗一篇。

人生各有命，吾何强求焉。

［1］"富贵在天"句：《论语·颜渊第十二》："子夏曰：商闻之矣，
死生有命，富贵在天。"（《论语》下卷三）

［2］荆钗：荆钗布裙。以荆枝当发钗，以粗布作衣裙。喻贫家妇

女的装束。晋·皇甫谧《列女传》："梁鸿、孟光夫妇，避世隐居，孟光常荆钗布裙，食则举案齐眉。"李商隐《祭外舅文》："纻衣缟带，雅觌或比于侨吴；荆钗布裙，高义每符于梁孟。"

［3］棠棣：《诗·小雅·常棣》："棠棣之华，鄂不韡韡。"《汉书·杜邺传》引作"棠棣"。后常指兄弟友好的情谊。

［4］糟糠妻：《后汉书·宋弘传》："弘曰：臣闻贫贱之知不可忘，糟糠之妻不下堂。"谓贫贱时，与共食糟糠，不可遗弃。后因以糟糠为贤妻的代称。

［5］唐虞：古代陶唐氏（尧）与有虞氏（舜）皆以揖让有天下，以唐、虞时为太平盛世。《论语·泰伯》："唐、虞之际，于斯为盛。"

［6］丹朱：帝尧之子。尧因丹朱不肖，禅位于舜。商均：帝舜之子，相传舜以商均不肖，乃使伯禹继位。禹立，封商均于虞。

［7］下愚：最愚蠢的人。《论语·阳货》："唯上知与下愚不移。"

［8］比如犁牛子二句：《论语·雍也》："予谓仲弓曰：犁牛之子，骍（xīng）且角，虽欲勿用，山川其舍诸？"犁，杂文；骍，赤色。周人尚赤，故祭祀不用杂色的犁牛而用毛红角大的骍牛作牺牲。这两句诗的意思是花色牛能出生供祭祀的骍牛，儿子强于父亲。

正月十六日同人刘汉卿招饮

安排笔砚欲为诗，忽听邻佣叩短篱。

鹄立阶前频劝驾[1]，情殷招饮不容辞。

其 二

宾客言欢意兴豪，座中惟我最年高。

主人情重偏怜老，把盏先斟敬二毛[2]。

〔1〕鹄（hú）立：鹄，天鹅。鹄颈长，能远望，因喻引领之状，叫鹄立，亦称鹄望。苏轼《正月十四夜飓从端门观灯》："侍臣鹄立通明殿，一朵红云捧玉皇。"

〔2〕二毛：人老头发斑白，故以此称老人。《左传·僖二十二年》："君子不重伤，不禽二毛。"

乡 人 饮 酒

乡饮风遵古[1]，相招故旧亲。

满斟一杯酒，先敬老年人。

假日正堪醉，维时又闰春[2]。

言欢情不尽，宛似葛天民[3]。

其 二

正月过将半，犹余腊祭豚[4]，

谋藏新岁酒，会饮老年尊。

座列衣冠古，樽开笑语温。

夕阳茶宴罢，各返旧柴门。

〔1〕乡饮风遵古：《永吉县志·礼俗》："乡饮酒礼：自成周以讫有清，损益代殊，而其礼不废。"按：《仪礼》有"乡饮酒礼"篇，《礼记》有"乡饮酒义"篇。凡有四事：一是三年大比，乡大夫荐举乡之贤能；

二是贤大夫宴会贤士；三是州长习射饮酒；四是党（乡里）祭腊正饮酒。都表示尊贤养老之意。

［2］维时又闰春：1928年（民国十七年）农历闰二月小。

［3］葛天民：传说中远古时期，帝王有葛天氏在伏羲氏之前。其治不言而自信，不化而自行，古人认为是理想的社会。晋陶潜《五柳先生传》："无怀氏之民欤？葛天氏之民欤？"

［4］腊祭：周时腊与大蜡各为一祭，腊祭祖先，蜡祭百神。秦、汉改为腊。《左传·僖五年》："宫之奇以其族行，曰：'虞不腊矣。'"腊，岁终祭神之名。汉，腊行于农历十二月，故后世以十二月为腊月。十二月初八为腊日。腊祭豚，指祭祀祖先的供肉。豚：猪。

谒 孙 道 尹

一别音书久渺然，于今相见各华颠。

当年聚首情关切，犹有同人寄宿缘[1]。

［1］原注：前清光绪三十一年余与吉长道尹孙钟舞同考留东师范，并在一院寄宿。

齐 桓 公

英名烈烈会群师，攘狄尊周霸主宜。

子女满堂妻姜众，送终只有晏娥儿。

晏娥儿^[2]

轻抛生命逾高垣，深感君王一幸恩。

衣覆尸骸身殉节，芳名不朽至今存。

晋文公^[3]

一朝得国赏从亡，上下无遗受各当。

除却子推甘抱隐，论功应亦及齐姜。

齐姜^[4]

目光远大志谋奇，醉遣贤夫虎口离。

蚕妇予闻先暗算，可知巾帼胜须眉。

[1]齐桓公：春秋齐侯，五霸之首。名小白，周庄王十一年，以襄公暴虐，去国奔莒。襄公被杀，归国即位。以管仲为相尊周室，攘夷狄挟天子以令诸侯，九合诸侯，一匡天下，终其身为盟主。

[2]晏娥儿：当指齐桓公妃。桓公衰老谋立储，公意立次子公子昭，长子无亏不服举兵包围王宫。宫女逃散，唯侍妾晏娥儿逾垣入告公实况，桓公气绝而死。晏娥儿解其衣覆公尸，自缢于桓公之侧。

[3]晋文公（前697或前671—前628年）：春秋时晋国君，献公之子，名重耳。公元前636—前628年在位。因献公立幼子为嗣，曾出奔在外十九年，由秦送回即位。整顿内政，增强军队，使国力强盛。城濮之战，大胜楚军，在践土大会诸侯，成为霸主。

[4]齐姜：古代女子称姓，周朝的齐国为姜姓，故齐侯之女称为

齐姜。据史载：重耳亡命之齐，桓公见其贤，惟恐归与齐争霸，乃以女齐姜妻之。会二宫女采桑，闻晋国大乱，归告齐姜。齐姜恐事泄，乃杀宫女。然后与从臣狐偃、赵衰谋、先由齐姜将公子重耳灌醉，载之于车奔秦国。后由秦国护送归国登位，为晋文公，霸业与齐桓公齐名。

初 上 月　和杜锦堂韵

皓魄初升云雾稀，众星环绕欲增辉。

清光入户寒侵枕，斜影穿帘冷透帏。

江浦渔歌猿啸断，关山雁度客思归。

等闲三五孤轮满，朗朗乾坤夜照扉。

附：原　作　杜锦堂

才到黄昏影尚稀，少焉高出露清辉。

似撩客恨初窥户，怕惹闺思懒入帏。

云外偶陪狂士饮，天边遥送故人归。

夜来沽酒前村店，一路相随冷到扉。

得家侄丛林书有感

故园经久别，少小不相逢。

折柬知同姓，因名忆旧容。

情深劳梦想，路远隔云峰。

今汝为师范，诗书可亢宗[1]。

［1］亢（kàng），旧时谓人子能扩大家族权势者称亢宗之子。

寻　春

律回天气尚微凉[1]，桃李无言草自苍[2]。

踏遍山原游遍野，不知春色在何方。

其　二

春来何处竟难寻，北岭寒梅雪尚侵。

昨夜渡头微雨过，今朝柳色忽垂金。

其　三

春来多日竟何藏，梅未开兮柳未黄。

行到小桥流水处，草痕隐隐满池塘。

其　四

河冰己泮雪全消，花信依然尚寂寥。

忽看陌头杨柳色[4]，春光漏泄短长条[5]。

［1］律回：指冬去春来。律指律管。古人烧苇膜成灰置于十二律管中，放密室内，以占气候。某一节候至，某律管中的葭灰飞出，示该节候已到。如冬至节至，则相应之黄钟律管内的葭灰飞动。

［2］桃李无言：《史记·李将军赞》："桃李不言，下自成蹊。"

［3］垂金：晁说之《晁氏客语》："梅圣俞作试官时，登望有春色，

题于壁上：'不上楼来今几日，满城多少柳丝黄。'"初春，柳色嫩黄呈金子色，故诗人多用"柳线垂金"来形容。

〔4〕借用王昌龄《闺怨》："忽见陌头杨柳色，悔教夫婿觅封侯。"

〔5〕春光句：杜甫《腊日》："侵陵雪色还萱草，漏泄春光有柳条。"

清　明

清明天气最清明，恰好寻春郭外行。

桃李未开杨柳暗，坟前惟有妇啼声。

村　柳

两堤烟柳绕村旁，一面青青一面黄。

雨露不殊风景异，令人莫解此春光。

柳　狗

最爱清明二月天，长堤柳狗绿如烟。

春风摇荡声如吼，夜雨低垂势欲眠。

花下不闻迎客吠，枝头时见有莺迁。

霏霏花絮拳毛脱，糁径平铺似白毡。

春 日 送 别 回 文 [1]

青青柳岸隔西桥，碧草芳晴晚望遥。

庭户绕烟轻霭霭，浦江流水远迢迢。

形忘易咏诗添兴，醉遣聊斟酒满瓢。

醒梦客怀愁永夜，亭长别恨苦魂销。

[1]回文：刘勰《文心雕龙·明诗》："回文为道原所制，已失传。"《诗人玉屑》卷二："回文体：谓倒读亦成诗也。"并引证苏东坡《题金山寺》："潮随暗浪雪山倾，远浦渔舟钓月明。桥对寺门松径小，巷当泉眼石波清。迢迢远树江天晓，霭霭红霞晚日晴。遥望四山云接水，碧峰千点数鸥轻。"

次韵金静庵入吉林冷社诗

高楼临胜地，门对大江流。

社结兰亭会，诗吟老杜秋。

往来皆雅客，谈兵傲王侯。

我欲骚坛赴，无缘翰墨酬。

[1]冷社：民国初年在吉林成立的一个诗社，直到东北沦陷初期还在活动。现存《冷社集》由荣梦枚等人编辑。

附：原 唱 金静庵

休沐喜无事，江楼集胜流。

诗工皆入画，吟冷直如秋。

未必皆惊座，真堪拟醉侯。

萍踪参洛社，俚句勉相酬。

和　金　静　庵《食雁》

南征千里雁，复向朔方回。

字字排空迥，声声待哺哀。

旧踪留雪冷，芳讯报春来。

今喜登盘食，倾杯笑语开。

附：原　唱　金静庵

鸿雁知春信，衡阳排翮回。

数行出绝塞，一箭失群哀。

扬于思冥举，诗人美劳来。

尝鲜集吟侣，取次酒樽开。

和　金　静　庵《殉雁》

孤雁翩翩绕舍翔，长空觅侣叹弓伤。

凄凉哀叫三更月，断续悲鸣五夜霜。

生不双飞为匹偶，愿同一死表情肠。

看来凡鸟犹知义，堪愧人间再嫁娘。

附：殉　雁（有序）　金静庵

沈阳关某喜以弹取鸟，尝弋一雁，翼伤而坠，视之雌也。将登俎飨客，先系于厨下。其雄忽来，回翔屋上久之，窥院无人，翩而下，与雌相呴沫。某自室内窥之，倏出视二雁已钩颈而死。不忍食其肉，遂瘗之。越数日，某之三女皆染疫死，其妻哭之恸。谓是雁之为祟也。此光绪季年，友人李蓬仙（关某之甥也）亲见其事，为余述之如此。偶因食雁，作诗以忏之。

偶因落雁登春俎，一老来谈雁殉篇。

钩颈不妨同命尽，瘗魂留供后人怜。

惊弦下鸟更羸辖，闻鲵哇鹅陈戴贤。

孔子犹言无弋宿，莫夸味异对宾筵。

附：前　题　王秩清

江天寥阔雁声寒，飞向冥冥锻羽翰。

一自援琴成别鹤，几回窥镜怅离鸾。

瘗魂已见禽填海，断肠何妨肉荐盘。

赢得年年湘浦恨，云和哀怨曲中弹。

北　山　晚　眺

高陟危峰顶，乾坤一览中。

山横平野绿，日照大江红。

逸兴三湘远[1]，豪吟四海空。

当头明月上，破浪乘长风。

[1] 三湘：有多指：一是湖南的湘潭、湘乡、湘阴合称三湘；二是湘江的三支流；萧湘、蒸湘、沅湘；三是流经湖南境内的三条水：江、湘、沅。古代诗文中的三湘，多泛指洞庭湖南北湘江流域。唐·宋之问《晚泊湘江》："五龄凄惶客，三湘憔悴颜。"

附：前　题　郭庆麟

峭壁危峰顶，登临眼界清。

香烟笼古寺，柳色映边城。

水静归帆稳，云开落照晴。

一声长啸去，灯火万家明。

村　居　夏　日

一亩田园半亩苔，数行垂柳映楼台。

庭前落絮家童扫，盆内鲜花我自栽。

绕舍流莺啼又笑，寻巢语燕去还来。

幽居此地无人问，闲读诗书养拙才。

知　足　咏

好动居城市，好静卧林泉。

城市多烦扰，林泉亦寂然。

惟此南岭地，动静两兼全。

家住军官舍，身为司库员。

终岁少公事，随月有俸钱。

不劳心与力，不缺吃与穿。

公私无偏废，出入自由权。

春游芳草地，夏坐绿荫边。

秋水闲垂钓，冬寒夜早眠。

醉歌中圣酒，诗咏少陵篇。

似隐原非隐，非仙即是仙。

人生贵知足，名利何须牵。

五　律

四月既望，金静庵召饮，座有王化宣、李厚民、朱吉甫、梁馨甫、李蓬仙宾主七，皆一时知名之士，杯酒言欢，颇极一时之盛。宴罢，主人金君属余赋诗以助雅兴。余因忝列吟坛，不敢推却，勉成五律一首，工拙自不暇计也。

共结吟诗好，相招倒酒尊。

主人迎杖入，稚子捧茶温。

雅有竹林趣，乐同桃李园。

言欢情不尽，宴罢欲黄昏。

同日与金静庵君登长春城北清真寺

巍巍峻岭压城根，上有清真寺一尊。

院宇荒凉苔满地，墙垣颓圮土成墩。

废楼无鼓钟犹在，断石残碑字不存。

今幸喜逢安息日，门前车马若云屯。

七　律

四月末日，同社友人金君静庵、关君路夫、王君秩清，李君蓬仙、肇君梦觉同游南岭，余留寓小饮，临别各遗诗予我，遂以原韵次第酬和。

和金静庵原韵

十载羁栖细柳营[1]，　依然戎幕老书生。

未登廊庙怜才诎[2]，　欲隐林泉耻圣明[3]。

今日抱关藏计拙[4]，　终朝闭户养心精。

兴来雅集良朋饮，把酒联吟醉数觥。

和关路夫原韵

驱车枉驾岭南行[5]，　访我幽人叙旧情[6]。

夹径鲜花朝露重，盈堤弱柳午阴清。

山肴野蔌群贤馔[7]，　把酒谈诗四座惊[8]。

漫道此游无尽兴，畅怀足以慰平生。

和王秩清原韵

怀才未遇志何存，溷迹军寮在小村^[9]。

地僻不堪邀众赏，官微岂敢让人尊。

旌旗暗掩兵离寨，蓬荜光辉客到门^[10]。

今日与君同聚首，千戈休向耳边论。

和李蓬仙原韵

一自为人劳作嫁，频年常在陆军营。

喜君共结琴书好，爱我联吟翰墨精。

职任抱关初作吏，歌羞弹铗不知兵。

风尘偶遇钟期侣，流水高山奏有声。

其　二

齿德由来天下尊^[11]，杖乡杖国古风敦^[12]。

群贤雅集奇文赏，二老相逢尚友论。

愧我无才为委吏^[13]，爱君挟策在侯门^[14]。

座中宾主东南美^[15]，犹有竹溪六逸存^[16]。

[1] 细柳营：《史记·周勃世家》："以河内守亚夫为将军，军细柳以备胡。上自劳军……天子先驱至，不得入。先驱曰：天子且至！军门都尉曰：将军令曰：'军中闻将军令，不闻天子之诏！居无何，上至，又不得入。'于是上乃使使持节报将军：'吾欲入劳军，'亚夫

乃传言开壁门。壁门士吏谓从属车骑曰：'将军约，军中不得驱驰！'于是天子乃按辔徐行。至营，将军亚夫持兵揖曰：'介胄之士不拜，请以军礼见！' 天子为动，改容式车。使人称谢：'皇帝敬劳将军。'成礼而去。既出军门，群臣皆惊。文帝曰：'此真将军矣。'后军纪严明，以细柳营颂之。"

〔2〕廊庙：朝廷。廊庙才，比喻能为朝廷肩负重任的大臣。《宋书·裴松之传》："裴松之廊庙之才，不宜久尸边务，今召为世子冼马。"才诎：屈才。

〔3〕耻圣明：唐·孟浩然《望洞庭湖赠张丞相》："欲济无舟楫，端居耻圣明。"顾晋昌引这个典故，大意是说，在这个"圣明"的太平盛世，自己不甘心隐居无事，要出来做一番事业。

〔4〕抱关：抱关击柝。抱关，守关；击柝，打更巡夜。守关巡夜的人，更夫，比喻职位低下。

〔5〕枉驾：屈驾。称人走访的敬词。《三国志·蜀·诸葛亮传》："此人可就见，不可屈致也。将军宜枉驾顾之。"

〔6〕幽人：隐士。《易·履》："履道坦坦，幽人贞吉。孔稚圭《北山移文》："或叹幽人长往，或怨王孙不游。"

〔7〕山肴野蔌：宋·欧阳修《醉翁亭记》："临溪而渔，溪深而鱼肥；酿泉为酒，泉香而酒冽；山肴野蔌，杂然而前陈者，太守宴也。"山肴野蔌，指野菜、野味做成的菜肴。

〔8〕四座：指四周在座的众人。杜甫《羌村三首》："歌罢仰天叹，四座泪纵横。"

〔9〕溷（hùn）迹：溷，同混。这里有随波逐流之意，自谦之词。

鸡塞集

〔10〕蓬荜光辉：蓬荜生辉。蓬荜，蓬门荜户。形容贫家得到别人光临，或得人馈赠书画，使屋室增添光辉。用为谦谢之辞。明·王世贞《鸣凤记》第二出："得兄光顾，蓬荜生辉，先去打扫草堂迎候。"亦说"蓬荜增辉"。《金瓶梅》三一回："杯茗相邀，得蒙光降，顿使蓬荜增辉，幸再宽坐片时，以毕余兴。"

〔11〕齿德：《汉书·武帝纪·建元元年诏》："古之立教，乡里以齿，朝廷以爵，扶世导民，莫善于德。"指有威望和德行的年长者。

〔12〕杖乡杖国：古代一种尊老的礼制。《礼·王制》："五十杖于家，六十杖于乡，七十杖于国，八十杖于朝。"《礼·曲礼上》："大夫七十而致仕，若不得谢，则必赐之几杖。"杖，指手杖。

〔13〕委吏：古代负责仓库保管、会计事务的小官。这里是指顾氏任军械库副主任职。《孟子·万章下》："孔子尝为委吏矣，曰：'会计当而已矣。'"

〔14〕挟策：手执简册。策，写书的竹简，比喻勤苦读书。明·归有光《书斋铭序》："挟策而居者，自项脊生始。"

〔15〕宾主东南美：王勃《滕王阁序》："台隍枕夷夏之交，宾主尽东南之美。"中国东南指江南一带，比喻指名士辈出之地。这里是说宾主多是名士。

〔16〕竹溪六逸：李白少客任城，与韩准、裴政、张叔明、陶沔汾、孔巢父居徂徕山日相沉饮。号"竹溪六逸"。

附：原　　唱　　金静庵

消夏来观岭上营，旌旗昼掩野云生。

抱关人向兵间老，夹径花从剑外明。

旖旎风光怜白发，莼鲈滋味饱青精。

素心遮莫殚今日，珍重秋深再举觥。

附：原　　唱　　关路失

偶随名辈作郊行，十里园林慰比情。

座上诗翁神矍铄，望中云物景凄清。

抱关有愿身将隐，击缶狂歌世已惊。

他日岭南村里过，跨驴携酒访先生。

附：原　　唱　　王秩清

邂逅边城约过存，驱车来访岭南村。

抱关我惜侯嬴老，守藏谁知柱史尊。

一自联吟归白社，也同避世隐青门。

郊游喜附群公后，语不惊人且莫论。

附：原　　唱　　李蓬仙

将军几辈成名去，野戍犹存旧日营。

中有高人抱关隐，旁依甲帐结庐精。

携家不作梅仙尉，泣路谁知阮步兵。

结伴来寻诗酒约，绿阴如画鸟声声。

其 二

主人爱客酒盈尊，邂逅能将古道敦。

鸦鬟女儿知敬礼，虎头家世有痴论。

风尘我竟如南郭，锁钥公真屈北门。

白首相逢休恨晚，故交今日几曾存。

夏至后栽花

春去已多日，新栽花满池。

不愁开放晚，但恨蝶来迟。

夏 日 偶 成

草色盈阶绿，花光映户红。

小园风景好，闲赏乐无穷。

花 下 露 坐

天末云归去，林中鸟宿还。

夜来花下坐，待月上东山。

中 庭 夜 坐

竹院风声细，纱窗月影幽。

今宵虫唧唧，明早是新秋。

鸡 冠 花

窗外鸡冠花，迎风独矫矫。

不飞亦不鸣，一鸣天下晓。

其 二

雄冠头上戴，势欲学鸡鸣。

但见风摇影，无闻报晓声。

其 三

花号鸡冠别样颜，头颅未破血斑斑。

司晨不报天光晓，怕有逋臣夜度关。

寿金静庵封翁七十[1]

盈庭珠履庆弧悬[2]，索我吟诗祝大年[3]。

寿似乾坤春不老，人如三五月常圆[4]。

乐聆卜雅歌纯嘏[5]，烛满华堂敞绮筵[6]。

宴罢喜看阶下舞，斑衣绚彩子孙贤[7]。

其 二

椿萱茂并古稀时[8]，龙马精神海鹤姿。

今岁瓜期歌寿考[9]，明年桃熟宴瑶池[10]。

汾阳世泽多奇福[11]，陈实家声有好儿[12]。

愧我筹添无别物[13]，跻堂祝颂九如诗[14]。

其 三

双星耿耿列云衢[15]，今夕先占乞巧图。

百岁木公开寿域，千华金母隔蓬壶[16]。

斑衣伯仲堂前舞，罗代儿孙膝下呼。

济济跄跄珠履客，称觞作乐庆悬弧。

其 四

偕老齐眉世罕俦[17]，精神矍铄几生修。

华封人祝三多语[18]，洪范箕陈五福畴[19]。

蔗境甘尝知有味[20]，兰芝秀挺更忘忧[21]。

堂开昼锦宾筵众，艳说先添海屋筹[22]。

[1] 封翁：因儿子功名而受封赠的人。此指金静庵之父。

[2] 珠履：缀珠的鞋。悬弧：古代风俗，家生男于门左挂弓一张。后因称生男为悬弧，称男子生日为悬弧令旦。

[3] 大年：高年。

〔4〕三五：农历望日，即十五日。《古诗十九首》之十八："三五明月满，四五蟾兔缺。"

〔5〕纯嘏（gǔ）：大福大寿。《诗·鲁颂·閟宫》："天锡公纯嘏。"纯：大。嘏：受福。

〔6〕绮（qǐ）筵：盛大丰美的宴席。

〔7〕斑衣：彩衣。相伟周代楚人老莱子著彩衣为儿戏以娱亲。后以"斑衣"为赡养父母。

〔8〕椿萱：父母的代称。椿，父；萱，母。唐·牟融《送徐浩》："知君此去情偏切，堂上椿萱雪满头。"

〔9〕瓜期：瓜熟之时。任满更代之期，犹瓜代。

〔10〕瑶池：古代神话中神仙所居之处。《穆天子传》："乙丑，天子觞西王母于瑶池之上。"

〔11〕汾阳：地名。唐郭子仪平安史之乱，封汾阳侯。

〔12〕陈实（104—187年）：东汉，许人，字仲弓，桓帝时为太丘长。子纪，字元方，次子谌，字季方，并有高名。

〔13〕筹添：添筹码。

〔14〕九如诗：《诗·小雅·天保》："如山、如阜、如冈、如川、如月、如日、如南山、如松柏。"后用作为祝寿之典。

〔15〕双星：指织女、牛郎二星。云衢：原意是云路，指仕路，这里指云汉。

〔16〕木公、金母：仙人名。木公即东王公，或名东王父；金母，指西王母。汉初童谣云："著青裙，入天门，揖金母，拜木公。"宋·苏轼《赠陈守道》："楼台十二红玻璃，木公金母相东西。"

[17]偕老齐眉：偕（xié）老：共同生活到老。《诗·邶风·击鼓》："执子之手，与子偕老。"后专指夫妇而言。如颂人婚姻白头偕老。齐眉：比喻夫妇相互敬爱。李白《留别宗十六璟》："我非东床人，令姊忝齐眉。"举案齐眉，原指孟光送饭给梁鸿时把托盘（案）举到和眉毛一齐，表示对丈夫的尊敬。

[18]华（huà）封三祝：《庄子·天地》：封人向帝尧三祝：长寿、富有和多男。三祝亦称"三多"。

[19]洪范五福畴：《书·洪范·九畴》篇："五福：一曰寿，二曰富，三曰康宁，四曰攸好德，五曰考终命。"《洪范·九畴》相传箕子所述，故曰："箕陈（述）五福畴。"五福是九畴最后一畴。畴：种类。

[20]蔗境：美好的晚境。《世说新语·排调》："顾长康（恺之）啖甘蔗，先食尾。问所以，云：'渐至佳境。'"甘蔗根甜于梢。后比喻处境先苦后甜。宋·赵必豫《水调歌头》："百岁人能几？七十世间稀，何况先生八十，蔗境美如饴。"

[21]兰芝：兰草与灵芝草。比喻高风美德。欧阳修《答吕公著见赠》："况与贤者同，薰然袭兰芝。"

[22]艳说：羡慕的称赞。海屋筹：即海屋添筹，意为长寿，苏轼《东坡志林·三老语》："尝有三老人相遇，或问之年。一人曰：'吾年不可记，但忆少年时与盘古有旧。'一人曰：'海水变桑田时，吾辄下一筹，尔来吾筹已满十间屋。'一人曰；'吾所食蟠桃弃其核于昆仑山下，今已与昆仑山齐矣。'"

颂

尝读杜工部曲江对酒诗云："人生七十古来稀。"每咏至此，不禁心窃疑焉。夫古年高之人，历代不乏。自唐虞以下，周有五更[1]，汉有四皓[2]，晋有七贤[3]，唐有六逸[4]。凡此诸老年皆七十而上，而杜公所云稀者，何也？吾知杜公之意不在徒享大年，而在德寿兼赅有功于世者也。今岁戊辰七月三日[5]，我惠公七秩悬弧令旦[6]，是日也，都人士济济跄跄，盈庭交赞，或扬觯而赓大德[7]，或摛藻而祝长年[8]。晋昌本一介寒儒[9]，投笔戎轩，典签武库，与哲嗣静庵君袍泽同城，往来下榻，因联翰墨之文，共结琴书之好，际此堂开燕喜，书陈洪范五福之篇；藉兹乐奏仙班，诗颂天保九如之句。其颂曰：

> 千山苍苍，辽水泱泱；我公令德，重于乡邦。
>
> 为民造福，为国除殃；谨录数端，略为表扬。
>
> 创办警甲，轨里连乡；宁望相助，除莠安良。
>
> 提倡学校，殷序周庠；培养人才，为龙为光。
>
> 教育子孙，诗书大纲；芝兰满室，簪笏盈床。
>
> 有此大德，宜其寿昌；鲰生不才，谨奉兕觥。

[1]五更：三老五更之省文。古代设三老五更之位，以养老人。《礼记·文王世子》："遂设三老五更，群老之席位焉。"《注》："三老五更各一人也，皆年老更事致仕者也，天子以父兄养之，示天下之孝悌也。"这种制度到汉代还保存。《汉书·礼乐志》："养三老五更于辟雍。"郑玄据汉制以三老、五更为各一人。蔡邕以三老为三人，五更为五人。

［2］四皓：汉初商山四个年老隐士。东园公，用（lù 禄）里先生、绮里季、夏黄公。

［3］七贤：晋初年，山涛、阮籍、嵇康、向秀、刘伶、阮咸、王戎互相友善，常在山中竹林间游会，故世人称为竹林七贤。

［4］六逸：唐代竹溪六逸，李白少客任城，与韩准、裴政、张叔明、陶沔汾、孔巢父居徂徕山，日相沉饮，号竹溪六逸。

［5］戊辰：1928年。

［6］悬弧令旦：见前注。

［7］扬觯（zhì）：举起酒杯。觯，酒器。《礼·礼器》："宗庙之祭……尊者举觯，卑者举角。"《注》："凡觞一升是曰爵，三升曰觯。"赓（gēng）：庚酬，赓唱；大德美德。

［8］摛（chī）藻：铺张辞藻。即指撰写诗文。汉·班固《答宾戏》；"是驰辩如涛波，摛藻如春华，犹无益于殿最也。"

［9］一介寒儒：一介，一个。一个穷读书人。

江 西 腊

春种花盈砌，秋开满院香。

不嫌蜂蝶闹，惟恐夜来霜。

其 二

红红紫紫满篱笆，风落残英叶底遮。

不敢呼童枝下扫，恐惊蜂蝶过邻家。

茉 莉 花

紫白红黄斗晚妆，隔帘风送满楼香。

明朝日出花皆合，不愿人夸昼锦堂。

牵 牛 花

牵牛花缀玉帘钩，小院凝香蝶舞稠。

最好夜深明月上，牵牛星亦映牵牛。

捕 蜚 [1]

终夜不成寐，摩挲身未安 [2]。

肌肤时痛痒，似有物来餐。

非虱即蚤扰，或者蝇偷钻。

起床续焚膏，呼妇齐相看。

虱蚤俱无迹，苍蝇在壁蟠。

是何无情物，出没诡多端。

俯视青毡下，群蜚积若峦。

一动四散惊，大小往来欢。

此物体虽弱，心性太忍残。

饥食我肉破，渴饮我血干。

若不速捕获，枝蔓图更难。

回头唤老妇，莫作壁上观。

此拿彼堵物，勿使隐苻萑^[3]。

擒者俱消灭，逃者心胆寒。

明日觅巢穴，定教无卵完。

一时报肃清，睡莫待更阑。

我将捕蜚法，陈述邑宰官。

蜚患与盗患，为害无异般。

捕盗与捕蜚，其势不容宽。

果能如此勇，何愁庆安澜^[4]。

[1] 蜚（fěi）：即蟑螂，俗称"老蟑"。

[2] 摩挲：同摩娑，抚摸。

[3] 苻（fú）萑（huán）：指芦苇，后泛指盗贼隐匿之所，借喻盗贼。

[4] 安澜：水波不兴，比喻境况安定。

晤崔骏声

久别曾无一鲤过，天涯相见泪滂沱。

故交情重应输我，君泪稀疏我泪多。

谒张上将绪五

劫后相逢意转寒，将军复作故情欢。

创骸虽幸痊无恙，尚有余痕不忍看。

过沈阳车桥有感[1]

奉召驱车过此桥，追思往事黯魂销。

可怜盖世英明将，不及秦皇命运高。

[1] 桥：沈阳市皇姑屯站附近之桥。诗指一九二八年六月四日张作霖从北平回东北，路经此地被日寇炸死一案。

访本社同人

同人隔咫尺，拄杖到茅茨。

见面无他语，开言即问诗。

文章羞我短，肝胆有谁知。

且喜重阳近，相招后会期。

附：次　韵　金静庵

心迹两相忘，闲来话草茨。

登高坚后约，探箧得新诗。

黄菊欣同赏，白头恨晚知。

秋风佳节近，把酒预为期。

附：次　韵　王秩清

先生有道者，怀宝隐茅茨。

每起风尘叹，学吟感遇诗。

青云动高兴，白发结新知。

薄酒亦能醉，重阳指后期。

野 外 晚 眺

凉秋八九月，农事告将终。

野外收新稼，园中剩晚菘。

疏林还宿乌，衰草咽寒虫。

遥望前村里，犹余夕照红。

郊 行 即 事

出门无所见，落叶满平原。

雁叫闻前浦，砧声响远村。

白云飞岭畔，黄菊映篱根。

明日良朋至，先沽酒一尊。

秋 兴 八 首[1] 有 序

余僻处南岭，意兴无聊，每怀时事，动辄悲思。因读杜工部《秋兴》八首。凄然有感，遂效其体，用写愁怀。自知东施捧心，效颦增丑，然情不能已，亦弗计其工拙也。

凄风冷雨散空林，秋色弥漫杀气森。

夜战军声悲月暗，朝闻鬼哭惨天阴。

愁看旅雁思乡信，卧听哀猿动客心。

地僻边荒寒到早，萧萧木叶响村砧。

其 二

长安西望日将斜，云物凄清感岁华。

老骥常思弛朽索，汉郎空自泛仙槎[2]。

城中剑戟扶危主，塞上旌旗奏暮笳。

何处可寻陶栗里[3]，东篱载酒赏黄花。

其 三

城头晓日带晴晖，曲岛苍茫映翠微。

江树萧条黄叶落，秋风飒爽白云飞。

贾生书上才难用[4]，李广侯封愿已违[5]。

信宿且看沙口雁[6]，各谋温饱稻粱肥。

其 四

辽东大局似残棋，往事沧桑益可悲。

管领虽为新幼主，旌旗不是共和时。

关山险阻凭堪守，戎马纷更调已驰。

闻道秋江鲈正美，西风吹我动乡思。

其 五

休言盖世与拔山[7]，霸主东归故国间。

力士暗藏鱼腹剑[8]，将军空袭雁门关[9]。

众兵有勇堪呼臂，群策无才可汗颜。

回首京都瞻气象，风流云散解朝班。

其　六

鼓声坎坎起城头，战士箫吹塞上秋。

南浦清江迷客艇，西风黄叶动人愁。

孤飘海内如霜雁，久泊天涯似水鸥。

满目芦花萧瑟瑟，那堪司马驻江州[10]。

其　七

好勇周郎欲奏功[11]，夜深舞剑在军中。

出师自命争全胜，一战居然拜下风。

抛却欓枪沉水黑[12]，焚余燹火满村红[13]。

可怜徒抱英雄志，毕竟何如避世翁。

其　八

幽居邱壑自逶迤[14]，欲学长生访葛陂[15]。

不慕黄莺迁古木[16]，愿同越鸟宿南枝[17]。

一身傲骨穷难换，半世雄心老未移。

数载高怀吟更苦，夜深骚首泪频垂。

[1] 秋兴（xìng）八首：杜甫于大历元年秋在夔州所作。

[2] "汉郎"句：神话传说汉武帝令张骞寻觅河源，乘槎至天河，见有一妇人浣纱，妇人与骞一石。骞既归，以石问成都卜人严君平，

严谓是织女支机石。槎：用竹木编成的筏。

[3]陶栗里：在今江西九江市南陶村西。

[4]贾生：贾谊（前200—前168年），汉洛阳人，年少能通诸家书，文帝召为博士，迁太中大夫。谊请改正朔，易服色，制法度，兴礼乐，又数上疏陈政事，绛、灌等毁之，出为长沙王太傅。后拜梁怀王太傅，不久卒。世称贾太傅，又称贾生。

[5]李广（？—公元前119年）：汉陇西成纪人。善骑射。文帝时，击匈奴有功，为武骑常侍。武帝时为右北平太守，匈奴不敢犯境，号曰"飞将军"。广为将，与士卒共饮食，家无余财，众乐为用。与匈奴前后七十余战，然未得封侯。元狩四年，随大将军卫青击匈奴，迷失道路受处分，遂引刀自刭。

[6]信宿：连宿两夜。《左传·庄公三年》："凡师一宿为舍，再宿为信，过信为次。"《注》："信者住经再宿，得相信问也。"杜甫《秋兴》之三："信宿渔人还泛泛，清秋燕子故飞飞。"

[7]盖世、拔山：《史记·项羽世家》："汉围项羽垓下，夜闻汉军皆楚歌，惊曰汉军已得楚乎？起饮帐中，有美人虞姬常从，骏马名骓常骑之。乃悲歌慷慨，歌数阕，美人和之。其歌曰：力拔山兮气盖世，时不利兮骓不逝。骓不逝兮可奈何，虞兮虞兮奈若何！"

[8]鱼腹剑：专诸（？—公元前515年），春秋时吴国堂邑人。吴公子光（阖闾）阴谋刺杀吴王僚而自立。伍子胥推荐专诸于光。僚十二年，光具酒请僚，专诸置匕首于鱼腹之中，乘进献时刺僚，立死。专诸亦当场为僚左右所杀。公子光遂自立为王。见《史记·吴太伯世家·刺客列传》。

［9］雁门关：在山西代县西北。《山海经·海内西经》："雁门山，雁出其间。"亦曰陉岭，自雁门以南谓之陉南，以北谓之陉北。东西山岩峭拔，中有路盘旋崎岖，绝顶置关，谓之西陉关，亦曰雁门关。自古为戍守重地。

［10］满目芦花二句：白居易于元和十年（公元815年）从长安贬到九江。翌年，写《琵琶行》："浔阳江头夜送客，枫叶荻花秋瑟瑟。"荻花即芦苇花。

［11］周郎：周瑜（175—210年）三国庐江舒县人，字公瑾。少时吴中呼为周郎。与孙策同岁，相友善，策东渡，瑜率兵迎之。策死，弟孙权继位。瑜以中护军与张昭共掌众事。建安十三年，曹操率军南下，瑜与刘备合兵，大败曹兵于赤壁。后进军取蜀，至巴丘病死。

［12］欃枪：慧星的别称。《尔雅·释天》："慧星为欃枪。"引申为除旧更新之义，此处指武器。

［13］燹（xiǎn）：多指兵乱中纵火焚烧。

［14］逶迤：也写作"逶移""迤逦""委蛇"，原意是弯曲，或曲折婉转的样子。这句诗中意为从容自得。

［15］葛陂（bēi）：陂，原意为山坡、泽畔。这里是靠近的意思。葛，指葛玄，三国吴琅玡人，字孝先，为晋葛洪之从祖父。传说从左慈得《九丹金液仙经》修炼成仙，世号"葛仙翁"。

［16］黄莺迁古木：即"乔迁"。《诗·小雅，伐木》："伐木丁丁，鸟鸣嘤嘤。出自幽谷，迁于乔木。"后比喻人搬到好的地方居住。

［17］越鸟：孔雀的别名，因产于南方而得名。李商隐《晚晴》："越鸟巢干后，归飞体更轻。"

闲 居 杂 咏

十年橐笔走风尘，名利无成鬓发新。

世事沧桑难再问，英雄潦倒有谁亲。

寄身且喜为邻少，得俸聊安患老贫。

每日公余心自静，畅怀诗酒乐天真。

其 二

半类诗狂半酒狂，闲居执笔述端详。

身家未起因才拙，时世难容觉性刚。

爱有良朋谈道德，厌听俗士论文章。

寓怀且喜军中隐，颐养余年学老庄。

其 三

典签武库几经秋，幸得官闲许自由。

年老不期名显达，才疏难望禄增优。

家贫须待儿孙起，身贱偏遭市井羞。

阅尽沧桑心更冷，炎凉世态复何求。

九 日 登 高

把酒登高自往还，溪桥路曲水流弯。

秋山反照笼佳气，老树经霜带醉颜。

黄菊乍开边塞地，白云深锁故乡关。

年来作嫁依人苦，赢得头颅两鬓斑。

拟九月还家不果

八月书传雁一行，谓余九月好还乡。

黄花开罢无消息，空惹儿孙日日望。

其　二

一别田园十数秋，还家有愿未能酬。

故乡亲友遥相望，争奈官身不自由。

雪　夜　咏　怀

雪冷风寒早闭门，夜深独对一灯昏。

著书岂望人争录，作事须防物议论。

名利无成怜我辈，田园不废赖儿孙。

明年四海烽烟靖，解组为民返故村。

晨　起　书　事

冻雀噪檐际，寒鸦绕树惊。

窗明天欲晓，星暗月西倾。

旭日重门射，朝烟四壁横。

妻孥妆艳罢，早膳已炊成。

和秋声馆主见访诗

萍水初相会，情深似故知。

烹茶谈旧约，剪烛话新诗。

未弄琴三曲，先沽酒一卮。

与君同尽醉，莫唱别离词。

再和秋声馆主

久慕今初见，天寒暂驻鞍。

与君一夕聚，共话五更阑。

薄酒斟同醉，新诗赏各欢。

明朝分手去，归路抵平安。

附：原　唱　郭庆麟

今过岭南地，停车访故知。

到门先递刺，入座即谈诗。

娱目书多卷，开筵酒满卮。

论交推道义，不敢作浮词，

其 二

盘桓方信宿，复又整归鞍。

把晤心同惬，分离兴未阑。

日长期后会，情迫暂为欢。

待有鸿鳞便，修书再问安。

闲 居 自 咏

室陋琴书雅，心清案牍闲。

村孤人罕至，门静日长关。

世乱荣名淡，年高鬓发斑。

虽然在宦海，无异隔尘寰。

其 二

武库膺官守[1]，兢兢四五年。

汲深虞索短[2]，任重愧材辁[3]。

闲著诗千首，虚糜俸百钱。

无尤皆幸福，何敢望升迁。

[1]膺（yīng）：受，当，意即担任。

[2]汲深句：绠短汲深。《庄子·至乐》："昔者管子有言……褚小者不可以怀大，绠短者不可以汲深。"用短绳系器取深井的水，比喻学识浅薄不足以悟深理，或自谦力小任重，力不胜任。

[3]材辁（quán）：辁才，即小才。《庄子·外物》："已而后世辁

才讽说之途皆惊而相告也。"辁：无辐条的车轮，比喻低劣。

赴 哈 尔 滨

请缨有愿未能酬[1]，雪冷风寒塞北游。

爱客陈蕃空下榻[2]，思乡王粲赋登楼[3]。

可怜斯世知难遇，苦恨平生命不犹。

两度滨江数百里，多情惟有月当头。

［1］请缨：见前。

［2］陈蕃（？—168年）：东汉汝南平舆人，字仲举。历任豫章太守等，不接宾客，惟徐稚来，特设一榻，去则悬之。

［3］王粲登楼：见前注。

长春车站遇王润斋、方唯心、张蕴柏叙谈良久

邮亭送客泪沾巾，一笑翻然遇故人。

握手共谈沧海事，伤心独叹老年身。

元龙意气全销尽[1]，宗悫胸怀亦未伸[2]。

桑梓亲朋如有问[3]，囊空依旧发华新。

［1］元龙：陈登，字元龙，东汉下邳人。深沉有大略，历任广陵、东城太守，以平吕布功封伏波将军。卒后，刘备在刘表座论天下人物，座中许泛曰："元龙湖海之士，豪气未除。"

［2］宗悫：见前。

［3］桑梓：见前。

还　家

离家十数载，今日始旋回。

儿女喜亲至，童孙笑客来。

庭空惟有雪，阶冷已无苔。

幸随阳和暖，窗前发早梅。

其　二

今观故乡里，风景异曩时。

比户皆温饱，人民少冻饥。

买枪防盗贼，立校教男儿。

最苦征徭重，年丰尚可支。

常家窝堡夜饮醉归

故人招我饮，带醉夜深归。

地白沙横路，天寒月照衣。

入村惊犬吠，隔壁见灯辉。

行到柴门外，家童未掩扉。

别　家

征车已驾甫登途，亲友多情远送吾。

惟有小孙难忍别，牵衣含泪祖翁呼。

过 柳 河 沟

白草黄河落日遥，驱车忽过柳河桥。

天空绝塞行人少，为有寒塘雪未消。

夜抵奉天驿

驿路通商埠，楼台起万家。

灯光明灿烂，人语闹喧哗。

夜冷风生树，天寒雪作花。

暂投沽酒店，少饮复登车。

人日初度适盆内桃开赋此志喜   岁次己巳[1]

年年初度雪迎春，今日仙桃笑解人。

不是诗家应律早[2]，东皇为我祝生辰[3]。

[1] 己巳：1929 年。

[2] 应律：指十二律的应春之律。（见前注"律回"）。

[3] 东皇：东方之神，古人以东方指代春季。

拟别烟霞友词

烟霞友，烟霞友，昔日绸缪今分手。

我今赋作别离词，劝汝勿恋我老叟。

回想当年结交时，昼夜不离同聚首。

我闷汝开心，我醉汝解酒。

有时疲倦懒登山，汝助兴游寻芳薮。

有时寂寞不观花，汝助精神频问柳。

诗兴汝能添，佳句我自有。

可以畅幽情，可以抒抱负。

旷观世人与我订知交，交情未有汝最厚。

孰知汝厚因我黄金多，今我无钱交不久。

聪明因汝误，芳名因汝朽。

昔时以汝为良朋，今日反成吠尧狗。

烟霞友，烟霞友。

从此与汝绝交游，勿效丝连已断藕。

爱　鹅　并序

　　家畜一鹅，颇可余意。女儿文清请曰：盍赋诗明爱。
爱率二绝，遑计工拙。

　　人爱鸡豚我爱鹅，平生所爱亦偏颇。

　　惜无妙笔黄庭写[1]，愧煞将军逸少多[2]。

其　二

凤能纪瑞鹤延年，鸡戴雄冠报晓天。

我爱此鹅堪悟道，听经说法学参禅。

　　[1] 黄庭：经名。讲道家修炼养生之道称脾脏为中央黄庭，于五
脏中特重脾土，故名《黄庭经》。经有《黄庭内景经》《黄庭外景经》等。

95

世传王羲之书《黄庭经》换白鹅。

[2]逸少：王羲之（303—361年），字逸少，晋书法家，琅琊临沂人，居会稽山阴。司徒王导从子，官至右军将军、会稽内史，世称王右军。

咏 鹅　　小女文清作

羽裳皎洁自呼名，终日池塘浴水清。

独立鸡群如鹤矫，昂头曲项仰天鸣。

忆 友

此去都城二百余，长途往返有轻车。

故人未至春先至，门外青青柳色舒。

老 渔

泽作良田舟作家，江村几代旧生涯。

烟蓑雨笠春潮外[1]，罢钓投竿夕照斜。

命妇提壶沽美酒，呼童汲水煮新茶。

平居自号鹅湖长[2]，醉卧船头趁月华。

老 樵

不为农圃不为渔，终日劳薪世外居。

假手斧柯施抱负[3]，当头荆棘尽删除。

烟霞适性栖长啸^[4]，鹿豕忘机友莫疏^[5]。

潦倒山中销岁月^[6]，刍言可采有谁书^[7]。

老　农

终岁劳劳四体勤，烟蓑雨笠苦耕耘。

麦黄覆陇佣人割，秧绿盈畦率子分。

八口无饥侥幸福^[8]，三时不害亦虚文。

半年最喜枌榆社^[9]，老鬓衰颜借酒醺。

老　圃

学稼何如学圃宜^[10]，园中利益倍耕莳^[11]。

菜甘有味堪充膳，瓜熟先秋可度饥。

百果花开兼看蝶，森林叶茂好听鹂。

生涯窃比於陵子^[12]，遣兴惟添酒与诗。

老　儒

皓首穷经一老生，草茅伏处自伤情。

怀才未试年迟暮，抱膝长吟世变更^[13]。

有志著书传后辈，无心投笔请长缨^[14]。

杜门镇日寒毡坐^[15]，笑看人争利与名。

老　医

岐黄艺理本难明[16]，阅历年深自有成。

起死回生针术妙，得心应手脉调精。

医人无异医家国，用药何殊用甲兵。

今市悬壶为业者[17]，功高和缓是虚名[18]。

老　仆

少小无能老大颠，佣人作苦更堪怜。

家贫只以身为亩，性拙全凭力赚钱。

晓起每同鸡犬早，夜眠不及马牛先。

幸逢故主情偏厚，朔望酬劳备酒筵。

老　妓

衰鬓残颜色不华，当炉羞自作生涯。

壶中酒少难留客，门外灯昏罕驻车。

强笑勉为狂似蝶，伤心莫比艳如花。

看来年老真无用，悔却青春一念差。

［1］烟蓑雨笠：指隐者的服装。苏轼《书晁说之考牧图后》："烟蓑雨笠长林下，老去而今空见画。"

［2］鹅湖：山名。在江西铅山县北，本名荷湖山，有湖多生荷。晋末龚氏畜鹅于此，因名鹅湖。淳熙二年，朱熹、吕祖谦、陆九渊兄弟讲学鹅湖寺，后人立为四贤堂。明重建书院于山巅，名鹅湖书院。

〔3〕斧柯：斧柄。贾谊《新书·审微》："焰焰弗灭，炎炎奈何；萌芽不伐，且折斧柯。"引申为政柄。蔡邕《龟山操》："予欲望鲁兮，龟山蔽之，手无父柯，奈龟山何？"

〔4〕烟霞适性：适应隐居者的性情。

〔5〕鹿豕：鹿与野猪。

〔6〕潦（liáo）倒：蹉跎失意。杜甫《夔府书怀》："形容真潦倒，答效莫支折。"

〔7〕刍言：草野人的言谈，常用来谦称自己的言论。

〔8〕侥幸福：非分所得的享受。

〔9〕枌榆社：汉高祖为丰地枌榆乡人，初起兵时祷于枌榆社。见《史记·封禅书》，后因以枌榆为故乡的代称。

〔10〕学稼句：《论语·子路》："樊迟请学稼。子曰：吾不如老农。请学为圃。曰吾不如老圃。樊迟出，子曰：小人哉樊须也。"

〔11〕倍耕蓰（xǐ）：五倍为蓰。《孟子·滕文公上》："夫物之不齐，物之情也，或相倍蓰，或相什佰，或相千万。"这里是说经营莱圃胜过种地多少倍。

〔12〕於陵子：即陈仲子，战国齐人。以兄食禄万钟为不义，适楚，居于於陵，号於陵仲子。楚王欲以为相，不就。与妻逃去，为人灌圃。

〔13〕抱膝：手抱膝而坐，有所思的样子。

〔14〕请长缨：见前注。

〔15〕寒毡：喻寒士生活苦况。《南史·江革传》："谢朓候革，时大寒雪，见革弊絮单席，而好学不倦，乃割半毡与充卧具。"

〔16〕岐黄：岐伯与黄帝，相传为医家之祖，后以岐黄为中医学

术的代称。

[17] 悬壶:《后汉书·费长房传》:"市中有老翁卖药,悬一壶于肆头。"后称行医卖药为悬壶。

[18] 和缓:医和、医缓的合称。都是春秋时的名医。古代称颂名医,称之为"和缓高风"。

老 境 篇

少年青春不知老,老来滋味真苦恼。

头老鬓白发已疏,心老忘健语颠倒。

牙老食物不知香,眼老看花似雾绕。

耳老重听事少闻,腿老行走无平道。

足老皴多似鱼鳞,面老皮焦如木槁。

四肢无力血气衰,周身疲惫精神少。

夜眠无警亦数醒,晚食虽肉不敢饱。

遇事迁延懒动身,闲居最怕儿童扰。

老友相逢话更多,老妻相对情还燠。

回想我当少年时,每遇老人长叹浩。

岁月蹉跎快似梭,倏忽我已头颅皓。

假如混迹少年场,无异芝兰杂秽草。

松柏愈老体愈坚,姜桂愈老性愈燥。

可惜人老不如物,虽有雄心空矫矫。

吁嗟乎!

元龙已老意气平,李广已老奇数拗。

江淹已老笔无花，杜甫已老诗律好。

我今年老近六旬，阅尽沧桑兴还扫。

功名虽好无意求，甘愿迷邦怀其宝。

终日枯坐老屋中，常思老境心如捣。

何时觅得还童丹，服之长生永不老。

[1] 杜甫诗律句：杜甫《遣闷》："晚节渐于诗律细，谁家数去酒杯宽。"

送社友金静庵之沈阳

去年结社共吟诗[1]，今岁星分叹别离[2]。

目睹关河杨柳色，怕人歌唱渭城词[3]。

其 二

邮亭旗畔路迢迢[4]，南浦春深旧板桥。

芳草碧连晴塞远，送君西上更魂销。

其 三

龙华偶聚亦前缘[5]，泥爪鸿飞二月天[6]。

君客辽东我南岭，再相逢处是何年。

其 四

暮云春树隔山河[7]，别后曾无一鲤过。

西望潇南旧吟侣[8]，近来佳兴可如何。

［1］去年结社：指金、顾二人参加冷社诗社。顾氏有祝金氏参加冷社的诗。

［2］星分：指二人分别。金氏去长春之沈阳原是奔亲丧。亦为形势所迫，古人把相逢比作月圆星聚。宋·朱敦儒《临江仙》词："月解团圆星解聚，如何不见人归？"星分是反用典故。

［3］渭城：见前注。

［4］邮亭：古时之驿馆，递送文书沿途休息的处所。

［5］龙华：古代庙会的一种，称龙华会。荆楚以四月八日诸寺各设会。香汤浴佛，共作龙华会，为称弥勒降生之征，后借指二人的缘分相聚一起，称龙华会上人。

［6］泥爪鸿飞：见前。

［7］暮云春树：见前。

［8］潢：指潢河，即西喇木伦河，为辽水之西源，借指金氏的家乡。

与安瑞珊题画蛱蝶图

翩翩蛱蝶绕花丛，吸露餐英点缀工。

绝好丹青名未著，留题佳句待诗翁。

社友王秩清新婚赋赠 七绝四章

萧郎秦女两情浓[1]，品笛吹箫月下逢。

郎跨彩鸾女跨凤，和鸣飞绕丈人峰[2]。

其　二

右军书法世称奇，名重骚坛笔一枝。

今日临池兴弗浅，兰亭写罢画蛾眉。

其　三

喜卜乘龙索贺诗，江淹已老笔无词[4]。

寻章窃取西厢句，才子佳人信有之[5]。

其　四

新郎新妇合欢娱，并立堂前写照图。

男似潘安女西子[6]，分明一样不模糊。

[1]萧郎秦女：萧郎指萧史，传说为春秋时人。善吹箫，作鸾凤之响，而琼姿玮烁，风神超迈，真天人也。秦穆公有女弄玉，亦善吹箫，公以弄玉妻之，遂教寻玉作凤鸣，居十数年，吹箫似凤鸣，凤凰飞来，止其居。后穆公为作凤台，夫妇止其上。一日弄玉乘凤，萧史乘龙，升天而去。

[2]丈人峰：山峰名。一在泰山。清·聂钅夫《泰山道里记》："（泰山）西里许为丈人峰，状似老人偃偻。"二在四川青城山。宋·范成大《吴船录》："夜宿丈人观，观在丈人峰下，五峰峻峙如屏。"

[3]乘龙：《艺文类聚·四十·楚国先贤传》："孙俊，字文英，与李元礼俱娶太尉桓焉女，时人谓桓叔元两女俱乘龙，言得婿如龙也。"杜甫《李监宅》："门阑多善色，女婿近乘龙。"宋·吴曾《能改斋漫录》

中："女婿乘龙"说杜诗是用秦女乘凤、萧史乘龙典故。后美称别人女婿谓乘龙。

[4]江淹（444—505年）：文学家，字文通。南朝梁济阳考城人。出身孤寒，历仕宋、齐、梁三代。梁时官至金紫光禄大夫，封醴陵侯。尝令浦城，夜宿郭外孤山，梦人授以五色笔，文思大进。晚年宿治亭，梦郭璞曰：吾笔在卿处多年，可见还。淹乃探怀中笔还之，至此文思衰退，诗文无佳句。时人谓之江郎才尽。

[5]西厢句：元·王实甫《西厢记》第三卷"张君瑞害相思"第一折《天下乐》："方信道才子佳人信有之。"

[6]潘安（247—300年）：潘岳，晋·荥阳中牟人，字安仁。诗文因字数所限常简称潘安，累官至给事黄门侍郎，世传为美男子。

夏日与赵存甫游万泉河

消夏郡城东，驱车趁晚风。

晴看杨柳绿，静爱藕花红。

酒肆茶楼接，歌台舞馆通。

繁华兼雅趣，游兴几人同。

其 二

未览群芳胜，先招上酒楼。

故人情款洽，爱我意绸缪。

槛外花盈砌，门前柳系舟。

风光无限好，饮罢复同游。

其　三

河水旱无涸，因之名万泉。

花开香满坞，地僻树参天。

觅竹穿幽径，看莲乘小船。

往来人不断，踏破夕阳烟。

其　四

最爱公园地，风光别有天。

楼台新雨霁，花木夕阳妍。

鸟噪高原树，人游野市廛。

晚凉归去好，车马小桥边。

[1] 万泉河：沈阳市游乐胜地。夏日炎热，泉水不涸，因其多泉，故曰万泉，俗名小河沿。

夏日与安瑞珊、顾锡五、方毅夫、曲靖倩、郭赞武游 吉林江南公园 [1]

良朋雅集握清谈，雨霁山光翠若岚。

闻说公园风景好，买舟共坐渡江南。

其　二

花映楼台柳映堤，绿阴无际草萋萋。

频来细雨谁家燕，飞入池塘啄絮泥。

其　三

更上层楼豁远眸，风墙高下倚滩洲。

怪来此地城堪守，天险长江绕郭流。

其　四

绿槐高挂夕阳残，谷口云归鸟噪阑。

游罢兴余同写照，留存六逸镜中看。

[1]江南公园：在吉林市吉林大桥南端西侧。始建于光绪三十四年（1908年），宣统元年（1909年）大雨成灾，松花江水暴涨，江南公园几成泽国。1950年辟为植物园，1952年增设动物园，1956年正式对外开放。公园占地46公顷。

秋　日　遣　兴

草茅檐下紫篱荆，豇豆花开架满棚。

夜静偶闻蟋蟀语，始知秋色到江城。

其 二

一盏清茶自饮香，披襟喜趁晚风凉。

闲庭静坐浑忘久，花影参差月上墙。

其 三

庭院昏黄月上初，女郎含笑出门间。

手持罗扇花间舞，扑得流萤夜读书。

其 四

晨起无言绕槛巡，满园红紫露凝新。

痴情堪笑黄蝴蝶，贪恋花香不避人。

其 五

身老官闲得自由，偶来郊外独寻秋。

青山依旧不改色，惟有蓼花开满洲。

其 六

终日看山倚杖吟，世间荣辱不关心。

归来晚饭无余事，卧听邻家隔壁砧。

其　七

每饭无虞佐酒餐，园蔬日日喜登盘。

王瓜食罢秋葫老，尚有青菘可耐寒。

其　八

小小孤村傍岭隈，军民相处两无猜。

农夫放浪忘形久，巷议街谈信口开。

梁　燕

逐柳穿花路未遥，夜来何事不归巢。

今朝忽见梁头语，知是昨宵驾鹊桥。

咏　鹅

　　家畜鸡一鹅一，相与共食无争，颇惬余心。赋诗志之。

怪煞农家戏水鹅，逢人惯作仰天歌。

与鸡同宿复同食，物性居然亦太和。

其　二

堪爱笼鹅心性驯，每逢食粒唤鸡频。

世间同类为朋者，推解交情有几人。

感　时

春旱秋来雨更多，田禾淹没水成河。

天灾未救兵灾起，饥馑苍生可奈何。

偶访王菊影，适其卧病不语，怅然而返

乘兴投庐访故知，故知卧病眼迷离。

情怀未诉心相印，不语还如话片时。

供　月

蟾光一月一团圆，何事今宵奉若仙。

瓜果陈庭香燕案，家家参拜画堂前。

赏　月

今夕家家庆月圆，笙歌曲奏画堂前。

老翁不效乡村俗，能咏新诗当管弦。

欢迎冯庸大学义勇军　五　古

辽水渊源流，千山苍翠峙。

秀气发钟灵，乃生奇男子。

男子伊何人，姓冯名庸氏。

年少负异才，堪拟留侯比。

破产不为家，胸怀大志耳。

私立大学堂，培养天下士。

造成干济才，预为邦家使。

今俄启衅端，侵占边境里。

冯心具热心，欲为雪国耻。

提倡各学生，群焉投笔起。

编成义勇军，杀敌为宗旨。

助国除妖氛，牺牲不怕死。

军行过长春，万民齐集此。

执旗迎道旁，欢呼声不止。

或作歌颂功，或簪花志喜。

或为箪食迎，或具壶浆水。

我亦欢迎人，赞赏殊未已。

睹此义勇军，精神贯终始。

踊跃赴疆场，誓同报檇李。

壮哉此义行，声名震边迩。

我无王佐才，相从附骥尾。

作此五言诗，聊当祝词矣。

飞　机

形似蜻蜓体似船，飘飘渺渺若登仙。

鹏程万里时来往，不假云梯自上天。

长春市民抗俄大会　五古

国家多事秋，匹夫有其责。

具有爱国心，谁肯安枕席。

苏俄北犯边，戎马先行役。

长春地当冲，势若朝虑夕。

市民聚万千，亟筹边防策。

或谋平等权，或收铁路驿。

持旗满街游，唤起同胞泽。

或揭竿为兵，或制梃为戟。

一倡百人随，步履陈涉迹。

努力并同心，打倒苏俄赤。

我本老书生，忝司典签册。

胸未藏甲兵，手无秉寸尺。

年力亦渐衰，精神奋不翮。

对此抗俄心，徒为长叹息。

秋 日 晚 眺

策杖村边望，群山带夕晖。

西风吹面冷，黄叶满肩飞。

古木寒鸦集，长途牧犊归。

读书小儿女，尚未返柴扉。

秋 日 怀 友

风雨荒三径，园林半掩扉。

叶黄秋树老，秧绿晚菘肥。

篱破虫声急，花寒蝶梦稀。

故人经岁久，不见雁鸿飞。

其 二

良朋不见久，遥望意徘徊。

落叶无人扫，黄花向我开。

篱边虫语急，天外雁飞来。

屈指重阳近，谋藏酒一杯。

九日赠王秩清

今日重阳节，天晴暖似春。

登高怀旧约，把酒忆诗人。

红叶霜凝重，黄花露濯新。

衡门时切望[1]，不见雁来宾[2]。

[1]衡门：横木为门，比喻简陋的房屋。《诗·陈风·衡门》："衡门之下，可以栖迟。"

[2]雁来宾：即鸿雁来宾。《礼·月令》季秋之月："鸿雁来宾。"《注》："言其客止未去也。"现代称来客为来宾，对客人的尊敬，曰鸿雁来宾。

附：和　韵　王秩清

秋菊有佳色，重阳犹似春。

异乡仍作客，薄宦却依人。

鲁酒销愁尽，奚囊得句新。

题糕负旧约，不敢作嘉宾。

村 居 自 遣

莫谓乡村俗，安居乐事多。

官闲心自泰，地僻客疏过。

宁户虽无犬，寻更恰有鹅。

秋来诗兴动，独坐发狂歌。

冬 防

边地寒生峭，冬来预计防。

窗糊新纸暖，瓮渍晚菘香。

宿榻炉先设，绵衣絮早装。

老夫裘未敝，检点旧皮箱。

重过北邙有感[1]　五　古

前过北邙山，高坟累累起。

白杨风作悲，蔓草灰化纸。

朝朝薤露歌[2]，日日人送死。

今过北邙山，情非昔日比。

发冢掘尸骸，纷纷人如市。

朽骨露穴中，侧目不忍视。

道旁问老农，或解其中理。

义地鬼为家，如何又迁徙。

老农向我言，此是官家使。

若索详细情，亦不知端委。

我闻老农言，唏嘘叹不已。

人生天地间，蹉跎驹过驶。

少壮能几时，忽然已落齿。

俯视地下人，贤愚知谁是。

作鬼在他乡，精魂复何倚。

富贵为行云，英名逐流水。

何如守故乡，安乐同妻子。

我劝众劳生，请看北邙耳。

[1]北邙：山名，也叫芒山、邙山、北山，在今洛阳市东北。汉

魏以来，王侯公卿贵族的葬地多在于此。后泛称墓地。

［2］薤露歌：古挽歌名。晋·崔豹《古今注》中《音乐》："薤露、蒿里，并丧歌也。出田横门人。横自杀，门人伤之，为之悲歌……世呼为挽歌。"

菊　花

昨夜零霜百卉残，东篱佳色自团团。

羞随桃李争春暖，愿与松梅耐岁寒。

傲骨不期当世赏，孤标难得俗人看[1]。

苔荒三径谁来采[2]，靖节先生宰相韩[3]。

菊　影

不同草木易雕伤，瘦骨嶙峋趁夕阳。

结伴常随三径月，孤高偏傲九秋霜。

窗前日瞑寻无迹，篱外风来嗅有香。

一卧苍苔经岁晚，显身四海放晴光。

［1］孤标：清峻特出。唐释皎然《咏画松》："贞树孤标在，高人立操同。"此咏树。《唐书·杜审权传》："尘外孤标，云间独步。"此咏人。

［2］三径：王莽专权，兖州刺史蒋诩告病辞官，隐居乡里，于院中辟三径，唯与求仲、羊仲来往，后用三径指家园。陶潜《归去来兮辞》："三径就荒，松菊犹存。"

［3］靖节先生宰相韩：指陶潜与韩琦。韩琦与菊有关待考。

狂　风

夜半狂风起，萧萧户外号。

灯昏寒照壁，松怒响于涛。

瓦坠屋先破，窗鸣纸不牢。

惊人眠未得，出视月轮高。

村　居　自　适　用丁化东韵

宅近孤山傍水涯，门前疏柳数行排。

春来草色青铺地，雨后苔痕绿上阶[1]。

闲访高僧寻野寺，静观稗史坐茅斋[2]。

兴来拈笔晴窗下，自撰新诗咏遣怀。

[1]苔痕句：刘禹锡《陋室铭》："苔痕上阶绿，草色入帘青。"

[2]稗史：记录遗闻琐事之书，有别于正史。

附：原　唱　丁化东

莫以无涯殆有涯，生成命运已安排。

穷通似海何能测，富贵犹天不可阶。

幸少高官省造孽，但行小善胜持斋。

日常静拨炉香坐，感应篇诚恰我怀。

卷　三

冬夜与绍周大兄话旧

故乡久别无人至，今夕逢君话烛前。

旧日亲朋谁健在，举家老幼尽安全。

惊闻匪患心犹悸，苦说年荒状可怜。

夜永情长眠未就，明朝分手泪潸然。

遣　怀

闲居自著诗千首，遣醉时倾酒一壶。

乱世功名如傀儡，荒年富贵等虚无。

贫能守志原非病，德有为邻亦不孤。

试看古人颐养术[1]，寝餐以外复何图。

其　二

我欲称聋学杜微[2]，不闻昨是与今非。

养心静悟丹经诀[3]，谢客常关白板扉。

性懒喜无劳案牍，年高特免著戎衣。

天寒自适家庭坐，笑看童孙炉畔围。

[1] 颐养：保养，休养。《易·颐》："颐，贞吉，养正则吉也。观颐，观其所养也。自求口实，观其自养也。"

[2] 杜微：四川涪人（今绵阳东），字国辅。蜀汉建兴中，诸葛亮知其贤，征之，微以耳聋固辞。

[3] 丹经诀：丹诀。道家所谓炼丹成仙的妙诀。晋·干宝《搜神记》："有人入焦山七年，老君与之木钻，使穿一盘石。积四十年，石穿，遂得神仙丹诀。"

欲　雪

镇日阴云黯不开[1]，天公欲酿雪花来。

呼童检点囊中草[2]，待我寻看岭上梅。

绕树寒鸦盘不散[3]，出巢饥鸟去仍回。

晚餐且喜山妻慧[4]，未语先温酒一杯。

[1] 镇日：整日。宋·尹洙《和河东施待制》诗："威严少霁犹知幸，谁信芳尊镇日开。"

[2] 囊中草：囊中诗稿。

[3] 盘不散：盘，回绕，盘旋。

[4] 山妻：自称其妻。

冬　夜

雪满空庭夜气清[1]，灯残炉烬月斜明。

五更梦断人无语[2]，遥听军营画角声[3]。

[1]夜气清：深夜空中之气清明纯净。

[2]五更：旧时把一夜分为五个时段叫五更，亦称"五夜""五鼓"。古人纪时原先主要根据天色把一昼夜分为十个时段，昼分朝、禺、中、晡、夕；夜分甲夜，乙夜，丙夜，丁夜，戊夜，即一更、二更、三更、四更、五更。汉武帝太初改历以后把一昼夜改为十二段。

[3]画角：古乐器名，或谓创自黄帝，或说传自羌族。形如竹筒，本细末大，以竹木或皮为之，亦有用铜者，外加彩绘，故称画角。后渐用以横吹，发音哀厉高亢。古时军中多用以警昏晓，振士气，帝王外出也用以报警戒严。梁·简文帝《折杨柳》："城高短箫发，林空画角悲。"陆游《沈园》："城上斜阳画角哀，沈园非复旧池台。伤心桥下春波绿，曾是惊鸿照影来。"

六　十　自　寿　　岁次庚午

终日劳劳无息机，光阴迅速鸟争飞。

喜逢今岁周花甲，再假余年到古稀。

往事不堪回首忆，夙怀竟自与心违。

东隅已逝虽难返[1]，犹有桑榆晚景晖[2]。

其　二

橐笔从戎二十年，胸怀未吐发华颠。

不为西子描新黛，敢说公卿有旧缘。

富贵何曾劳梦想，声名或可藉诗传。

自知钟鼎原无分[3]，且望儿孙逾我贤。

其　三

国库新颁玉历书，夏时朔望尽删除[4]。

我生本在三春首[5]，今岁偏于二月初[6]。

无怪亲朋难祝贺，反思自己亦踌躇。

明明世界茫茫度，不记年华似隐居。

其　四

晨起当窗揽镜看，头颅鬓发已雕残。

风尘荏苒伊人老，世路崎岖作事难。

命薄只应听造物[7]，才疏何必强为官。

忝膺厥职无由补[8]，昼夜扪心愧素餐。

其　五

岁月匆匆驹隙驰，人生若梦几何时。

不能大寿如彭祖[9]，亦愿长年似启期[10]。

遣醉每尝千日酒^[11]，行吟惟颂九如诗。

庄周放浪渊明达，二子高风是我师。

其　六

且喜年华到六旬，龙钟潦倒厌风尘^[12]。

饱尝世味知辛苦，遍阅人情识假真。

性耿难邀当路赏，身轻惟有故交亲。

从今拟作归田计，买得青山学隐沦^[13]。

其　七

家贫无客自称觞，对酒当歌喜欲狂。

天上星辉征极婺^[14]，人间晚景庆榆桑。

老妻无恙霜侵鬓，儿女承欢日绕堂。

除却官微薪俸少，年年身不嫁衣忙。

其　八

往事沧桑记不真，茫茫混到六十春。

虽无勋业垂当世，尚有儿孙养老身。

旧日邻翁多作鬼，故乡后辈尽成人。

看来修短皆随化^[15]，何事劳劳恋网尘。

其　九

不能习武好为文，忝入侯门佐右军[16]。

有志未伸成白发，置身无分到青云。

人弹长铗皆高举，我弄毛锥壅上闻[17]。

早识儒生今世贱，誓将笔砚共书焚。

其　十

升沉官海几多时，勤俭家风未肯离。

门少应童儿作仆，厨无爨役妇为炊。

不因得禄忘贫贱，但恐归田有冻饥。

今日正当花甲寿，且将杂感付新诗。

[1]东隅：日出东隅。《后汉书·冯异传》："可谓失之东隅，收之桑榆。"

[2]桑榆：比喻日暮。《太平御览》引《淮南子》："日西垂景在树端，谓之桑榆。"《注》："言其光在桑榆上。"

[3]钟鼎：古铜器的总称，上面多有表功铭刻，引申指富贵。

[4]"国府新颁玉历书"二句：清代采用夏历纪年，即所谓农历。中华民国成立后，政府颁布实施的"阳历"，即公历。夏历每月初为朔，十五为望。

[5]作者生于1871年夏历正月初七。作者自注："斯年正月初八立春余生正月初七，故曰三春首。"

[6]作者1930年正月初七度过六十岁生日。作者自注"阳历二

月五日，即正月初七。”

〔7〕造物：指创造万物之主宰。

〔8〕忝膺厥职：有愧于那个职位。忝：有愧于；膺，胸。

〔9〕彭祖：传说颛顼帝玄孙，陆终氏的第三子。姓钱名铿，尧封之于彭城，因其道可祖，故谓之彭祖，在商为守藏史，在周为柱下史，年八百岁。

〔10〕启期：古代长寿者荣启期，年九十。

〔11〕千日酒：酒名。传说古中山人狄希能造千日酒，饮后醉千日，刘玄石好饮酒，求饮一杯，醉眠千日。唐·韩偓《江岸闲步》：“青布旗夸千日酒，白头浪吼半江风。”

〔12〕龙钟：年老行动不灵活。王维《谒操禅师》诗：“龙钟一老翁，徐步谒神宫。”

〔13〕隐沦：隐居。隐居之人。《晋书·郭璞传》：“严平澄焕于尘市，梅真隐沦乎市卒。”

〔14〕极娑：北极星和婺女星。汉·刘向《九歌远逝》：“引日月以指极兮，少须臾而释思。”娑：婺女星，即女宿，二十八星宿之一，又名须女。

〔15〕修短随化：寿命长短随自然。王羲之《兰亭集序》：“况修短随化，终期于尽。”

〔16〕佐右军：周制，天子有三军，称中军、左军、右军。顾氏在军中任职。

〔17〕毛锥：毛笔。以束毛为笔，形状如锥，故称，亦称毛锥子。《新五代史·史弘肇传》弘肇曰：“安朝庭，定祸乱，直须长枪大剑，

若毛锥子安足用哉？"壅（yōng）：堵塞，蔽障。

得秋声馆主书有感

迢迢南北两相思，每寄音书便寄诗。

今喜飞鸿来远塞，知君蒲节是归期[1]。

其 二

久封吟箧隔年华，捧读来诗兴转加。

欲索枯肠酬雅韵，江淹才旧笔无花。

[1] 蒲节：旧俗于农历端阳节悬菖蒲于门上，谓可以辟邪，因称五月节为蒲节。

奉委吉林烟酒局副局长

简书昨日降蓬门，召我经征莅省垣。

自叹年光垂白发，才疏恐负圣明恩。

种 杏

杏树花开四载迟，老翁自种笑何痴。

明知结实遗人啖，也要殷勤灌溉之。

鸡塞集

夏日赠杨紫雨

朝春午夏晚秋天，一日兼过四季全。

边地特殊寒暑异，起居宜讲卫生篇。

雨　后　晚　眺

山前山后雨余天，斜照晴虹映碧川。

食罢晚餐无个事，江干小立看风船[1]。

[1]江干：指松花江畔。

和秋声馆主韵

晚年初榷纳[1]，政绩不堪传。

位本居人下，名惭列众前。

身闲慵似佛，心静淡如禅。

遥忆联吟侣，投诗赠我先。

[1]指作者任吉林省烟酒局副局长。

附：原　唱

引领云天外，飞鸿讯又传。

乔迁蒲节后，喜报客炉前。

恩重难辞召，贵轻好悟禅。

一行同作吏，应感受知先。

题 静 镜 室

绿窗朱户粉涂墙，彝鼎图书列满堂。

日静不闻车马至，风来时有墨磨香。

静 镜 室 吟

静镜室，非华堂，左图右史皆鉴光[1]。

公余静坐鉴心地，晨起修容鉴衣裳。

李固之鉴兆及第[2]，邹忌之鉴格齐王[3]。

昔日明皇千秋节[4]，曲江曾上金鉴章[5]。

非鉴形容之妍丑，乃鉴政治之窳良[6]。

近鉴农民之疾苦，远鉴历代之兴亡。

君子鉴宜用，小人鉴宜防。

鉴人得失以自省，鉴国贫弱以图强。

静镜室，非华堂。

[1] 左图右史：言积书之多，盈床满架。《新唐书·杨绾传》："性沈靖，独处一室，左右图史，凝尘满席，澹如也。"

[2] 李固：应为唐·李固言。固言未第时，行古柳树下，闻有弹指声，固言问之，曰："吾柳神九烈君，已用柳汁染子衣矣，果得蓝袍，当以枣糕饷我。"未几，李固言果状元及第。文宗朝拜中书同平章事。

[3] 邹忌：《史记》："驺忌子，齐国人，善鼓琴。齐威王时为相，封于下邳，号成侯。"

[4] 明皇：唐明皇，玄宗李隆基，在位四十六年。千秋节：李隆基生于八月初五，开元十七年，源乾曜、张说等请以这天为千秋节，在曲江池祝寿。天宝二年改名天长节，至元和二年停止举行。

[5] 金鉴：唐玄宗庆千秋节时，王公大臣并献宝鉴。张九龄上事鉴十章，号《千秋金鉴录》以申讽谕。

[6] 窳（yǔ）：粗劣。窳良，劣与优。

老　骥

老骥昔常伏枥悲，志存千里叹无知。

今逢伯乐曾为主，愿效驰驱恨亦迟。

夏日庭中独坐

门外人看笑老夫，中庭露坐赤双趺。

手挥羽扇消烦暑，好似屏风古画图。

访诚厚庵不遇

与君同志复同城，信步来寻叙旧情。

入院不闻仙犬吠，叩门惟见老妪迎。

诗书满架尘侵案，笔砚当窗日照晴。

问道先生游来返，床头只有一琴横。

苦 雨

逐日连阴雨不休，厨薪乏燥妇炊愁。

晚晴方喜斜阳露，又被浓云漠漠收。

和秋声馆主秋感诗

积雨连朝降，萧条夜气森。

故人曾入梦，秋雁忽惊心。

花落红铺地，苔荒绿减岑。

不堪愁里听，窗外草虫吟。

附：原 唱

一夕西风到，萧然景物森。

恁又游子恨，又动故园心。

胡地惊秋早，蜗庐感寂岑。

旧交千里外，谁与伴清吟。

赠 谭 岳 亭

久仰芳徽若渴忱[1]，无缘谋面慰遐心[2]。

君歌白雪阳春调[3]，我奏高山流水音[4]。

元白通情惟百韵[5]，子牙知己在孤琴。

从今结作骚坛侣，共伴秋声唱和吟[6]。

[1] 芳徽：雅号，名字。

［2］遐心：疏远之心。《诗·小雅·白驹》："毋金玉尔音，而有遐心。"

［3］白雪阳春：阳春白雪，古乐曲名。宋玉《对楚王问》："客有歌于郢中者，其始曰下里巴人，国中属和者数千人……其为阳春白雪，国中属而和者，不过数十人。"

［4］高山流水：见前注。

［5］元白通情惟百韵：唐代白居易与元稹互相和诗中常以百韵诗相赠。如白居易《代书诗一百韵寄微之》《和梦游春诗一百韵》等。

［6］原注：前秋声馆主来诗云：故交千里外，谁与伴清吟。

附：谭岳亭赠诗

与君未识面，褒语自邮传。

铭感五衷内，名闻数载前。

诗情浓似酒，宦迹淡于禅。

唱和秋声馆，才高不让先。

游 北 山　五古

吉林山水佳，天然图画里。

第一属北山，其次江南耳。

新秋雨乍晴，峰岚争献美。

我欲纵游观，邀同旧知己。

步出城西门，遥望烟云起。

车马盈道途，游人趋如市。

巡行过石桥，涓涓响流水。

楼阁迎面前，瓦碧琅玕紫。

古碑卧道旁，松棚倚涧底。

参差庙宇高，引人色欣喜。

寻胜盘层崖，不嫌折屐齿。

登高造其巅，目欲穷千里。

夕阳歌下山，余兴犹未已。

明日天气晴，再游江南矣。

游江南公园

闻说江南地，风光别有天。

携友四五人，买舟过前川[1]。

下岸步数武，渐闻歌管弦。

红裙诸妓女，曲奏绿荫边。

繁华我不爱，雅好山水田。

先览公园胜，古迹非天然。

有山人叠石，有洞不藏仙。

飞禽与猛兽，种类奇异全。

再游苗圃地，红紫花开妍。

清香袭人衣，纷纷蝶蹁跹。

折路复北行，花坞起面前。

屈木为屏门，凿池引流泉。

种莲十数本，叶小圆如钱。

花开浮水面，游鱼跃其渊。

驹光日过午，未敢久留连。

有公尚未办，辞客先返焉。

［1］买舟：1940年始建吉林大桥，此前过往松江，皆需舟渡。

寿孙母冯太夫人八十

教养无惭媲敬姜[1]，子孙相继渡扶桑[2]。

亲丸熊胆封吟箧[3]，密制征依贮客装。

去日经纶怀满腹，归时簪笏列盈床[4]。

今当大耋添筹日[5]，珠履跄跄拥画堂。

其　二

西望临溟锦帨悬[6]，瑶池阿母寿开筵。

碧桃瑞献三春日，丹桂香飘八月天。

莱子承欢依膝下，兰孙娱目绕堂前。

凫趋未遂称觞愿[7]，遥颂冈陵诗一篇[8]。

［1］媲：媲美。敬姜：《国语·鲁语下》："鲁国下大夫公文歜（chù）下朝归宅，朝见其母敬姜时，见其母正在纺绩，很不以为然，说：'以我家之富且贵，主母纺织，不但外人笑话，季康子（掌朝政的上大夫）也要见怪。'其母诫之曰：'劳则善心生，逸则恶心生。'孔子闻之，赞曰：'季孙氏妇人不淫矣。'"

〔2〕扶桑：指日本。冯太夫人的子孙去日本留学。

〔3〕熊胆：指熊丸，用熊胆和药为丸。唐·柳仲郢少时好学，其母韩氏用熊胆丸使仲郢吃之以助勤学，后因以熊丸作为贤母教子的典故。见《新唐书·柳公绰传附柳仲郢》。

〔4〕簪笏（zān hú）：冠簪、手板，都是古代做官人用的，故称做官亦称簪笏。王勃《滕王阁序》："舍簪笏于百龄，奉晨昏于万里。"

〔5〕大耋（diè）：老寿，八十岁以上称耋期。《诗·秦风·东邻》："今者不乐，逝者其耋。"毛亨《注》："耋，老也，八十曰耋。"

〔6〕锦帨：鲜艳美丽的佩巾。《礼·内则》："女子设帨于门右。"

〔7〕凫趋："凫趋雀跃"之省略，谓欢欣鼓舞。《文苑英华》八一卷唐·梁涉《长竿赋》："闻之者凫趋雀跃，见之者足蹈手舞。"

〔8〕冈陵：如冈如陵，见前注。

上荣叔章厅长鸣谢

分金多与感难名，自愧才疏物望轻。

虽道年光及迟幕，犹能图报效侯嬴[1]。

寿荣叔章厅长五十晋七

启期今日盛开筵[2]，珠履称觞庆大年。

菊傲九秋征寿考，人生三乐即神仙[3]。

邱为禄厚亲犹健[4]，陈实名高子亦贤[5]。

我愧添筹无别物[6]，登堂诗颂九如篇[7]。

其　二

大尹生辰秋气清，君寮燕贺酌飞觥。

年华虽未周花甲，体健犹堪比壮丁。

才具久孚南北望，政声复洽吏民清。

及时进献安期枣[8]，愿卜遐龄逾老彭。

［1］侯嬴（？—前257年）：战国魏隐士，亦称侯生。家贫，年七十为大梁夷门的守门小吏，后被信陵君迎为上客。魏安釐王二十年，秦围赵，魏王派将军晋鄙救赵，观望不前。侯嬴献计信陵君，窃得兵符，并推荐勇士朱亥击杀晋鄙，夺得兵权，因而胜秦救赵。

［2］启期：荣启期，古之长寿者，借指荣叔章。

［3］三乐：三乐有多解，一为《孟子·尽心上》："以'父母俱存，兄弟无故''仰不愧于天，俯不怍于人''得天下英才而教之'为三乐。"二为《列子·天瑞》以为人、为男、得寿为三乐。《列子·天瑞》："孔子游于泰山，见荣启期行乎郕之野，鹿裘带索，鼓琴而歌，孔子问曰：'先生所以乐，何也？'对曰：'吾乐甚多，天生万物，唯人为贵。而吾得为人，是一乐也。男尊女卑，故以男为贵，吾既得为男矣，是二乐也。吾既已行年九十矣，是三乐也。'"三为《论语·季氏》："孔子曰：'益者三乐，损者三乐。乐节礼乐，乐道人之善，乐多贤友，益矣；乐骄乐，乐佚游，乐宴乐，损矣。'"

［4］邱为：唐代诗人，苏州嘉兴人，事母孝，常有灵芝生堂下。累宫太子右庶子，致仕，与刘长卿、王维友善。

［5］陈实：见前注。

［6］添筹：见前注。

［7］九如：见前注。

［8］安期枣：仙果名。传说，汉方士李少君对武帝说，仙人安期生食巨枣，大如瓜，诗文中用作祝寿的典故。

赠张少将蕴柏为吉林税捐局长

不作军官作税官，军官容易税官难。

经征务要民心悦，政绩应留国史看。

君抱长才为委吏，我羞老朽著儒冠。

从来大器成皆晚，暂效苍松耐岁寒。

寿刘母廉太夫人七十

仪型久著鄱湖隈[1]，迎养京畿寿宇开[2]。

伯氏吹埙仲篪和[3]，斑衣共舞祝台莱。

其　二

传家廿代旧书香，教子成名有义方。

昔日劬劳曾画荻[4]，今朝应享寿无疆。

其　三

阿母生辰桂子香，如何九月始称觞。

只因未熟安期枣，故借黄花祝晚芳。

其　四

双成笙和子登璈[5]，曲奏瑶池调自高。

我欲跻堂无可献[6]，且将菊酒当蟠桃。

〔1〕仪型：法式、模范。《诗·大雅·文王》："仪刑文王，万邦作孚。"鄱湖：鄱阳湖。

〔2〕京畿（jī）：国都所在地。

〔3〕伯氏吹埙（xūn）仲篪（chí）和：《诗·小雅·何人斯》："伯氏吹埙，仲氏吹篪"。哥哥吹着土埙，弟弟吹着竹笛。

〔4〕画荻：宋·欧阳修四岁时父亲病逝，家贫母郑氏以荻画地学书教育之。

〔5〕双成笙：传说西王母侍女董双成，炼丹宅中，丹成得道，自吹玉笙，驾鹤升仙。见《汉武帝内传》。子登璈：璈，古乐器。班固《汉武帝内传》："上元夫人自弹云林之璈，歌步玄之曲。"

〔6〕跻（jī）堂：登堂。

附录：方毅夫赠诗

武库才名人竞传，将军心早识君贤。

榷酤聊作牛刀试，除郡行看拜酒泉[1]。

其 二

藻思清才各擅长，临风咳唾尽琳琅。

若论阿堵传神笔，争及晋陵顾长康[2]。

其 三

夫人必具南威美，力许妍媸论淑媛。

文不逮人侔季绪，亦濡秃笔序玄言[3]。

其 四

谬推子固善哦诗，索和频叨双鲤遗。

俭腹冥搜吟太苦，一篇拈断几茎髭。

［1］原注：君为主席二十七师旧人，昔长长春军械库，刻副吉林烟酒局。

［2］原注：大北新报登君与吟社诸君诗甚多。

［3］原注：去岁曾为君大集作序。

和郭竹书庚午述怀原韵

潇洒文章不染尘[1]，知君前是谪仙身[2]。

有才竟被无才妒，今雨何如旧雨亲[3]。

三径花香陶令菊[4]，九江风味陆机莼[5]。

年年作嫁他乡处，把酒思来益苦辛。

其 二

往事沧桑幻影空，何如遁迹隐蒿蓬。

人争天下失群鹿，我叹中原待哺鸿。

诗思有情怀杜甫，笔花无梦愧文通。

遥瞻松浦同吟侣，酬唱江天洛社中。

[1]潇洒句：孔稚珪《北山移文》："夫以耿介拔俗之标，潇洒出尘之想。"这里是称赞郭竹书的诗才。

[2]谪仙：古人常把才行超群的人称赞谪仙人。李白《对酒忆贺监诗序》："太子宾客贺公（知章）于长安紫极宫一见余，呼余为谪仙人，因解金龟换酒为乐。"

[3]今雨句：见前注。

[4]三径句：见前注。

[5]陆机（261—303年）：西晋吴郡人，字士衡，祖为陆逊，父为陆抗，为吴将相。吴灭后陆机闭门读书十年，太康末年，与弟陆云入洛阳，文才名重一时。莼（chún），原指野生菜，可食。

附：原　唱　<small>郭竹书</small>

　　一行作吏，十载依人，鬓发萧疏，秋风落叶，乡关迢递，夜雨孤窗，箫管江南，闲情似水，云山塞北，往事成尘，饥寒交迫，惊心笔砚，无情岁月，蹉跎过眼，莺花又老，我故仍然，似旧境已不复如何矣。迩来就食边陲，极感居停（苏司令翰章）知遇，退公下舍，更邀秘监（贺长贯一）同情，虽庆风尘之有托，终嗟人海之无常。爰述闲怀，借温旧梦，非敢无病多呻，聊博同人微哂云尔。

十年岁月半征尘，乞与微名累此身。

客里排愁惟有酒，病中最苦是无亲。

离情夜雨孤窗梦，佳味秋风故里莼。

回首中原烽火急，共谁扪虱话酸辛。

其　二

玩世莺花瞬息空，漫催两鬓似秋蓬。

维新幻影惊云狗，醒旧残痕记雪鸿[1]。

投笔误追班定远，论才愧煞李文通。

剧怜岛国归来后[2]，辗转蓑烟笠雨中。

[1]原注：醒旧诗文社停刊已六年，海内外同文，一时风云散，尚有未忘情者，频函垂也。

[2]原注：今春三月，归自扶桑。

和曾子敬六十自寿原韵

先生寿诞正新春，瞿铄争夸不坏身[1]。

今日骚坛风雅士，前时宦海过来人[2]。

三元甲子方初度[3]，百二光阴甫半均。

翘首江天同社侣，识荆有愿恨无因[4]。

其 二

勋名事业著辽东，万口碑传市井中。

老抱长才为吏隐[5]，晚存亮节是英雄。

衡门泌水身如晦[6]，陋巷箪瓢道不穷[7]。

俯仰人天皆自得，优游无异采芝翁。

其 三

绣虎雕龙匹二难[8]，花生五色灿毫端。

藻芹共撷芸时誉[9]，松柏坚操耐岁寒。

兄似长沙惊作赋[10]，弟犹靖节耻为官[11]。

歌来白雪工无敌，欲和羞承巨眼看。

其 四

火树银花月满时[12]，春风送暖草离离。

君当海屋添筹日[13]，人郊华封祝寿词[14]。

鹤发童颜洵不老[15]，多男大富卜于兹。

渊材五恨今休论，子固能文亦善诗[16]。

[1]矍铄：老年的刚健精神。《后汉书·马援传》："时年六十二，帝愍其老，未许之，援自请曰：'臣尚能披甲上马。'帝令试之，援据鞍顾眄，以示可用。帝笑曰：'矍铄哉，是翁也！'"

[2]过来人：对某事有所经历的人。清·尹会一《与王湖村书》："有不得不陈明辨理之处，过来人定能深悉其原委也。"

[3]三元甲子：术数家以六十甲子配九宫，一百八十年为一周始。第一甲子六十年为上元。第二甲子一百二十年为中元，第三甲子一百八十年为下元。三元甲子方初度，意即为六十岁。"百二"句亦是此意。

[4]识荆：久闻其名而初识其面的敬词。见前注。

[5]长才：见前注。

[6]衡门：见前注。

[7]陋巷箪瓢：《论语·雍也》："贤哉回也：一箪食，一瓢饮，在陋巷，人不堪其忧，回也不改其乐。"

[8]绣虎雕龙：文采华丽。明·朱素臣《秦楼月》传奇《论心》："绣虎雕龙皆偶尔，笑人间衮衮公卿。"二难：王勃《滕王阁序》："四美具，二难并。"二难指贤主、佳宾，这里指曾氏兄弟二人，俱有才华。

[9]藻芹：见前。

[10]长沙惊作赋：见前。

[11]靖节：陶潜号，见前。

[12]火树银花：见前。

[13] 海屋添筹一句：见前。

[14] 华封祝寿：见前。

[15] 鹤发童颜：发白如鹤羽，面容红润如儿童。形容年老健康之状。金·元好问《念奴娇》："幕天席地，瑞脑香浓歌沸。白纻衣轻，鹤发童颜照座明。"

[16] 子固：曾子固，此指顾晋昌的友人。

附：原 唱 曾子敬

余年五十七，仿白乐天生日自咏，同人和者甚多。岁目奄忽，明年春正又六十矣，爰拟七律四首。大雅同人有和之者，不拘体韵，借题发挥，本属遣兴，非我之自寿，而又欲人之寿我也。

其 一 述 怀

世变新桑六十春，松花江上寄吟身。

空谈故国兴亡事，孰是先天忧乐人。

老圃黄花怀靖节，美人香草感灵均。

遁翁底是达观者，华屋山丘了素因。

其 二 闲 适

铜琶铁板大江东，百代兴衰一剧中。

不必山林标大隐，或将诗酒滥称雄。

座无药物知非病，月有俸钱可济穷。

理乱升沉何足问，浑然竟是信天翁。

其　三　感　遇

渺渺银河欲渡难，层楼歌舞入云端。

蛾眉偏见东邻妒，胡马犹依北鄙寒。

昔视腹心今视越，贱为舆隶贵为官。

吁嗟何物登徒子，宋玉清高一例看。

其　四　思　兄

绝塞霜寒雁哭时，有情兄弟感分离。

论文早献长卿赋，著易能修邵子词。

棠棣竞辉伤往事，荆花憔悴痛来兹。

八年只影何堪吊，已废鸰原急难诗。

和范西河重九有感韵

老去登高强自支，兴来分咏菊花诗[1]。

恨无知己推敲句，岂有惊人绝妙词。

时乱不期名显世，天寒常贳酒盈卮[2]。

蹉跎岁月如驹隙，催得头颅两鬓丝。

其　二

廿载浮沉宦海游，今逢佳节在边州。

登高把酒风吹帽，剪烛吟诗月上楼。

惨目灾黎呼冻馁[3]，惊心烽火起燕幽[4]。

滔滔天下何时已，谁挽狂澜不倒流。

［1］分咏：分题、分韵作诗。旧时诗人聚会，分题赋诗叫作分题，选定数字由各人分拈，依所拈的字为韵赋诗。白居易《花楼望雪》："素壁联题分韵句，红炉巡饮暖寒杯。"

［2］贳（shì）酒：赊酒。《史记·高祖本纪》："及壮，试为吏，为泗水亭长，……常从王媪、武负贳酒。"

［3］灾黎：受难的平民。

［4］惊心烽火句：指日本将对中国进行侵略战争。

附：原 唱

塞上重阳寒不支，菊花佳节雪催诗。

未参工部蓝田会，独写陶潜归去词。

烽火登楼家万里，岁时纾愤酒千卮。

书生报国空怀恨，揽镜愁看鬓欲丝。

其 二

尘海经年事远游，恨遭戎马踏神州。

偶因令节聊登陇，闲数归鸿独倚楼。

家国难窥平定日，重阳空插菊花幽。

凭高无限忧时泪，挥洒松江万古流。

江天诗社课题诗

秋 月

云书天空宝镜悬[1]，家家相望夜迟眠。

虽然一样无私照，近水楼台得最先。

其 二

银汉迢迢隔女牛，长空不夜海天秋。

共看今日蟾光满，何处相思人倚楼。

芦 花

浔阳城外曲江头，水面芦花瑟瑟秋[2]。

白似浮萍轻似絮，随风飘泊触人愁。

秋 柳

淡烟疏雨渭城西，愁煞阳关路欲迷。

寻到旧游攀折处，黄莺不见有鸟啼。

红 叶

镇日柴门静闭关，霜花落后复登山。

谁来洒得重阳酒，落日园林尽醉颜。

[1] 云书：形状如云之字。庾信《陕州弘农郡五张寺经藏碑》："琅笈云书，金绳玉检。"

［2］浔阳二句：用白居易《琵琶行》起句。

咏 白 菊 花

东篱开遍雪漫漫，处士幽居不觉寒。

晚节有香逢世赏，何须佳色媚人看。

其 二

老圃秋容淡淡香，花开月下认苍茫。

莫言纯白无颜色，不与群芳斗艳妆。

秋 夜 感 怀

孤馆萧条夜气清，雁鸿高叫客心惊。

灯前欲写离愁恨，枕上偏闻画角声。

桑梓音书经久绝，关山戎马复长征。

无情最是邻家妇，砧杵频敲好月明。

边 城 初 雪

笳声悲咽吟征车，昨夜边城雪降初。

此日驻军犹唤苦，当年苏武更何如。

其 二

雪花昨日降胡天，万里征人尚未还。

想得闺中灯下语，寒衣会否到郎边[1]。

[1]寒衣：御寒之衣。庾信《咏画屏风诗》之十："寒衣须及早，将寄霍嫖姚。"唐·陈玉兰《寄夫》："夫戍边关妾在吴，西风吹妾妾忧夫。一行书信千行泪，寒到君边衣到无？"

游 仙 诗

金丹大道本无穷，学到成仙万念空。

昔日淮南旧鸡犬[1]，相随拨宅入云中。

其 二

漫道神仙事渺茫，餐霞避谷有奇方[2]。

只因贪恋红尘梦，故未飞升到上苍。

其 三

昔闻刘阮入天台[3]，会得胡麻饭几回。

不是仙缘前定浅，如何作婿又归来。

其 四

萧郎夫妇两情浓[4]，品笛吹箫月下逢。

一跨赤龙一跨凤，秦楼飞去竟无踪。

［1］昔日淮南旧鸡犬：神话传说，汉淮南王刘安随八仙白日升天。去时，将药器置于中庭，鸡犬食后，尽得升天。见葛洪《神仙传》。

［2］餐霞：食朝霞避食五谷可以长生，系道家修炼之术。

［3］刘阮入天台：见前。

［4］萧郎夫妇：见前。

咏 古 侠 客 四首

冒险登坛劫会盟，赳赳曹沫幸功成[1]。

齐侯若不全忠信，鲁地无归祸已生。

其 二

豫让忠诚世所难[2]，漆身吞炭自刑残。

虽然未报君仇恨。侠义常留史册看。

其 三

神勇荆卿莫与侔，渐离侠义亦同流[3]。

秦王不死由天命，可惜于期大将头[4]。

其 四

受恩已厚身无惜，刺累偏酬仲子知。

其姊不为名聂政[5]，千秋读史至今疑。

［1］曹沫：春秋时鲁人，齐桓公伐鲁，鲁庄公请和，会盟于柯，

沫以匕首劫桓公，迫其尽归侵地。事见《史记·刺客列传》。

[2]豫让：春秋末战国初刺客。曾事晋智伯，赵襄子与韩、魏灭智伯，豫让漆身，减须、去眉以变其容；吞炭为哑，以变其音，谋刺襄子为智伯报仇。曾言："智伯以国士遇我，我故以国士报之。"谋刺襄子，被执自杀。

[3]渐离：高渐离，战国燕人，善击筑。与荆轲为友，轲刺秦王，燕太子丹等送至易水，渐离击筑，轲和而歌，士皆垂泪，轲刺秦王未遂，身死，渐离变姓名为人庸保，秦王物色捕之，损其目仍使击筑，渐离乃以铅置筑内，乘隙击秦王不中，被杀。见《史记·刺客列传》。

[4]于期（wù jì):《史记·荆轲传》樊于期，战国秦将，避罪奔燕。秦王政曾悬赏千金购其头。燕太子丹，使荆轲刺秦王。燕荆轲谋以樊于期头与督亢地图进献秦王，于期闻此谋，遂自刎。

[5]聂政：战国时轵人，严仲子与韩相侠累有隙，求政刺侠累。政因母在，不许，母死，乃独行仗剑刺杀侠累，然后毁形自杀。其姊聂荣为扬弟之名，哭其尸于韩市，死于尸侧。事见《史记·聂政传》。

咏 雁

塞上飞鸿响远声，云天结阵向南征，

明年春暖江开日，待尔归来报肃清。

咏 鹤

延年益寿非凡鸟，一举飞鸣到九天。

无怪孤山和靖爱，往来自得似游仙。

咏 雪 美 人

玉骨冰肌别样妍，亭亭疑是月中仙。

天寒不肯因人热，愿与袁安夜夜眠。

[1]袁安卧雪：见前注。

咏 雪 狮 子

笑看儿童心性灵，门前捧雪作狮形。

春风日暖拳毛脱，狂吼无闻警世醒。

雪夜围炉即事

雪冷风寒紧闭门，夜深无事叙茶温。

围炉共坐谈今古，把卷闲吟课子孙。

时世沧桑难以问，英雄潦倒不堪论。

窗前月落钟声寂，遥听猜猜犬吠村。

咏 松

独秀岩阿翠盖张，笑他百卉易雕伤。

樵斤未采非无用，天育长材作栋梁。

其 二

友结寒梅作画图，贞心劲节笑梅无。

饱经风雪垂千古，不愧秦封五大夫[1]。

[1] 五大夫：《史记·秦始皇本纪》："（始皇）乃遂上泰山，立石、封、祠祀。下，风雨暴至，休于树下，因封其树为五大夫。"原有五株松树，故称五大夫松，现仅存三株，为后代所植。

月夜闻胡笳

门庭积素雪漫漫，孤馆萧条蜡炬残。

月色凄凉边地苦，笳声悲咽塞天寒。

旌旗半卷星河动，戎马长驱驿路难。

戍守年年经岁晚，不知何日破楼兰[1]。

[1] 楼兰：汉西域城。在今新疆罗布泊西，地处西域通道上，今尚存古城遗址。汉武帝通西域，使者经此至大宛等国。唐岑参《胡笳歌送颜真卿赴河陇》："吹之一曲犹未了，愁杀楼兰征戍儿。"李白《塞下曲》："愿将腰下剑，直为斩楼兰。"这里借指日寇。

辛未元旦试笔[1]

江天诗社元旦日，多少诗人初试笔。

连篇累牍载报章，不咏五古即七律。

想我幼年学作文，萤窗雪案课殷勤[2]。

幸天不负苦心志，置身始得到青云。

学诗亦尝学李杜，李杜才高难并伍。

下学王孟韦柳州[3]，郊寒岛瘦吟更苦[4]。

学书复又学羲献[5]，满纸涂鸦无人看[6]。

偶有一画似银钩[7]，难得笼鹅来相换[8]。

吁嗟乎，

投笔学班超，腰横秋水胆气豪[9]。

半生历尽沙场苦，终未封侯脱皂貂[10]。

去岁王君结诗社[11]，招集诗人倡风雅。

我本天涯潦倒人，微名　到骚坛下。

骚坛诸客皆贤士，诗成珠玉笔吐蕊。

我愧无才不能诗，试笔聊述梗概耳。

［1］辛未元旦：1931年农历辛未即民国二十年的元旦。

［2］萤窗雪案：《晋书·车胤传》：车胤家贫无油，夏夜囊萤照读。后因称书室为萤窗。晋·孙康家贫无烛，常映雪读书。后用为勤学之典。

［3］王孟韦柳州：王维、孟郊、韦应物、柳宗元。

［4］郊寒岛瘦：郊、岛指唐代诗人孟郊、贾岛。二人的诗歌风格孤峭简啬，形容诗文类似的意境风格。宋·苏轼《祭柳子玉文》："元轻白俗，郊寒岛瘦。"

［5］羲、献：王羲之与其第七子王献之。献之，字子敬。《书小史》称其清俊有美誉，尤善草、隶，兼妙丹青。

［6］涂鸦：唐·卢同：《示添丁》："忽来案上翻墨汁，涂抹诗书如老鸦。"后以涂鸦比喻书法幼稚。

[7] 似银钩：像新月。王羲之《兰亭》帖中许多字的笔画犹如新月之形，故后人学书，以得"新月"笔意为得书法之三昧。

[8] 笼鹅来相换：见前。

[9] 腰横句：明朱厚熜诗："大将南征胆气豪，腰横秋水雁翎刀。"

[10] 皂貂：黑布挂面的貂皮衣，这里指官服。

[11] 王君结诗社：王作镐，哈尔滨大北新报主编，1930 年前后，在吉林组织江天诗社，为人狂放，斥责时弊，号"白眼狂生"，于1931 年底突然逝世，时年 33 岁。

新年竹枝词 四 首

民国人人爱共和，共和元旦不平多。
官家休息农忙碌，一样新年两样过。

其 二

松房高筑国旗悬，官吏维新庆贺年。
商贾不知除旧制，依然贸易夕阳天。

其 三

冬寒未尽岁云无，闷煞江村一老夫。
晓日初晴门外望，家家原是旧桃符。

其 四

多情却似又无情，元旦今宵有月明。

万户千门皆挂彩，不闻人奏管弦声。

卷
三

塞 上 苦 寒

今年天气之冷，为近十六七年来所未有，夜间温度竟降至零下四十余度，本课题即作塞上苦寒，不限韵，不限体裁，首数多寡，亦由作者任便。

忆昔三冬候，曾游塞上天。

岂无逢冷日，未有似今年。

大漠黄云惨，荒郊白草连。

飞花成雪片，滴水结冰坚。

袖手时呼痛，添衣不觉绵。

围炉闲共话，拥被苦吟编。

命仆文坛拭，呼僮古墨研。

老夫诗兴动，呵笔写蛮笺。

咏 水 仙

玉骨冰肌石内栽[1]，当轩发色映楼台。

清香逸韵非凡品，不见狂蜂浪蝶来。

咏　腊　梅

罗浮纸帐月玲珑[2]，卧雪眠去岁欲终[3]。

老干瘦枝偏耐冷，花开亦不待春风。

[1]玉骨冰肌：以玉为骨骼，以冰为肌肤，言其隽爽、高洁。《全唐诗》五代后蜀孟昶《避暑摩诃池上作》："冰肌玉骨清无汗，水殿风来暗香满。"苏轼以此二句咏谱《洞仙歌》，其词首句："冰肌玉骨，自清凉无汗。"

[2]罗浮：见前注。

[3]卧雪眠去：见前注。

腊　日

《荆楚岁时记》云[1]："十二月八日为腊日。谚云：腊鼓鸣，春草生，村人并击细腰鼓，戴胡头及作金刚力士以逐疫。"明日为夏历十二月八日，本课诗题即为"腊日"。不拘体韵，不限首数。

街巷咚咚鸣腊鼓，乡人作傩示威武。

少长咸集逞技能，执戈扬盾庭中舞。

玄衣朱裳采色新，横眉竖目金刚怒。

面画胡头声巨雷，雄视眈眈猛如虎。

牛鬼蛇神下界来，丑态百出形容古。

千门万户皆欢迎，邪匿驱除妥先祖。

君不见，

西域风俗异荆楚，僧家腊日祭佛主。

先以法水净身心，复以宝粥供佛茹。

又不见，务本书中录。

凿冰方尺纳窖中，浸豆饲蚕盈筐筥。

我今腊日赋新诗，雪冷风寒吟更苦。

腊酒饮数杯，腊肉啖一脯。

醉后不知土牛送腊时，醒看窗前腊梅花开五。

［1］荆楚岁时记：书名。南朝·梁·宗懔著，隋·杜公瞻注。皆证荆楚地区乡土风俗，原著久佚，近人陈运溶别有辑本，刻入麓山精舍丛书。

咏 四 美 人

其 一 西 施

艳色西施宁久微，一朝逢选入宫闱。

吴王已灭姑苏冷，去越陶朱偕隐归。

其 二 昭 君

一曲琵琶马上弹，君王应悔画图看。

除奸纵戮毛延寿，环佩无归再见难。

其 三 绿 珠

花容月貌满堂春，豪富争夸石季伦。

千古红颜多薄命，至今犹忆坠楼人。

其 四 杨 妃

巧笑逢迎上意欢，骊宫歌舞到更阑。

虽然宠夺三千丽，不似昭仪心性残[1]。

[1]原注：武则天拜为昭仪。

祭 习 命[1]

今夕诚何夕，灯光列满肆。

腊鼓家家鸣，爆竹震天地。

问是何所为，云送司命去。

问答未及已，侧身呼仆隶。

洒扫东厨房，安排俎豆器。

旨酒满三杯，糖瓜荐数类。

手握一缕香，虔诚表致祭。

祝告司命君，语语且须记。

到天见玉皇，先奏人间事。

兵戈方息宁，天灾复又至。

洪水汜滥流，漂泊民屋宇。

遍地泣哀鸿，冻馁实可虑。

若不赐丰年，难保无乱思。

玉皇若问我，请告无隐秘。

世人惯逢迎，此老性独异。

不求辱与荣，不谋名与利。

有钱好买书，田产更不置。

终日清且闲，养心兼养气。

闷来饮数杯，兴来书几字。

时事不关心，淡泊明其志。

衣食靠天公，此处无所欲。

［1］司命：《礼·祭法》：称宫中所祀小神有司命，转为与生命有关的事物。《管子·国蓄》："五谷食米，民之司命也。"屈原《九歌》中的少司命指星名，这里指民间传说的灶君。

咏　十　二　属

其　一

穿墉伏穴夜潜行，骚扰床头梦不成。

抛石欲投犹忌器[1]，宿梁频盗太无情。

其　二

性虽不及马同风[2]，破敌田单亦奏功[3]。

漫道凡材无大用，运筹须视主人翁。

其　三

自号山君百兽王，张牙舞爪奋猖狂。

风从雨啸人惊伏，落阱无威似犬羊。

其 四

捷足爰爰智若神，巧营三窟善藏身[4]。

韩卢宋鹊虽残暴[5]，匿迹无虞狩猎人。

其 五

不得潜游北海溟，常鳞凡介笑同形。

一朝转入清波里，为雨为云变化灵。

其 六

深山大泽草离离，当道惊看百尺奇。

食尘不知怀漏意，偶逢巨象欲吞之[6]。

其 七

神骏新从冀北来[7]，终朝伏枥困长才。

若逢穆满为其主[8]，尽日驰驱遍九垓[9]。

其 八

三百维群吐石成，人人争羡晋初平[10]。

可怜汉使孤臣牧[11]，北海无由唤乳生。

其 九

玉面金丝心性灵^[12]，攀藤拾果夜听经。

一声忽啸巴山月，肠断离人泪雨零^[13]。

其 十

锦翼花冠报晓天，矫矫唤起枕戈眠。

祖生拔剑军中舞^[14]，不让刘琨早著鞭。

其 十 一

荒村月落夜昏昏，防盗迎宾吠竹根。

纵使主人恩爱薄，家贫犹守旧柴门。

其 十 二

刚鬣人称黑面郎，每餐风味饱糟糠。

居奇未见辽东白^[15]，堪笑矜功太守彭。

[1]忌器：投鼠忌器，要打老鼠又怕打坏旁边的器物，比喻想打击坏人，又有所顾虑。《汉书·贾谊传》："里谚曰：'欲投鼠而忌器'，此善谕也。"

[2]马同风：风马牛不相及。风，放逸走失；及，到，本指齐、楚相去很远，即使马牛走失，也不会跑到对方境内。一说兽类牝牡相诱叫风，马与牛不同类，不致相诱；后比喻事物之间毫不相关。《左传·僖

公四年》：“齐侯以诸侯之师侵蔡，蔡溃，遂伐楚，楚子使与师言曰：‘君处北海，寡人处南海，唯是风马牛不相及也。’”

[3]破敌田单句：战国时，燕伐齐，齐将田单固守即墨，收城中牛千余，披以彩衣，角系利器，灌指束苇于尾，又凿城穴数十处。夜燃牛尾脂苇，牛惊怒而狂冲燕军，壮士五千人随其后，牛所触敌尽死伤，燕军大溃。

[4]三窟：狡兔三窟。狡猾的兔子有三个窝。比喻藏身的地方多，便于躲避灾祸。《战国策·齐策四》：“狡兔有三窟，仅得兔其死耳，今君有一窟，未得高枕而卧；请为君复凿二窟。”

[5]韩卢宋鹊：犬名。春秋时宋国良犬。《礼·小仪》：“守犬田犬则授摈者，既受乃问犬名，畜养者当呼之名，谓若韩卢、宋鹊之属。”曹植《孟冬篇》诗：“韩卢宋鹊，呈才骋足。”

[6]巨象欲吞之：“蛇吞象”典。《山海经·海内南经》：“巴蛇食象，三岁而出其骨。”《楚辞》屈原《天问》：“灵蛇吞象，厥大何如？”后以蛇吞象，比喻贪得无厌。《韩湘子升仙记》：“人心不足蛇吞象，世事无穷水荡沙。”

[7]冀北句：传说，伯乐一到冀北之野而骏马群空，意即好马都被选尽。见前注。

[8]穆满：周穆王名满。《穆天子传》：“周穆王乘八骏见西王母。”

[9]九垓（gāi）：天空极高远处，犹言九重天。《史记》司马相如《封禅书》：“上畅九垓，下泝八埏。”又，九州。梁简文帝《南郊颂》：“九垓同轨，四海无波。”这里指九州。

[10]三百维二句：魏晋时传说故事：有皇初平牧羊，跟着道士

走入金华山石室。其兄寻来，只见白石，不见有羊，初平对石叫了一声："羊起！"于是周围石头都变成了羊。事见《太平广记·皇初平》。

[11]可怜二句：汉使孤臣，指苏武。苏武（？—前60年），字子卿，西汉杜陵人。武帝天汉元年以中郎将出使匈奴，被留。匈奴单于协迫其投降，武不屈，被徙至北海，使牧公羊，俟羊产子乃释放。武啮雪食草籽，持汉节牧羊十九年，节旄尽落，昭帝即位与匈奴和亲，武得归。"北海无由唤乳生"是说苏武放牧的尽是公羊没办法叫羊生下乳羔来。

[12]玉面金丝：金丝猴，亦称仰鼻猴。生活于高山密林中。群居，以野果、竹笋为食，分布于四川、云南、贵州等地。

[13]泪雨：郦道元《水经注·巴东渔人歌》："巴东三峡巫峡长，猿鸣三声泪沾裳。"

[14]祖生二句：见前。

[15]辽东白：《文选》汉·朱叔元《为幽州牧与彭宠书》："往时辽东有豕，生子白头，异而献之。行至河东，见群豕皆白，怀惭而还。若以子功论于朝廷，则为辽东豕也。"后以辽东豕比喻少见多怪，自命不凡。鬣（liè）：兽类颈上的须毛。

春 夜 感 怀

岁月匆匆驹隙驰，天涯催我鬓如丝。

有怀未吐身将老，投笔从戎悔已迟。

冉冉春光看欲去，茫茫心绪叹何之。

灯花落烬晨鸡唱，一夜无眠辗转思。

春　雪

寒气初消九九图，东皇散作雪花粗。

老夫空喜今朝富，大片如钱落地无。

春　雨

昨宵微雨画楼东，欹枕倾听晓漏终。

想得故园深巷里，今朝应有卖花翁。

其　二

天街小雨浥轻尘，夹道迷离草色新。

睡起午晴无个事，陌头闲看踏青人。

塞　上　清　明

清明天气尚微凉，桃未开兮柳未黄。

遥望北邙山下路，纸灰飞逐雪花狂。

其　二

飘蓬塞北几经秋，每遇清明动客愁。

佳节不殊寒暑异，江村二月尚披裘。

其　三

古墓累累塞草烟，清明祭扫酒如泉。

生前未奉鸡豚养，死后椎牛亦枉然[1]。

[1] 椎牛：杀牛。

其　四

故国清明桃李笑，边城冰雪未全消。

呼童沽酒前村店，痛饮高歌破寂寥。

春　柳

柳色青青夹御沟，春风摇荡惹人愁。

当年汁染侬衣绿，此日花飞白满头。

桃　花

花开红树乱云遮，隔岸缤纷似彩霞。

借问溪边老渔父，此中曾否住人家。

落　花

小院春归昼掩门，含情无语坐庭轩。

风飘碎粉盈池畔，雨打残红散竹根。

燕惜频翻来北苑，莺怜数飞到西园。

缤纷满地呼童扫，莫使渔人问水源。

新　月

画楼西畔绮窗前，皓魄初生影未圆。

恰似玉环敲两断，半藏沧海半悬天。

榴　花

窗外榴花照眼明，风光艳丽胜春情。

虽然此地无人赏，犹有黄鹂日日鸣。

麦　浪

晨起登高豁远眸，渐渐麦秀满平畴。

风翻似浪无鱼跃，笑指渔人枉设钩。

残　月

长河已没曙光天，落魄微茫树杪悬。

幼女却疑弦欲上，学人偷拜画堂前。

夏　云

无心出岫作奇峰[1]，顷刻弥漫布九重。

势挟风雷震山岳，遍施霖雨慰三农[2]，

其　二

浓云归壑远山遮，返照长虹绚彩霞。

虽道桑榆晴景好，天光只是夕阳斜。

［1］无心出岫：陶潜《归去来兮辞》："云无心以出岫，鸟倦飞而知还。"岫：山穴，山口。

［2］三农：指居住在平地、山区，沼泽之地的农民。指春夏秋三个农时。

荷　花

十里烟波翠盖张，花开水面岸闻香。

此中非有人如玉，粉蕊遥看似六郎[1]。

其　二

翠盖田田不染尘，花开映日满池新。

平生净植人人爱，惟有濂溪爱更真[2]，

［1］六郎：唐·武则天的宠臣张昌宗，排行第六，貌美，杨再思奉承他说："人言六郎似莲华，非也，正谓莲华似六郎耳。"见《新唐书·杨再思传》。

［2］濂溪：宋·周敦颐（1017—1073 年）宋道州人，宇茂叔，居庐山，筑濂溪书堂，世称濂溪先生。散文《爱莲说》为后世称颂。

咏　扇

新裂齐纨素一方，制成团扇夏生凉。

赠君惟恐天犹热，休向人前说短长。

七　夕

一年一度会良缘，牛女双星各在天。

漫道夫妻情太薄，神仙原不久留连。

其　二

织女牵牛隔绛河，今宵相会意如何。

天明忽降潇潇雨，疑是分离泪洒多。

秋　风

昨宵枕畔响萧萧，一味新凉似扇摇。

晨起呼童门外视，满阶梧叶落飘飖。

其　二

门外萧萧落叶声，凄凉颇使客心惊。

故乡风味莼鲈好，拟放归舟趁晚晴。

流 离 吟

湘鄂各地[1]，洪水为灾，待哺饥民，流离载道，昔郑侠所绘流民图[2]，不足过也。今以为题，作七古或五古一首，不限韵。

两湖全区域，居民百余县。

今夏大水灾，淹没有其半。

房屋逐浪流，鸡犬随波泛。

平地成江湖，人民死无算。

青不露树梢，汪洋白一片。

剩有苦灾民，逃生登彼岸。

薪桂米如珠，十家九停爨。

富者成贫民，贫者更无论。

饥饿少人恤，此邦不可恋。

老弱转沟溪，壮者四方散。

十数聚成群，三五结为伴。

肩担奋前行，老幼随后转。

络绎长途间，终日不能断。

少妇惨无颜，风尘堆满面。

蓬鬓乱如丝，粉流头满汗。

莲步缓缓行，足疲力亦倦。

逢村便乞食，口口爷娘唤。

哀呼半晌余，始获一冷饭。

日暮宿无家，且投破寺院。

天明登前途，腹馁心如煎。

出村过溪桥，木危股惊颤。

登岸偶失足，泥污鞋袜溅。

天光日正午，炎炎似火炭。

冒暑苦难行，憩坐柳阴畔。

休息犹未已，天道忽又变。

阴云西北来，风雷杂闪电。

大雨降纷纷，顷刻宇宙遍。

视彼流离民，踉跄奔村店。

小儿牵衣哭，老妪心战战。

浑身衣履湿，淋漓似水灌。

昔睹流民图，未若此情惨。

颠沛真可怜，皇天胡不眷。

我欲解倒悬，身无秉尺寸。

我欲拯饥寒，手无钱万贯。

对此流离民，徒为长吁叹。

[1] 湘鄂：指湖南、湖北等地，1931 年大雨成灾。

[2] 郑侠（1041—1119 年）：宋福清人，字介夫，初从学于安石，后极力反对新法。侠以所见居民流离困苦之状，令画工为流民画图上奏，神宗览毕，下责躬诏，罢方田、保甲、青苗诸新法。著有《西塘集》二十卷。

中 秋 月

去岁中秋月色圆，家家庆乐鼓喧阗。

今秋月色圆犹此，街巷无闻奏管弦。

秋 容

老圃黄花晚节香，枫林霜染叶芬芳。

山光添写斜阳照，点缀秋容似女妆。

重 阳

意欲登高望故乡，满城风雨暗悲伤。

黄花自向篱边放，佳节无人快举觞。

落 叶

霜落山空草木雕，风回败叶满平桥。

天阴日暮呼童扫，积灶添薪向晚烧。

冬 柳

天寒送客灞桥东，欲挽长条叶落空。

漫道此时浓绿减，明年依旧舞春风。

冬 日 即 事

去岁苦寒今岁暖，边城冬日雨淋漓。

岂惟世事非常变，天地阴阳亦倒施。

原注：以上均系江天诗社课题诗。

吊王作镐主笔

天性疏狂莫比伦，竹林阮籍是前身。

君今瞑目泉台下[1]，此后谁看世上人[2]。

其 二

平生才调迈群伦，社结江干寄此身。

天妒辽东风雅士，骚坛牛耳属何人[3]。

其 三

久仰芳名面未谋，往来文字结交游。

亡琴子敬诚堪痛[4]，泪洒松江向北流。

其 四

海内争传王子安，布衣直笔尚诛奸。

奋才莫谓无昌寿，地下修文作判官[5]。

[1]泉台：墓穴，同泉下。

[2]原注：作镐别号白眼狂生。

[3]原注：作镐为江天诗社首席。

[4]子敬：曾子敬，顾晋昌的友人。

[5]原注：作镐为大北新报编辑长，逝年三十三。

访马道士元虚

携杖出门去，城头带晓晖。

溪桥惊犬吠，村树乱鸟飞。

谷暗云烟合，山高庙宇巍。

谈经方丈室，坐久忽忘归。

其 二

夕阳下山岭，路遇牛羊群。

满径铺黄叶，晴天卷白云。

苍烟笼晚树，野火起孤坟。

倚杖衡门立，灯光户外分。

怀 安 瑞 珊

伤心最苦是分离，每望江干动我思[1]。

华屋已空人去尽，素书不至雁来迟。

孤窗月冷情怀切，五夜灯寒梦想痴。

烽火频惊传万里，归期未卜待何时。

[1]原注：瑞珊住吉林省城松花江岸。

夏日闲居　岁次壬申（1932年）

晨起无余事，闲庭刈草莱。

窗阴青拂竹，地湿绿生苔。

静养花盈砌，新栽柳映台。

呼童萝径扫，今日故人来。

午夏睡起偶成

门临通巷杂尘嚣，休沐身无案牍劳。

睡起午眠方苦热，忽听窗外卖冰糕。

七　夕

银汉迢迢月影迟，鹊桥牛女会佳期。

人间共乞天孙巧，不道天孙巧与谁。

新　秋

火云未敛晚山头，夜雨潇潇听不休。

晨起偶看梧叶落，始知今日是新秋。

夏　云

东海云生似墨翻，乾坤不辨日无痕。

忽来卷地风吹散，又见斜阳照晚村。

夏　日

午夏炎炎日正长，北窗高卧喜风凉。

夜来不敢张灯火，怕引飞蚊入扰床。

访桃园道士马元虚监院

独向桃园访道仙，元师静坐悟真诠。

愧余未换凡胎骨，难得金丹秘密传。

其　二

竹杖芒鞋步当车，蟠桃观里遇通家。

同吟游遍仙园内，不见桃花见菊花。

和陈佐周赠别韵

我本无才誉奖过，境环听迫奈如何。

下车自耻为冯妇，攘背堪嘲士笑多。

其　二

先生学品最堪钦，抱道无干自造深。

待有豫州三顾至[1]，经纶大展谒忠忱。

[1] 豫州句：指刘豫州（刘玄德）三顾茅庐访诸葛亮故事。

哭绍周大兄

前闻君殁暑光天[1]，忍痛伤心不敢传。

恐惹家人知共泣，偷将眼泪洒江边。

其 二

向平未了竟长眠，儿女分离隔远天。

满腹遗言都自咽，令人堪痛亦堪怜。

其 三

昔时曾记与君诗，诗语都成谶语词[2]。

纵使临终方觉悟，断然追悔亦多迟。

其 四

忆昔同舟十数春，情怀更比手足亲。

而今跨鹤西游去[3]，几度遐思几怆神。

其 五

与人常抱不平鸣，解难排纷效鲁生。

大劫频遭旋作古，乡邻感泣失吞声。

其　六

我欲乘风问彼苍，缘何善善不从长[4]。

斯翁竟与人方便，食报胡为降祸殃[5]。

[1] 原注：绍周殁于夏历六月十五日。

[2] 谶（chàn）语：语含有预兆，预言吉凶得失。

[3] 跨鹤：谓飞升成仙，旧时讳人死为仙去，故云跨鹤西归。

[4] 善善不从长：《公羊传·昭二十年》："君子之善善也长，恶恶也短，恶恶止其身，善善及子孙。"原意是赞扬美德，源远流长之意。这里说"不从长"表示对"善善从长"的置疑。

[5] 食报：受到的报应。

和周品良题北山图

恍似当年顾虎头[1]，曾于此地往来游。

钟灵丘壑胸中具，灿烂烟霞纸上浮。

八角亭高超物外，一湾江白绕城流。

良辰美景嘉宾会，付与丹青万古留。

[1] 顾虎头：顾恺之（约345—409年），晋陵无锡人，字长庚，小字虎头，博学有才气，尝为桓温及殷仲堪参军，尤善绘画。谢安等深器重之，每画人或数年不点睛，曰："传神写照正在阿堵中。"时称恺之有三绝：才绝、画绝、痴绝。

附：原 唱 周品良

北山挺秀几经年，杂树丛生百卉鲜。

俯瞰江流飘玉带，仰瞻星斗碎珠钿。

登楼快挹群峰霭，步月愁看万井烟。

愧我凌云无妙笔，不堪留作画图传。

附： 前 题 方毅夫

澄江节使敞琼筵，特假山灵结胜缘。

谬许米颠工泼墨，敢言周昉妙通玄。

烟峦态未不中得，林壑神难屇堵传。

他日城南重雅集，再图粉本证诗禅。

送别方毅夫

戎马关山剧战攻，邮程隔绝信难通。

君家念尔怀归日，数问桥头卖卜翁。

其 二

老大依人作嫁难，劝君早日整归鞍。

若当裘敝黄金尽，妻妾相逢白眼看。

其 三

梁园为客最相亲，把酒论诗几度春。

今日送君还故里，天涯叹我未归人。

其 四

一曲骊歌唱渭城，故人握别启车行。

风尘远望无余影，惟有青山郭外横。

附：赠 诗 方毅夫

壬申鸡林军厅改组，予解职将归，承子声吟兄赠诗促驾，因赋俚词用志感谢，并希郢政。

掷却毛锥复请缨，半生坎壈百无成。

可怜盾鼻磨穿后，赢得归装一舸轻。

扰攘兵戈秋复春，天涯犹有未归人。

鹧鸪啼罢中情怯，多少征人陷劫尘。

戒心长路亘烽烟，揽辔踟蹰马不前。

更有萦人怀抱处，故乡无此好山川。

觞咏流连几度春，尖叉迭韵斗清新。

君诗近更醇如醴，亹亹情文煞醉人。

汐社探骊附后尘，知君肝胆照予人。

多情更感殷殷嘱，明哲由来善保身。

卷 四

六十三自寿 岁次癸酉（1933年）

屈指年华六十三，头颅鬓发雪霜含。

虽无事业传千古，尚有睢麟咏二南[1]。

富贵不求适我愿，功名巧取笑人贪。

今当初度开筵日，自祝多求福寿男。

其 二

花甲年余号陋翁，阎罗不召寿如松。

历观世乱沧桑变，幸喜身安耳目聪。

老妇康强勤似婢，小孙谨厚长成童。

一家骨肉今团聚，共叙天伦和乐中。

其 三

每岁生辰便有诗，今年初度岂无词。

不求酌酒人称寿，但愿为文自介眉[2]。

彭祖遐龄非妄作[3]，启期三乐及行时[4]。

我今虽届桑榆景，尚补东隅亦未迟。

[1] 睢麟：指诗经中的《睢鸠》《麟之趾》二诗。二南：《诗·国风》中的《周南》《召南》。《晋书·乐志》："周始二南，风兼六代。"《论语，阳货》："子谓伯鱼曰：女为周南、召南矣乎！人而不为周南、召南，其犹正墙面而立也与？"这里比喻诗人生一子二女。

[2] 介眉：《诗·豳风·七月》："八月剥枣，十月获稻。为此春酒，以介眉寿。"后来用"介眉""介寿"祝寿。朱熹《诗注》："介眉寿者，颂祷之辞也。"

[3] 彭祖、启期：见前。

[4] 启期三乐：见前。

有　感

及时行乐酒盈樽，生死关头莫定论。

回想同胞兄姊辈，五人剩我一人存。

春日访李芳圃不遇

忽忆同吟侣，携琴独自寻。

残冰余巷口，融雪满街心。

老妇迎门入，家僮扫径深。

草堂闲坐久，窗外日西沉。

热　河 [1]

烽火警边城，元戎胆破惊。

烟尘如望敌，草木尽疑兵。

败卒逸山谷，降旗竖野营。

吁嗟老健将，空有虎威名 [2]。

其　二

国破民心涣，图谋再举难。

士兵无勇气，将帅少忠肝。

大汉阴云惨，荒郊战骨寒。

愿期王道者，从此罢征端。

其　三

四塞愁云起，千家鬼哭声。

黄沙埋战骨，碧血洒连营。

城郭为墟里，人民半死生。

何时天厌乱，武库尽销兵。

其　四

昨夜羽书通，将军拂晓攻。

霜翻锋刃白，血洒战袍红。

虏骑全消灭，妖氛一扫空。

班师歌奏凯，勒石著边功。

[1]热河：水名，在今承德，行宫内有温泉，故称。清雍正元年，置热河厅。乾隆四十三年，置承德府。今河北承德市。1931年日本帝国主义发动九一八事变，侵占东三省。1933年日本帝国主义的魔爪又伸向华北，侵占热河。热河失守，引起了诗人的强烈愤慨。

[2]吁嗟、空有句："老健将"即东北边防军副司令长官热河省主席汤玉麟，此人胡匪出身，1933年2月17日日寇进攻热河，汤玉麟不思抵抗，却先以290辆汽车拉走家私及大烟土等。3月5日承德失陷，此人资格甚老，故有"老健将"之谓，又因此人素有"汤二虎"之绰号，故有"空有虎威名"之说。

病　足

赢縢履蹻杖文明[1]，惹得人人触目惊。

非是老翁偏好怪，只缘病足异常行。

其　二

左氏失明国语传[2]，宫刑司马史书编[3]。

老夫病足无多日，闭户增删诗数篇。

[1]赢縢履蹻（yíng téng lǚ qiāo）：赢縢，足裹行縢。行縢，绑腿。《战国策·秦一》："（苏秦）说秦王，书十上而说不行……去秦而归，赢縢履蹻。"履，这里作动词用，着、穿。蹻，草鞋。这句是裹绑腿，着草鞋。杖文明，拄着文明杖。

[2]左氏句：左丘明，中国散文学家，生卒年未详，相传为左史

倚相之后，后人因其失明，称为"盲左"。作《左氏春秋》五十卷。文风淳蓄娴雅，后世文品无不取法。

[3]司马迁（约前145或前135—?）：文学家兼史学家。汉龙门人，字子长，太史公司马谈之子，继其父职为太史令。武帝天汉二年，因李陵降于匈奴，愤慨朝廷处理不当，朝廷处以腐刑，家贫不足以自赎，而交游莫救，左右亲近不为一言。乃发石室金匮之书，上起黄帝，下止汉武帝，发愤著书，共百三十篇，名曰《史记》。

闲　居

羞将老大谒侯门，愿效渊明守故园。

不种桑麻嫌赋重，多栽松菊傲霜繁。

花前酌酒邀宾友，灯下摊书课子孙。

今世可知无此福，再修来世善缘根。

拟　陶　诗　十首[1]

（一）

终日不出户，安贫读古书。

书中复何有，得意忘年余。

向夕坐庭前，清风徐吹裾。

云际数归鸟[2]，池中观乐鱼[3]。

凡物皆有托，吾身独无居。

岂不咏怀归，故乡已成墟。

（二）

郁郁园中柳，青青陌上桑[4]。

春风融几日，桑枯柳亦黄。

回想少年时，扶剑游四方。

功名未获就，鬓发忽已苍。

去去适吾乐，倾杯饮酒浆。

荣华易憔悴，思之心愈伤。

（三）

四时易为秋，一日难再晨。

川流不复返，明月岂常新。

去去东山下，行乐须及春。

或邀同年友，或招故旧亲。

欢言挈美酒，共踏陌上尘。

胜时且休过，流光不待人。

（四）

我有数亩田，膏腴东山里[5]。

去岁少人耕，荒芜生棘枳。

俯念八口家，衣食何所恃。

更有萑苻民[6]，横行扰乡里。

复有吏催科[7]，暴敛征不已。

朝野竟如斯，乐观何日耳。

（五）

夷齐殷贤民[8]，采薇西山里。

耻食周粟生，固穷甘饿死。

千古留其名，至今称不已。

晋代陶渊明，清高亦如此。

不为禄折腰，挂冠归其里。

奈何今世人，竟忘大义耳。

（六）

人生贤与否，盖棺乃定论。

周公仁且智，尚蒙不白冤[9]。

后启金胜书，始昭雪复盆。

汉时新王莽，折节性和温。

苟弗窃神器，谁知妄自尊。

所以孔仲尼，毁誉不轻言。

（七）

鲍叔与管仲，相交为知己。

叔知仲家贫，分金故多与。

仲与叔为谋，往往违意旨。

叔不疑仲欺，反谓时不利。

及仲为齐相，多因叔推举。

今世结交人，有如叔仲否。

（八）

北海管幼安[10]，避乱居辽东。

魏帝征不就，甘心守固穷。

因山为庐舍，凿坯作垣墉。

锄金目不顾，交友道义同。

华歆与邴原[11]，三人成一龙。

终日讲诗书，居民化成风。

（九）

龚遂守渤海[12]，治乱异寻常。

郡内盗贼起，饬吏勿杀伤。

民有饥寒苦，开仓赈余粮。

贼众自解散，革面洗心肠。

卖剑买耕牛，卖刀业农桑。

政教美如此，堪称循吏良。

（十）

文翁乃循吏^[13]，政治洽舆情。

郡有贤子弟，选拔诣神京。

或习律令法，或受博士名。

下县及城市，庠序林立成。

家家明孝悌，处处弦歌声。

至今千载下，巴蜀尚文明。

［1］《拟陶诗十首》：仿照陶潜的《拟古》诗而作。

［2］云际数归鸟：盼望有书信传来。

［3］欢鱼乐：《庄子·秋水》："庄子与惠子游于濠梁之上，庄子曰：'儵鱼出游从容，是鱼之乐也。'惠子曰：'子非鱼，安知鱼之乐？'庄子曰：'子非我，安知我不知鱼之乐？'"

［4］郁郁园中柳，青青陌上桑：为《古诗十九首》之二的前两句。

［5］膏腴：土地肥沃。

［6］萑苻：古泽名，因泽中葭苇丛生，易于藏身，旧时常以萑苻民指起事农民，或盗贼聚众出没之地。

［7］催科：催租索赋。

［8］夷齐：伯夷、叔齐，商末孤竹君之二子，相传其父遗命要立次子叔齐为继承人，孤竹君死后，叔齐让位给伯夷，伯夷不受，叔齐也不愿登位。周武王伐纣，两人曾叩马谏阻，武王灭商后，他们耻食周粟，逃到首阳山，采薇而食，饿死在山里。《孟子·万章》《史记·伯夷传》都有记述。《韩愈·伯夷颂》颂扬他们高尚守节的情操。

[9] 周公：姬旦，周文王之子，世居岐山，相武王伐纣以安天下。又辅成王制礼作乐，称成周之治。忠心耿耿，勤勉谦恭，曾有"一沐三握发，一饭三吐哺，起以待士"之誉。成王幼，周公摄政，其兄管叔及蔡叔嫉之，乃散流言曰：（周公）将不利于孺子（成王）。周公忧谗畏讥，避居东都（洛阳），久之，成王开金縢匮，得周公于武王寝疾时，祷于三王，愿以身代之祝文。乃知周公忠勤，执书而泣，遂迎周公归。管蔡谋败，后管蔡果奉纣子武庚反，周公东征，数平内乱。

[10] 管宁（158—241年）：三国北海朱虚人，字幼安。少与华歆同席读书，有乘轩冕过庭者，歆废书往观，宁与割席分座。曰：子非吾友也。尝与歆共锄菜地，遇金，宁挥锄不顾，歆捉而掷之。汉魏之际避乱居辽东，聚徒讲学，三十七年始归。幼安在辽东，邻人有牛暴幼安田，幼安牵牛着凉处，自与饮食，过于牛主，牛主得牛大惭。尝见公孙度，语唯经典，不及世事，乃因山为庐，凿坯为室，越海避难者皆就之。旬月成邑，遂讲诗书，陈俎豆，饬威仪，明礼让，非从学者弗见。

[11] 邴原：字根矩，汉朱虚人，少孤，数岁时过书舍而泣，师问曰：童子何泣？原曰：凡得学者有亲也，一则愿其不孤，二则羡其得学，中心感伤故泣耳。师恻然曰：苟欲学不须资也，于是就业。既长，金玉其行，州府辟命，皆不就，后避乱居辽东。公孙度厚礼之。往归原居者数百家，游学之士，教授之声不绝。曹操辟为司徒掾，历迁五宫中郎将长史，闭门自守，非公事不出。与管宁、华歆相善，时称三人为一龙。宁龙头，原龙腹，歆龙尾。

[12] 龚遂：汉山阳南平阳人，字少卿，仕昌邑王刘贺。贺行不正，

遂累引经义，陈祸福，谏争忘己。宣帝时为渤海太守，时值饥荒，遂单车至郡，开仓济贫，劝民农桑，民皆卖剑买牛，卖刀买犊，境内大治。

［13］文翁：汉庐江舒人，少好学通春秋。景帝时为蜀郡守，崇尚教化，兴学校，以变风俗，由是蜀文风可比齐鲁，武帝时天下皆建学自文翁始。见《汉书》卷八九。

竹

孤标正直比郎官，友结杉梅耐岁寒。

阅尽繁华知有节，笑他桃李易摧残。

野　外　闲　眺

偶到江村外，方知秋色深。

天空闻雁唳，树杪听蝉吟。

渔棹横前浦，樵斤声远林。

数家临水岸，时有捣衣砧。

登　小　白　山 [1]

兴来不觉倦，高上白山头。

古道无人迹，前朝有鹿游。

祠荒谁造荐 [2]，木落自为秋。

王气今何在，长江日夜流。

［1］《吉林通志·舆地六》："温德赫恩，一曰温德亨山，又名望祭山。

城西南九里,高一百五十步,周五里。每岁春秋于山上望祭长白山之神。雍正十一年建望祭殿于此。"《永吉县志》:"望祭山俗呼小白山。"

[2] 荐(jiàn):进献。《易·豫》:"殷荐之上帝,以配祖考。"祭祀时进献祭品。"祠荒谁造荐"意思是说,现在望祭殿已荒凉不堪,还有谁来望祭呢?

秋日同陈佐周秘监游望云山

轻步出城郭,登峰纵目观。

蒹葭秋水冷,花木夕阳残。

黄菊幽同调,青松友共寒。

愁来寻道院,静听讲金丹。

秋 山 晚 眺

谁有登临兴,看山趁晚晴。

霜林秋色满,江水夕流清。

新稻村前熟,黄花篱外明。

归来寻野径,处处草虫鸣。

赠刘仲欣孝廉

人生结契贵知音,我辈知音老更深。

无事围炉常聚首,有时把酒共谈心。

品如美玉思藏匮，身似闲云懒出岑。

纵使安车延华户，不将皂帽易华簪。

过 德 源 石 桥

新筑石桥里许长，往来车马便农商。

读碑竟颂监修德，谁念捐资百姓良。

［1］原注：桥在吉林松花江西岸，大同二年（1933年）夏季工程
告竣。

寄 家 书

久别乡关数载余，况经离乱信音疏。

故交老大今谁健，先讯平安一纸书。

秋 日

久作他乡客，年年思欲归。

秋来天外望，肠断雁鸿飞。

红 叶

昨宵青女降，草木异寻常。

未洒胭脂水，如何尽晓妆。

九　日

今日重阳节，登高心愈伤。

无如花下醉，忘却在他乡。

赠　荣　佩　卿

兵戈扰扰息无时，欲作归期未有期[1]。

故友弹冠情太重[2]，英雄图报感难辞。

马逢伯乐品殊重[3]，士为田文谋亦奇[4]。

我愧侯生年已暮[5]，恐占鼎折负君知[6]。

[1] 欲作句：唐·李商隐《寄内》："君问归期未有期，巴山夜雨涨秋池。"

[2] 弹冠：弹去帽上灰尘，比喻将做官互相庆贺。《汉书·王吉传》："吉与贡禹为友，世称王阳在位，贡公弹冠言其取舍同也。"吉，字子阳。《梁书·沈约传·郊居赋》："或辞禄而返耕，或弹冠而来仕。"

[3] 马逢伯乐：见前。

[4] 田文：孟尝君。

[5] 侯生：见前注。

[6] 鼎折：即鼎折足。《易·鼎》："九四：鼎折足，覆公悚，其形渥，凶。"言，折足之鼎，必倾鼎中之佳肴，比喻大臣力薄，如委以重任，必至败坏国家。

友人孙绍一造访留宿话旧　岁次甲戌（1934年）

十年未叙旧交情，今夕逢君喜欲倾。

把酒联欢谈往事，挑灯絮语话平生。

东皋日暖闲舒啸[1]，南亩春晴唤耦耕[2]。

从此且将名姓隐，不求闻达各公卿。

[1]东皋句：陶潜《归去来兮辞》："登东皋以舒啸,临清流而赋诗。"

[2]耦（ǒu）耕：两人并耕，泛指耕种。陶潜《辛丑岁七月赴假》："高歌非吾事，依依在耦耕。"

赠道士马元虚

我赋田园归去来，君游仙境岛蓬莱。

不图北郭丛林内，前度山人今又回。

其　二

不见尊师又一年，胸中茅塞复芊芊。

何时再入仙源境，得听丹经结道缘。

其　三

莫谓神仙世所无，桃园道士亦名儒。

我今赋赠诗三首，不换笼鹅换画图。

移　居 ^{拟　陶}

卜宅后庭院，宅幽心自闲。

日无俗客至，时有倦鸟还。

闭户读古书，开轩望远山。

兴来每独酌，杯尽壶自干。

理乱耳不闻，宠辱心不关。

虽云在人境，无异隔尘寰。

其　二

闭门时谢客，名利不复牵。

心无外物扰，俨若隐与仙。

东园桃李树，灼灼花开妍。

奄忽秋风至，纷纷落陌阡。

荣华无几日，莺愁燕亦怜。

惟爱老孤松，经霜体愈坚。

四时不改色，高标翠盖圆。

岂无逢岁晚，正直上参天。

十五夜望月

桂花香满露无声，云尽天空万里晴。

想得故园秋月色，今宵也似异乡明。

大兴旅馆遇某人

昔日翩翩美少年，今朝落拓苦堪怜。

润鲋欲取西江水，羞涩囊空乏一钱。

哭刘仲欣孝廉

独处无聊访旧知，中途忽听病垂危。

疾行欲睹生前面，免悔空伤死后悲。

到此家人皆掩泣，询之国手亦难医。

不期地下修文速，强许弥留半晌时。

其　二

人生契合亦前因[1]，萍水论交见性真。

友若弟昆非泛泛，姻联儿女更亲亲。

回头几日犹谈笑，转眼今朝作鬼神。

我欲向天穷数理，奈何造物不予仁。

其　三

忆君年少甲科登，秋桂高攀云路乘。

两袖清风为太宰，一心白水对良朋[2]。

时逢乱世身将隐，志在逸民诏不膺。

谁想长才无大寿，五旬七岁竟遐升。

其　四

自从患病不能言，惹得家人心已昏。

无计可筹身后事，有钱难慰客中魂。

幸经亲友棺凭殓，竟待儿孙葬报恩。

最苦生前遗赘累，每怀泣泪欲为吞。

［1］契合：融洽，相符。

［2］白水：《左传·僖二四年》："及河，子犯以璧授公子曰：'臣负羁绁从君巡于天下，臣之罪多矣，臣犹知之而况君乎，请由此亡。'公子曰：'所不与舅氏同心者有如白水。'"意思是说，与舅氏同心，就像这河水清明。后以白水表示信守不移之词。

有　感

岁岁兵戈扰不休，田园荒废已成丘。

回思廿载勤劳苦，都付松江水北流。

九　日

无风无雨度重阳，天假游人兴倍长。

头戴黄花携菊酒，手持紫蟹佩萸囊[1]。

登楼作赋胸襟旷，把盏题糕笑语狂[2]。

我未追随因客久，恐闻归雁动思乡。

［1］萸囊：盛茱萸的袋子。

［2］题糕：唐·刘禹锡作《九日》诗，欲用糕字，因五经中无此字，

遂作罢。宋·宋祁以为不然，因九日食糕遂作诗云："焱馆轻霜拂曙袍，糇餈花饮斗分曹。刘郎不敢题糕字，虚负诗中一世豪。"

诚厚庵秘书招饮

故人招我饮醇醪，夜半归来兴自豪。

地白风清虫语寂，天空云净雁声高。

边城月色寒侵骨，驿露霜华冷透袍。

行到柴门犹未扣，忽听邻舍晓鸡号。

常泮樵旅长招饮

厚意具家餐，相招故旧欢。

白头惟我老，青眼有谁看。

旨酒酤酊易，良朋会合难。

金吾今禁夜，不敢久盘桓。

岁　饥

河伯为灾苦莫言[1]，田禾淹没剩平原。

饥收藜藿充肠腹[2]，饱食鱼虾当饭餐。

硕鼠亦愁仓廪匮，哀鸿别觅稻粱翻。

十家九户炊烟断，犹有催科日叩门[3]。

其　二

一样年光有喜忧，河东灾歉河西收。

贫穷乏食离乡土，老弱无能转壑沟。

盗起每因饥饿迫，兵来多向富家搜。

闾阎败落吁难缓[4]，况复征徭扰不休。

[1] 河伯：传说之河神。《庄子·秋水》："于是焉，河伯欣然自喜，以天下之美尽在己。"《释文》："河伯，姓冯名夷，一名冰夷，……一云姓吕，名公子，冯夷是公子之妻。"《史记·西门豹传》："苦为河伯娶妇。"《正义》："河伯，华阴潼乡人，姓冯氏，名夷。浴于河中溺死，遂为河伯也。"

[2] 藜藿：藜与藿，贫家采食的野菜。

[3] 催科：催讨租税。

[4] 闾阎：里门，这里指平民住户，民间。《史记·苏秦传》："夫苏秦起闾阎，连六国从亲，此其智有过人者。"

九月二十日书怀

去年今日夜昏昏，我与儿孙返故园。

今我独来为客地，儿孙应念在家门。

雁鸿绝影书难至，菊酒浇愁花欲吞。

岁月蹉跎人易老，何时团聚乐庭轩。

率　吟 [1]

人生由命非由他，此语千秋永不磨。

富贵在天休妄想，穷通有数岂差讹。

仲尼见饿情难论 [2]，阳货当权理则那 [3]。

世事茫茫何足问，且须纵酒放豪歌。

[1] 率吟：直率坦诚的诗。这首率吟的主题是"人生由命"，宣扬宿命论但也看到这位诗人在旧社会被压抑苦痛的心境。

[2] 仲尼见饿句：孔子周游列国时离开卫国，在陈、蔡之间绝粮，受到围攻的困境。

[3] 阳货当权：阳货，春秋鲁人，为季氏家臣。《史记》作阳虎，事季平子。平子卒而专鲁国之政。

放　歌　行　七　古

丈夫有志在驰驱，岂肯穷经守敝庐。

雕虫小技不见用 [1]，投笔从戎万里趋 [2]。

历经百战风沙苦，博取封侯握虎符 [3]。

禄享万钟骄且侈 [4]，威服三军应一呼。

良田数千顷，高堂数仞余。

才俊满庭前，通今博古儒。

姬妾充下陈 [5]，倾国倾城姝。

民生疾苦不闻问，长夜酣饮歌欢娱。

一旦势去豪华尽，万事皆空如梦虚。

田宅易新主，车马出门间。

名流各隐退，姬妾自寻夫。

富贵极焉世莫比，宛其死矣他人居。

吁嗟乎，

人生几何如朝露，孰若安贫守志乐琴书。

　［1］雕虫小技：雕，刻。虫：指鸟虫书，古代汉字的一种字体。比喻微不足道的技能，多指文字技巧，亦作雕虫篆刻。《北史·李浑传》："（李浑）尝谓魏收曰：'雕虫小技，我不如卿。'"

　［2］投笔从戎：见前注。

　［3］虎符：兵符，古代用兵时调兵遣将的信物。铜铸，虎形，背有铭文，分两半，右半留中，左半授于统兵将帅或地方长官，调兵时由他臣持符验合，方能生效。《史记·信陵君传》记公子通过如姬得虎符，夺晋鄙军一事，这里泛指兵权。

　［4］万钟：一指丰富粮食的储藏；一指优厚的俸禄。这里指俸禄。《孟子·告子上》："万钟则不辩礼义而受之，万钟于我何加焉。"

　［5］下陈：古代贵族宾主相接陈列礼品之处，位于堂下，因称下陈。古代统治者将所得的财物婢妾充实府库后宫，炫耀权势，称为充下陈。《战国策·齐四》："狗马实外厩，美人充下陈。"

后放歌行　五古

丈夫不得志，归家安素贫。

妻子日日见，儿孙日日亲。

笑言促膝坐，共序天伦真。

有田十数顷，颇可养老身。

草屋四五间，亦足榻横陈。

丰年尚节俭，荒岁少指囷[1]。

衣食既有余，行乐须及辰。

或游明园里，或游江水滨。

闲看花映日，静听鸟鸣春。

风雨故人至，操刀割比邻[2]。

不谈杂乱事，但劝酒入唇。

君不见，

光阴如电逝，日月似梭巡。

青春几何日，转眼白发新。

又不见，

昔日卢家燕[3]，今巢白屋民[4]。

孟德一世雄，铜台委灰尘[5]。

无荣无辱过平生，不问今世朝端汉与秦。

[1] 指囷（qūn）：《三国志·鲁肃传》："周瑜为居巢长，将数百人故过候（鲁）肃，并求资粮。肃家有二囷米，各三千斛。肃乃指一囷与周瑜。"后以"指囷"比喻慷慨资助朋友。

[2] 操刀：即操刀必割，比喻时机不可失。《汉书·贾谊传》："黄帝曰：'日中必熭，操刀必割。'"比邻：近邻。

[3] 卢家燕：卢家，原指莫愁所嫁之夫家，这里泛指富贵之家。

[4] 白屋：古代农村住房多粉刷白灰，或以白茅苫屋，故称白屋。

后以白屋比喻平民。

［5］铜台：指曹操铜雀台。汉末建安十五年曹操建铜雀台、金虎、冰井三台，故址在河北省临漳县西南，铜雀台于楼顶置大铜雀，舒翼若飞，故名。

九月二十五日自东局子回家，陈韦伯少年侣行远送，晚际遇雨留宿程处士宅

头上阴阴黯不开，少年送我意徘徊。

风吹云断斜阳露，雷破天空片雨来。

江树苍苍秋水冷，山村隐隐暮云堆。

归途幸过幽人宅，鸡黍留餐醉数杯。

过军械厂有感

旧地重过感慨生，人非物是更伤情。

秋山不改阴晴变，江水长流日夜清。

往事何堪回首忆，芜垣犹自触心惊。

晚来惟有寒鸦在，群宿争巢绕树鸣。

卖　文

卖文无受主，煮字莫充饥[1]。

早识书无用，何如学卜医。

［1］煮字：比喻以文字谋生。宋·董嗣杲《秋凉怀归》："少年偶

负投机愧，今日徒工煮字劳。"

闲坐忆安瑞珊

忆昔同舟臭味投，居同比户出同游。

一日不见如三月，况复离经四五秋。

忆　顾　锡　五

心性无殊手足亲，那堪阔别已三春。

相思两地情何切，幸有鱼书往复频。

忆　郭　赞　武

一别音书竟杳然，于今不见忽三年。

升沉未定天难问，浪掷桥头卖卜钱。

忆　方　毅　夫

自从昔日唱骊歌，转眼星霜一岁过。

鸿雁不来书已断，元龙志气尚如何[1]。

[1]元龙志气：东汉陈登字元龙，志向高迈，深沉有大略。历任广陵、东城太守，以平吕布功封伏波将军。

读 庄 子

小窗兀坐读南华[1]，悟彻浮生镜里花。

是蝶是周皆幻梦[2]，无忧无虑即方家[3]。

身闲不必居山谷，心静何须避水涯。

养得性灵成大道，逍遥物外乐真吾[4]。

[1]兀坐：独自端坐。苏轼《客位假寐》："谒入不得去，兀坐如枯株。"

[2]是蝶是周：见前。

[3]方家：原意为道术修养深湛的人。《庄子·秋水》："吾长见笑于大方之家。"后称饱学或一艺之专精者为方家。

[4]真吾：脱去外相，现出本质的我。苏轼《六观堂老人草书诗》："清露未晞电已徂，此灭灭尽乃真吾。"

村 居 遣 兴

自辞轩冕守蓬门[1]，一日三餐倒酒尊。

不望荣名为傀儡[2]，但求温饱乐田园。

闲栽疏柳围新舍，远引流泉过别村。

虽道桑沧今世变，仍将耕读课儿孙。

[1]轩冕：古代卿大夫的轩车和冕服，后泛指官位、爵禄。《庄子·缮性》："古之所谓得者，非所轩冕之谓也。"

[2]傀儡：见前注。这里是愤慨那些甘为伪满统治者俯首贴耳，奴颜婢膝，充当汉奸走狗无耻之士，表现了诗人高尚的民族气节。

书　事

终日穷愁寡笑欢，自家努力劝加餐。

亲朋告贷情非易，老大谋生事更难。

割产不闻逢主问，典衣又恐遇天寒。

筹思再四无他计，且效庄周作达观。

野　望

故国山河隔暮云，西风吹送雁来群。

每怀亲友关心切，最怕家书入耳闻。

塞上凄凉芳草歇，城头黯澹野烟熏。

离愁满眼谁堪语，江岸萧萧落叶纷。

遣　怀

不为阮籍哭穷途[1]，自命堪称大丈夫。

富贵傥来非厚福[2]，功名躐取莫荣誉[3]。

生前若著诗千首，死后如存钱万铢。

试看孔颜贫贱士[4]，古今谁谓圣贤愚。

其　二

晚年闲著诗千首，胜积黄金贮满籝[5]。

谁道眼前无济世，也知身后有传名。

家贫不欲求人助，地薄还须课子耕。

最喜糟糠老拙妇[6]，晨昏炊爨伴余生。

［1］阮籍：见前。

［2］傥（tǎng）来：无意得来的东西称"傥来物"。《庄子·缮性》："物之傥来，寄也。"成玄英《疏》："傥者，意外忽来者耳。"

［3］躐（liè）取：超越自己应得而得了的非分之物。

［4］孔颜：指孔子、颜回。

［5］籯（yíng）：筐笼一类的盛物竹器。

［6］糟糠：见前注。

冬 夜 即 事

冬至天寒日易昏，晚餐无事掩柴门。

老妻举火烘床暖，小女攻书剪烛温。

夜静疏钟闻远寺，月明野犬吠孤村。

中宵辗转不能睡，卧听鸡声报晓频。

述 志

赏谓人间不朽三[1]，吾无一事恨多惭。

读书志在颓风挽，学剑心存乱世戡。

未建功勋兼立德，虚生天地枉为男。

晚来悟道逍遥法，除却荣名利禄贪。

［1］三不朽：立德、立功、立言。

送吕子廉归里

方喜他乡遇故知，无端又赋别离词。

情怀未尽身将远，惆怅江亭扬酒旗。

和诚厚庵赠别诗　步其原玉[1]

愁看祖帐已伤离[2]，况复投边万里陲。

雪冷风寒君自去，途穷日暮我何之。

心怀永接三江水[3]，魂梦相通五夜时。

漫道遐荒鸿雁少[4]，平安疏报故人知。

[1] 原玉：指诗的原韵。

[2] 祖帐：见前注。

[3] 三江：指伪满国时的三江省。

[4] 鸿雁：指书信。

附：原　唱　并　引　诚厚庵

将有远行，留赠吉林诸友。

敢说无端赋别离，此行应喜到边陲。

何曾怀刺投文举，只为餐鲑惜杲之[1]。

万里青云饶暮色[2]，满头白雪负明时。

嗟予更向荒陬去，惟有江流是故知。

[1] 原注：余友郑旭东，睨余裘蔽，问"君宦游数十年，究贮囊

中多少"？或曰"彼所多者，惟庾公之鲑耳"。

[2]原注：鹏程万里，置身青云，暮气与行色俱壮，快矣哉，冷然善也，数年聚首，悃款情深，遽赋别离，能勿怅惘，偶成俚词，赠为纪念，和章下逮，尤为感祷。

送诚秘监厚庵之三江省

梁园共事几经春[1]，把酒论诗见性真。

此别情深君客远，白头知己有何人。

其　二

北望边荒日欲沉，君行万里隔云岑。

愁心寄与寒溪水，流入三江夜夜深。

[1]梁园：一名梁苑，又名兔园。在今河南开封市东南，汉梁孝王刘武筑，为游赏与延宾之所。当时名士司马相如、枚乘、邹阳皆为座上客。李白《梁园吟》："平台为客忧思多，对酒遂作梁园歌。"

和俞谷冰咏菊花诗十二章　　岁次乙亥

忆　菊

不言不语自寻思，久别家山几许时。

霜落九秋无客至，苔荒三径有谁知。

旧栽篱下开应早，今盼庭前梦较迟。

屈指重阳花会近，安排煮酒赏佳期。

访 菊

我与渊明有旧游，每思篱下昔曾留。

一封书信来何暮，三径风光已到秋。

心想草堂开片片，手持竹杖任悠悠。

此番若睹幽人面[1]，定把黄花插满头。

种 菊

念余解徂赋归来[2]，三径风光手自栽。

朵朵如金春雨足，枝枝带露晚烟开。

昔时月下曾抔土[3]，今日庭前可对杯。

吩咐家童勤灌溉，莫辞抱瓮洒尘埃[4]。

对 菊

世人交结爱黄金，我爱黄金意气深。

终日当头虽不语，此时对面且高吟。

孤标劲节常为侣，寿世延年恰赏音。

莫道秋容老圃淡，晚香留待月阴阴。

供 菊

瘦影孤标孰与俦，一枝插在胆瓶幽。

勤焚香火三更夜，静看风光九月秋。

樽酒满堂邀客赏，炉烟散壁作云游。

此花虽不称仙品，犹惜芳姿晚节留。

咏　菊

不受纤尘半点侵，此花高尚是知音。

床前北牖风前卧[5]，诗向东篱月下吟。

字字清香陶令赋[6]，声声悲壮杜陵心[7]。

兴来头插盈双鬓，惹得人人说到今。

画　菊

笑看南田意兴狂[8]，吮毫伸纸细思量[9]。

欲挥老圃花间露，先写疏篱草上霜。

几幅渊明耽酒醉，一联屈子啜英香。

须臾题罢成佳品，粉壁高悬向太阳。

问　菊

秋色荣枯竟不知，闲来檐下诘东篱。

往年记得花开早，此日缘何蕊放迟。

想是天心留晚景，故教人意费遐思。

莫言老叟情关淡，缄口犹存默默时。

簪　菊

年年无事为花忙，老圃秋容淡似妆。

晚卧当窗嫌影瘦，晨兴对镜觉情狂。

香流粉面含朝露，冷著枝头带晓霜。

却笑邻家新少妇，红黄斜插鬓眉旁。

菊　梦

老圃秋深夜气清，黄粱一枕伴灯明。

性同靖节宜高隐，神与庄周契旧盟。

睡去慌疑蕉鹿失[10]，醒来偏怨草虫鸣。

无风无雨重阳至，卧不登高觉寡情。

菊　影

映阶迭迭复重重，三径秋光日正中。

老圃霜寒风寂静，曲栏云破月玲珑。

篱边赏罢花无恙，灯下观来色是空。

寄语卷帘人莫睡，笑同壁上捉朦胧。

残　菊

冒雪凝霜篱角欹，鏖寒谁谓不逢时。

甘心却抱松梅节，冷眼曾看桃李披。

三径高风情淡淡，半窗斜日影迟迟。

渊明已老犹堪侣，每届重阳系我思。

［1］幽人：隐士。《易·履》："履道坦坦，幽人贞吉。"孔稚圭《北山移文》："或叹幽人长往，或怨王孙不留。"

［2］解徂：见前注。

［3］抔土：一掬之土，言极其少。原意指坟墓，如骆宾王《讨武曌檄》："一抔之土未干，三尺之孤何托？"这里指一捧土为菊花培土。

［4］抱瓮：见前注。

［5］北牖（yǒu）：窗。《论语·雍也》："伯牛有疾，（孔）子问之，自牖执其手。"

［6］陶令赋：陶潜"采菊东篱下，悠然见南山"等关于赋菊的诗。（《饮酒》诗第四首）。

［7］杜陵心：指杜甫"丛菊两开他日泪，孤舟一系故园心"的咏菊诗。（《秋兴》一首诗句）

［8］南田：恽寿平（1633—1690年），著名书画家，初名格，改字正叔，号南田，又号白云外史、云溪外史。江苏武进人，取法褚遂良、米芾，而自成一格，先学山水，后改学花卉，创"没骨体"一派。有"南田翁是天仙化人，不食人间烟火"的赞评。他索性落拓，雅尚知己，遇则匝月为之点染，苟非其人，视百金犹如土芥。虽一片花叶也不卖，在所居瓯香馆，唱酬皆一时名士，有《南田诗抄》五卷，后又广辑其诗，为《瓯香馆集》凡诗十卷，题志二卷，补遗一卷。其曾孙女恽冰，字浩如，别号兰陵女史，也善花草，得其家法，闻名吴中。

［9］吮毫：以口吮笔，指吮笔写作，亦称吮墨。

［10］蕉鹿失：即指鹿覆蕉，蕉同樵。《列子·周穆王》："郑人有薪于野者，遇骇鹿，御而击之，毙之。恐人见之也，遽而藏诸隍中，

覆之以蕉，不胜其喜，俄而遗其所藏之处，遂以为梦焉。"后比喻以真假杂陈，得失无常。

附：原　唱　俞谷冰

用《红楼梦》菊花诗原韵

忆　菊

秋风怪底起相思，疏雨梧桐感旧时。

三径荒凉名士恨，一灯寂寞女儿知。

客囊沽酒钱偏少，老圃寻芳讯已迟。

记否故园风景好，蓼红苇白是花期。

访　菊

沉醉西风亦胜游，疏篱曲槛小勾留。

故园未雨花先冷，老圃斜阳晚更秋。

最是赏心人寂寂，那堪识面韵悠悠。

为怜客邸花枝好，开到重阳第几头。

种　菊

乘兴移根别圃来，轻烟戴月带霜栽。

一锄新雨泥犹活，半榻西风花渐开。

欲写西风难觅句，因怜瘦骨不停杯。

深培勤灌多珍重，未许寒英点染埃。

对　菊

为爱窗前绕砌金，秋容浅淡著痕深。

枝头迎面人迎笑，花事关心我独吟。

四壁寒虫谁诉怨，一行归雁是知音。

春风桃李成惆怅，相对无言月又阴。

供　菊

傲世怜君草木俦，萧斋聊与伴清幽。

相逢世上难为隐，看到瓶中也算秋。

三径斜阳成往事，五更乡梦记清游。

客窗剩有陶潜酒，分付寒香为我留。

咏　菊

诗魔底事苦相侵，难得黄花是赏音。

九日樽前怜此会，一枝灯下伴高吟。

推敲只字难为力，挥洒千言不费心。

傲骨与君同绝俗，年年销瘦到如今。

画　菊

点缀层英兴亦狂，浓描淡抹费思量。

墨汁洒作枝头雨，粉笔涂成叶背霜。

满纸秋光疑带冷，一屏佳色欲流香。

诗余偶作丹青戏，写到黄花已夕阳。

问　菊

一秋芳讯倩谁知，欲把新愁质旧篱。

底事含香偏淡淡，何缘弄色故迟迟。

不逢陶令能无憾，久别樊川可有思。

记否杜陵忧国泪，溅花正及半开时。

簪　菊

雨雨风风镇日忙，开来雅称女儿妆。

芳心惯惹诗中恨，傲骨应同酒后狂。

指染清芬因带露，鬓添秋色尚凝霜。

笑他晚节含香品，憔悴三更坠枕旁。

菊　梦

秋寒午夜最凄清，一觉迷离半未明。

人与梧桐同不睡，花因蝴蝶证前盟。

当时辜负蜻蜓翅，此际空惊蟋蟀鸣。

低首不言应有恨，霜天月落总关情。

菊　影

秋容寂寞客思重，隐隐移来曲槛中。

三径风微偏淡荡，半宙月上更玲珑。

多情少绪情原幻，有色无香色也空。

不许狸奴轻扑碎，留他壁上看朦胧。

残　菊

傲尽严霜篱伴欹，可怜不似乍开时。

枝枝憔悴因风恶，叶叶飘零带雨披。

纵有余香留不住，已无佳色惜偏迟。

明年花发人应瘦，惆怅西风有所思。

和俞谷冰秋柳诗四章　　用渔洋韵

冷雨凄风警客魂，青青无复映长门。

风流张绪怀前约[1]，老大桓温感旧痕[2]。

去雁远惊云外浦，归鸦乱叫水边村。

灵和殿陛霜华重[3]，落叶萧萧不忍论。

其　二

玉门关外夜飞霜，衰草寒烟遍野塘。

那有长条迷画舫[4]，更无晴絮落书箱。

锦帆不系夸炀帝[5]，羌笛横吹怨汉王[6]。

燕舞莺歌今已杳，空余斜照斗鸡坊[7]。

其 三

回忆当年汴染衣[8]，繁华旧梦已全非。

魏王堤上游人少[9]，灞水桥头送客稀[10]。

系马王孙皆自去，寻巢燕子亦高飞。

罢官陶令归家隐，门外萧条叹久违。

其 四

销去黄金最可怜[11]，池塘漠漠锁寒烟。

共看霜染花如锦，不见风飘絮似绵。

少妇卢家思远道[12]，将军冯异话残年[13]。

三眠三起今休论[14]，冷带斜阳汉水边。

[1]张绪（422—489年）：南朝齐吴郡吴人，字思曼，美风姿，清简寡欲，口不言利，长于周易，官至太常卿，领国子祭酒。武帝植蜀柳于灵和殿前，尝赞叹说："此杨柳风流可爱，似张绪当年时。"

[2]桓温（312—373年）：晋谯国龙亢人，字元子，明帝女婿。初为荆州刺史，定蜀，攻前秦，破姚襄，威权日盛，官至大司马。太和四年北伐，与燕慕容垂战于枋头，六败。建康，以大司马专朝政，废帝奕，立简文帝。温尝谓："既不能流芳后世，不如复遗臭万载邪！"与郗超等叛晋自建王朝，事未成而死。

〔3〕灵和殿：刘悛之为益州，献蜀柳数株，枝条甚长，萧赜（武帝）以植于太昌灵和殿前，常玩赏咨嗟，以张绪之美比柳之多姿。

〔4〕画舫：装饰华丽的游船。

〔5〕锦帆：锦制的船帆。李商隐《隋宫》："玉玺不缘归日角，锦帆应是到天涯。"炀帝，指隋炀帝杨广，文帝杨坚次子，在位十四年，对外用兵，广兴土木，筑西苑，造离宫，开运河，筑长城，赋重役繁，民不堪命，大业十二年南巡至江都，沉湎酒色，十四年为禁军将领宇文化及等缢杀于宫中。

〔6〕羌笛句：王之涣《凉州词》："黄河远上白云间，一片孤城万仞山。羌笛何须怨杨柳，春风不度玉门关。"这里是借用抒怀。

〔7〕斗鸡坊：唐·陈鸿《东城父老传》："玄宗在藩邸时，乐民间清明节斗鸡戏，及即位，治鸡坊于两宫间，索长安雄鸡金毫、铁距、高冠，昂尾千数养于鸡坊，选六军小儿五百人，使驯扰教饲之。"见《太平广记》。

〔8〕汁染衣：见前注。

〔9〕魏王堤：魏王，魏武帝曹操，魏文帝曹丕。魏王堤指官堤，犹如隋炀帝所修之堤名隋堤，这里泛指堤坝。

〔10〕灞水桥：桥在长安东灞水上，《三辅黄图·桥》："灞桥在长安东，跨水作桥，汉人送客至此桥，折柳赠别。"

〔11〕销去黄金：指柳树在春天呈现黄金颜色的大好时光已经过去。

〔12〕少妇卢家句：《乐府诗集》梁武帝《河中之水歌》："河东之水向东流，洛阳女儿名莫愁……十五嫁为卢家妇，十六生儿字阿侯。"后来用卢家少妇借指莫愁女。

［13］将军冯异（？—34年）：东汉初颍川父城人，字公孙，从光武进军河北，天寒众饥，异进豆粥麦饭，后为偏将军。为人谦退，行与诸将相逢，辄引车避道。诸将论功，异独屏树下，军中号为"大树将军"。

［14］三眠三起：清·张澍《三辅旧事》：汉苑中有柳，状如人形，号曰人柳，一日三眠三起。"人柳的柔弱枝条在风中摆动，时起时伏，故称。

附：原　唱　辛　未　俞彦彬

陌上依依系客魂，西风落日故宫门。

五更啼鸟惊闺梦，八月清霜化泪痕。

一例荣枯同野草，十分冷淡伴荒村。

就衰谁惜经秋后，燕舞莺歌未足论。

盘根错节饱风霜，嫩叶轻条满玉塘。

每有闲情歌白雪，几曾分影上青箱。

承恩艳说怀隋帝，学舞翻疑媚楚王。

春色早空秋色老，凄迷烟雨冷花坊。

凉宵飞叶点征衣，汉苑隋堤景色非。

桂子香中秋寂历，月光寒处梦依稀。

东风有恨莺难解，冷露无声燕共飞。

张绪风流称绝代，长亭回首故园违。

疏翠淡黄动客怜，半笼塞月半含烟。

桓温感慨徒悲切，彭泽心情已渺棉。

营驻亚夫伤往事，楼藏苏小悔当年。

秋来树树皆憔悴，犹拂旌旗向日边。

和俞谷冰五十自寿韵

羡君初度知天命，不惑年华转眼过[1]。

虽道光阴驰迅速，且将寿算补蹉跎[2]。

情怀杜老诗多债[3]，心性蘧贤欲寡魔[4]。

今日优游明圣世，愧余高卧北山坡。

其　二

旨酒佳肴唤客尝，座中居士尽清凉。

同心共祝三多寿[5]，交口繁称一羽觞[6]。

漫道东隅无建树，须知晚景有青桑。

劝君奋勉元龙志，莫讶头颅两鬓霜。

其　三

介寿今占大衍年[7]。亲朋祝贺满堂前。

文章道德身中宝，富贵功名眼底烟。

造化生成皆自命，穷通遇合总由天。

渭滨老叟虽迟暮[8]，罢钓登庸亦瞿然[9]。

其 四

蟠桃未熟酒樽空，且咏新诗祝此翁。

意气无殊孔北海[10]，才华高过米南宫[11]。

一心白水称当世，两袖清风守固穷。

家学渊源相继美，箕裘衣钵诩良弓[12]。

[1] 不惑年：四十岁。知天命，五十岁。见《论语·为政》。

[2] 寿算：寿龄，岁数。

[3] 杜老：杜甫。

[4] 蘧贤：蘧伯玉，卫之贤大夫，孔子在卫时与之交好。孔子将归返鲁国时，伯玉遣使人问候孔子。孔子接见使人后便问："夫子何为？"使人对曰："夫子（指主人蘧伯玉）欲寡其过，而未能也。"使者出，子曰："使乎！使乎！"事见《论语·宪问》。

[5] 三多寿，见前注。

[6] 羽觞：酒器。作雀鸟状，左右形如两翼，一说插鸟羽于觞，促人速饮。《楚辞·宋玉招魂》："瑶浆密勺，实羽觞些。"

[7] 介寿：见前注。大衍年：大，大数；衍，演。大衍，指用大数以演卦。《易·系辞上》："大衍之数五十。"后以大衍为五十的代称。大衍年，五十岁，俞谷冰五十寿辰。

[8] 渭滨老叟：指姜尚垂钓于渭水，见前注。

[9] 登庸：举用。《书·尧典》："帝曰：'畴咨若时登庸。'"《传》："畴，谁。庸，用也。谁能咸熙庶绩，顺是事者，将登用之。"

〔10〕孔北海：见前注。

〔11〕米南宫：米芾（1052—1108年）宋太原人，后徙居襄阳，字元章，号海岳外史，襄阳漫士等。屡官礼部员外郎，知淮阳军，世亦称米南宫，性好洁，世号水淫，行多违世异俗，人称米颠。家藏古帖，有晋人法书，故名其斋为"宝晋斋"。书法得王献之笔意，超妙入神。画山水人物，自成一家，与苏轼、黄庭坚、蔡襄并称四大家，创米点山水。平生奇谲事甚多，无为州治有巨石，状奇丑，他见之大喜曰："此足以当吾拜。"即具衣冠拜之，呼之为兄。不能与世俯仰，故从仕历经困顿。其著作有《书史》《画史》等，后人辑本《宝晋英光集》。其子米友仁，字元晖，书画传家学，自具风格，世称小米。

〔12〕箕裘：继承先人的事业。《礼·学记》："良冶之子，必学为裘；良弓之子，必学为箕。"良冶，指冶金能手。良弓，指造弓能手。衣钵：原指佛教僧尼所传的袈裟和食器，后泛指师传的学问、技能等。杨万里《赠时可》诗："两家不是无家法，何须外人问衣钵。"

附：原 唱 俞彦彬

吾生一万八千日，百岁光阴已半过。

放眼山河穷变化，关心岁月易蹉跎。

欲偿不尽妻儿债，老去难除诗酒魔。

自笑此身谁若我，频年落拓似东坡。

其 二

世味酸咸每饱尝，人情何处不炎凉。

浮沉宦海诗千首，潦倒情场酒一觞。

旧日亲朋都陌路，故时家国况沧桑。

邯郸一枕黄粱梦，五十年来鬓已霜。

其 三

张绪风流慨少年，也曾投笔到军前。

微生事业同朝露，半世功名付暮烟。

否泰及时归以数，穷通有命听诸天。

饱将浩劫人将老，旧事思量意惘然。

其 四

造化离奇万象空，童年飘泊竟成翁。

春光草草怀乡国，禾黍油油感故宫。

酒户由来惭独小，诗囊也自叹奇穷。

客中介寿无长物，两袖清风月一弓。

附：吴寄荃进士和韵　笠泽吴燕绍

涸居城市如空谷，何意高轩破腊过。

雪印鸿泥留笑语，日驰驹隙悔蹉跎。

天涯冷落皤然老，世上纷纭半是魔。

天锡延龄均矍铄，犹能健步上危坡。

其　二

第二泉边煮茗尝，桂花香处正秋凉。

野航欸乃趋蚕市，画舫徜徉醉羽觞。

每忆朋情多宿草，但看晓色拥扶桑。

与君同是垂垂老，一别梁溪几度霜。

其　三

从戎投笔仰当年，策马和林马不前。

啸傲黄花怀晚岁，婆娑红柳感寒烟。

不辞羝雪羁苏子，尚幸鸡林购乐天。

来到他乡开寿宇，锦堂儿女醉陶然。

其　四

人生聚散总成空，得失何须问塞翁。

曾作先皇香案吏，久离故国馆娃宫[1]。

皋比坐拥真无味，鹤俸分甘不道穷。

但愿扶筇钦复旦，同看天道似张弓。

[1]原注：余离姑苏四十余年。

鸡塞集

和曹德馥先生五十自寿诗　五章辘轳体　均步其原韵

年届知非不觉非[1]，心存天理众誉归。

省身日日怀忠信[2]，慎独时时戒隐微[3]。

征榷恪遵新税制[4]，爱民勿使定章违。

今当初度宾筵盛，行看裘轻马乘肥。

其　二

群贤燕贺羽觞飞，年届知非不觉非。

万里辞家怀远志，一行作吏岂当归[5]。

服官共羡官声美，学易独参易理微。

席上蟠桃怀里酒，金盘脍炙鲤鱼肥。

其　三

烛影摇红酒力微，子孙含笑舞莱衣。

心存寡过常思过，年届知非不觉非。

折狱片言循国怯[6]，焚香静坐悟禅机。

一琴一鹤常为伴，不羡青云共鸟飞。

其　四

片心独识道心微[7]，晬面盎然岂作威[8]。

明月好同佳客赏，寒炉笑看稚孙围。

今逢初度且须度，年届知非不觉非。

羡煞公门桃李盛[9]，华封三祝更依依[10]。

其　五

昼锦堂前霭日珲，使君风雅素琴挥。

喜看今日桃征寿，艳说当年柳染衣[11]。

兴咏新诗聊自遣，心甘洁己讵能违。

易占大衍书洪范[12]，年届知非不觉非。

[1]年届知非不觉非：蘧瑗，春秋卫人，字伯玉，卫大夫蘧庄子（无咎），孔子在卫常至其家。淮南子云：伯玉年五十而知四十九年非。卫大夫史鳅知其贤，屡荐于灵公，皆不用，卫灵公与夫人南子夜坐，闻车声辚辚至关而止，夫人曰："此伯玉也。"公曰："何以知之？"曰："君子不为冥冥堕行，伯玉贤大夫也，是以知之。"

[2]省身句：《论语·学而》："曾子曰：'吾日三省吾身：为人谋而不忠乎，与朋友交而不信乎，传不习乎？'"后泛指回顾过去的言行是否有失检点。

[3]慎独：《中庸》："莫见乎隐，莫显乎微，故君子必慎其独也。"比喻人在独处时言行不苟。

[4]征榷（què）：征收专卖商品的税款。

[5]怀远志句：远志与当归，原是中草药物名，这里是借用字面的含义，远志是说远大的抱负；当归，应当回来。

[6]折狱：断狱，判案。

[7]道心微：伪古文《尚书·大禹谟》："人心惟危，道心惟微，惟精惟一，允执厥中。"宋·道学家称孔门内圣功，外王道，皆在于此，

鸡塞集

226

云舜传禹的十字心传。

[8]睟（sù）面：《孟子·尽心上》："君子所性，仁义礼智根于心，其生色也，睟然见于面，盎于背，施于四体，四体不言而喻。"睟，润泽貌，丰满。睟面盎背，谓有德者之威严仪表和神态。

[9]公门："一字入公门，九牛拔不出。"原意指君主门、朝廷、衙门，这里泛指官宦之门。桃李盛：概指门下培育的优秀学子之多。

[10]华封三祝：见前注。

[11]柳染衣：见李固言注。

[12]易：《易经》。书：指《尚书》大衍。洪范见前注。

附：曹德馥先生原稿并引　枝江曹启蔚

五十初度赋"年届知非不觉非"辘轳诗五首，略志经过事迹，藉以自遣。

年届知非不觉非，一官瓠系敢言归。

自惭征榷无长策，常与侨商争细微。

成绩讵云臻上考，主权独挽愿难违。

约章税则齐遵守，洁己思将国库肥。

其　二

光阴迅疾去如飞，年届知非不觉非。

岁事又随青草长，乡心常逐白云归。

故园松菊嗟安在，乱世功名叹式微。

桃李满门争艳羡，马裘愧我未轻肥。

其 三

瑚玳鲁河水势微，往来过渡只牵衣。

强邻有事如无事，年届知非不觉非。

已仕三经奚喜愠，登庸八字费心机。

车翻足折几残废，难学周仓步若飞。

其 四

人权保障恨才微，匪患芟除壮国威。

无事参禅一贯诀，有时问字诸生围。

渊明今是昨仍是，年届知非不觉非。

世变沧桑成幻梦，故园翘首徒瞻依。

其 五

元宝山巅览夕晖，图们江上鲁戈挥。

当年屡献安边策，今日时思旧衲衣。

二子成名知进取，三孙绕膝时依违。

任人毁誉行吾是，年届知非不觉非。

哭方子珍秀才 八 首

乡书远寄塞天寒，得悉良朋再见难。

顿使椎心悲顾况[1]，惟余老泪哭方干[2]。

凌云赋就谁堪赏[3]，流水琴亡自罢弹[4]。

欲奠刍香千里隔[5]，唏嘘遥望暮云端。

其　二

三世论交总角亲[6]，家居只隔一溪津。

田畴接壤耕为耦，杨柳围村近若邻。

幼读诗书君破壁[7]，壮游宦海我依人。

当年盛事何堪说，回首相思泪满巾。

其　三

忆昔同舟四五年，心怀胞与策安全[8]。

民多饥馑筹移粟，邑有荒芜召垦田。

四境感恩心版篆[9]，万家戴德口碑传[10]。

而今撒手红尘去[11]，哀及乡邻罢社烟。

其　四

素怀正直与忠贞，息事宁人效鲁生。

不避嫌疑维大局，甘分劳怨救冤氓。

披星戴月陈方略，抚盗安民造太平。

有此阴功征此寿，七旬四岁赴冥城。

其　五

君病无闻死不知，茫茫恍隔一年期。

相思欲见终难见，怕听分离已久离。

若论年华杖乡国[12]，有诠寿算至期颐。

旷观百岁人间少，身后名留梦里思。

其　六

闲坐悲君亦自悲，人生三乐几多时。

频经浩劫成桑海，便觉浮生似梦痴。

宇宙虽宽难寄迹，江山依旧不堪思。

蹉跎岁月如流水，转眼头颅两鬓丝。

其　七

客冬曾返故乡关，得与先生解笑颜。

今见飞鸿来塞外，始知化鹤去人间。

昔年老友谁犹健，旧日同人我未还。

欲作家书问消息，挥毫不禁泪潸潸。

其　八

平生抱负异常人，终老林泉谢世尘。

知有招魂推宋玉[13]，岂无作诔许安仁[14]。

传家子肖称骐骥，绕膝孙贤育凤麟。

今在九原应瞑目[15]，再修来世百年身。

〔1〕顾况：（约730—806后）唐代诗人，字浦翁，海盐人。肃宗至德间进士，为韩滉节度判官，因诗调谑，贬官，结庐茅山，自号华阳真逸。有《华阳集》二十卷，《画评》传于世。

〔2〕方干(？—约886年)：唐浙江桐庐人，字雄飞。大中时举进士，以其貌丑兔唇，不第。后隐居会稽镜湖，终身不出，以诗闻名江南，遗诗三百七十余首，辑十卷名为《玄英先生诗集》。

〔3〕凌云：高入云霄，也用来比喻志气高超，或笔力矫健，这里指写出好文章。

〔4〕流水句：见前注。

〔5〕刍香：纸马香烛，祭祀用品。

〔6〕总角：见前。

〔7〕破壁：《宣和画谱》张僧繇："尝于金陵安乐寺画龙，不点目睛，谓点即飞而去，人以谓诞，固请点之，因为落墨，才及二龙，果雷电破壁，徐视画，已失之矣。"后以破壁比喻人之飞黄腾达。

〔8〕胞与：民胞物与的省略语，旧称关怀或同情人的疾苦为"胞与为怀"。北宋张载提出："民吾同胞，物吾与也"的主张，即爱一切人如爱同胞手足一样。

〔9〕心版篆：这里指铭刻在心。

〔10〕口碑：众人口头称颂像树碑一样。《续传灯录·太平安禅师》："劝君不用镌顽石，路中行人口似碑。"

〔11〕撒手红尘：婉指人的死去。清·赵翼《扬州哭秋园之讣》："岂期真撒手，遥空驭笙鹤。"

〔12〕杖乡国：见前注。

［13］招魂:宋玉作《招魂赋》。宋玉,战国末楚人,屈原的弟子,《招魂》一篇是因其师无罪被放,恐其魂魄离散而不复返,作此文以招之,使屈原的英灵得以返回故居。

［14］安仁:潘岳（247—300 年）字安仁,荥阳中牟人,文学家。历官河阳令,著作郎。后因孙秀小吏时,为他所挞辱。及赵王伦辅政,孙秀为中书令,遂谮谐他与石崇等为乱,被收诣市。他著有文论诗赋行于世,尤善为哀诔之文,如《秋兴赋》《怀旧赋》《寡妇赋》《内顾赋》《悼亡诗》等。

［15］九原:这里指九泉,人死后埋葬之处。

除 夕 祭 诗[1]

自笑龙钟一老翁,陈诗俎豆草堂中[2]。

酒供新酿三杯绿[3],蜡照高烧两焰红。

数载吟哦添箧富,半生心血贮囊丰。

今宵致祭师仙岛[4],不效昌黎文送穷[5]。

［1］除夕祭诗:见前。

［2］陈诗俎豆:俎豆,供品,供器,见前注,这里是说用诗作祭品。

［3］三杯绿:绿指绿蚁,即酒上浮起的泡沫,也作酒的代称。白居易《雪夜对酒招客》:"帐小青毡暖,林香绿蚁新。"

［4］师仙岛:岛,即贾岛,见前注。

［5］昌黎文送穷:唐人于正月下旬有送穷的风气,这种习俗在诗文中亦多有反映。如韩愈有《送穷文》,姚合有《送穷诗》。按《荆楚

岁时记》已记有正月晦日送穷鬼之事，其源远当在唐前。

附：除夕祭诗　和前韵　俞谷冰

君效香山我放翁，一年心血苦吟中。

新醅三奠浮杯绿，华烛双辉映室红。

煮字独怜枵腹饿，祭诗自诩客囊丰。

阆仙今夕逢知己，俎豆骚坛道未穷。

附：元旦试笔　和前韵　俞谷冰

江畔狂吟君共我，两家同喜岁朝新。

不随流俗题祥语，愿与高人赋好春。

浩荡乾坤皆富贵，闰余日月不平均。

年年此日齐增寿，名利何须太认真。

六十六初度

我今初度六十六，眼不昏花耳不聋。

虽道头颅堆似雪，犹能步履疾如风。

齿牙未落精神健，心性无贪气概雄。

若问此生修养术，日寻乐趣万缘空。

其　二

龙钟鹤貌苦吟身，高卧林泉不厌贫。

壮岁曾为投笔吏，暮年又作嫁衣人。

桃符著户新题句，柏酒盈尊自祝春。

最喜草堂今日暖，东风与我寿生辰。

附：和前韵　俞谷冰

雪满江山高士寿，不贪富贵作痴聋。

才如白地明光锦，人有洪荒太古风。

老柏心情坚且直，寒梅姿势劲犹雄。

年来独得养心术，万事无争万象空。

其　二

泽畔行吟自在身，奚囊诗稿讵言贫。

渊源家学怜双女，旗鼓骚坛只二人。

白发齐眉方度岁，黄娇晋斝喜迎春。

华堂昼锦群仙集，共祝南山寿北辰。

和俞谷冰江干晓望诗原韵

晨起晴晖倦眼开，江干小立独徘徊。

山余积雪莹双目，酒醒前宵醉数杯。

破腊和风舒岸柳，迎春淑气吐岩梅[1]。

人生得意须行乐，莫待霜华两鬓堆。

[1]诗中颈联二句依杜甫《小至》中的颈联："岸容待腊将舒柳，山意冲寒欲放梅"的句意。

卷
四

附：原　唱　俞谷冰

旭日瞳瞳晓色开，松花江上小徘徊。

闲来踏雪探诗料，归去临风把酒杯。

一片寒冰多积素，数行远树少寻梅。

独怜山色无今古，相对堤前乱石堆。

元　夜　回文

团团月照冷窗纱，火树连天晚烛华。

寒雪踏声人济济，欢言笑看夜灯花。

独　酌　回文

红颜喜醉酒杯倾，白发惊霜览镜明。

融雪昼长春气暖，瞳瞳日色晓窗晴。

答　友　问　摹　白[1]

君问移居路未赊，兴来造访不需车。

里名榆巷人人晓[2]，东数门牌第一家。

235

　[1]摹白：即摹仿白居易《答友问》的诗而作。在《白香山集》中《答友问》或以"答"作题的诗不下几百首之多。

［2］里名榆巷：作者在自序中说："岁乙亥（1935年）九月杪，余由省垣牛宅胡同，迁移大榆树后胡同曹宅院内。"榆巷，指大榆树后胡同。

忆 犬 文 丙 寅（1926年）

本库有犬一，硕而驯，豹头貙眼，毛长如狮，主人爱焉。名之以虎。去岁四月间，旧主蒋君乞于邻屯孙姓家，时尚幼，刚会自食，不通作吠，豢养至今竟成神獒。

蒋君去后，余承乏来库，此犬视新主如旧主，夙夜勤劳，守库如初。余亦爱甚，知其有灵于人也。每日食必分甘，出必偕行，是以区区不能废远。乃不意于本年正月十二日，斯犬朝出至暮未返，厨人疑焉，谓人盗去，屠死剥皮，换钱沽酒，以度元宵佳节。余意不然，此犬内存仁义，外无壮观，非相处日久不知其美，盗之者爱之也，爱其仁，慕其义，非欲食其肉寝其皮也。或者新年初度，归宁父母，人子恒情，物亦有之。

次日，遣价到原主孙姓家寻觅不见，复之他处亦不见。价心知余关念甚切，生死存亡难以预料，又在长春新市场掣签问卜。君平曰："此犬未亡，拘于幽室不易寻矣。"

价者回，向余陈述。余闻难寻，心甚忧之。终日废寝忘食，念念不已。价者见余忧思成疾，进而解曰："犬乃蠢物，有则豢养，无则乞邻，公何忧思之甚耶？"余曰："噫嘻！汝知犬之美，不知犬之义也；汝知犬之义，不知犬之功也。汝来前，余详以告之。"

"昔者李笠翁犬有七德，余之犬有五功：当夫天阴风雨，夜不见人，斯犬不遑假寐绕库巡行，无警则已，有动必吠。其有巡逻之功也一；白昼卧息不离库门，非主人来唤不敢擅动，即或他人入室，则必聆音辨色，苟非素识，虽贤如尧夷，亦必狺狺向吠。其有守卫之功也二；主人外游尾随在后，主人上道疾驰导前，每逢歧途则停足回顾，窥伺主人意旨，主人东则东焉，主人西则西焉，往返途间不离左右。其有随从之功也三；主人远行不敢令其知觉，知则随行远送于野，叱则归之仍司其职。越数日，主人归，斯犬见之欢迎面前，或牵衣撩袖，或摇尾扑怀，麾之不去，似有阔别寒暄，述其职守之意。其有留守之功也四；去冬主人外出，邻犬围吠于道，斯犬闻之，奋不顾身，直往抗衡，互相咆哮，投石不解，宁使自身负伤，不令主人受困。其有御侮之功也五。

斯犬有此五功，余独何心，能无忧之？"价曰："有牝犬在。"余曰："牝犬则尸位素餐而已，何足道哉！何足道哉！"

重 修 围 墙 记 <small>并序</small>

长春军械库四面围墙，原系土筑，年久失修，颓圮不堪。余初任斯库主任，呈请上峰改筑砖壁，以期一劳永逸。院内所有各库房亦皆葺补完善，门庭壮丽，焕然一新。大抵事物兴衰，任人而理，百年之后，安知不颓圮如初也？余抚今追昔，不禁感慨。愿后之主斯任者，勿以余为好大喜功也。

长春南岭军械库，旧名子药库也。自清代末叶，统制曹公驻防长春始行建筑。周围土墙二百余丈，截然高垒，四面库房，廓然宏大，军兵弹药备藏于此，故名曰子药库。土著乡民至今犹称之。

曹公去后，斯库归吉林军械厂所辖，又公名曰军械库。库设员司二名，专司保管，又设卫兵一排，昼夜守望。门庭壮丽，气象森严，可远观而不可近窥焉。乃不越数年，而周围土墙，风雨剥蚀，倾圮殆尽。余自民国十四年九月杪，奉委斯库主任。明年春，呈请督办张公，厂长毛公重新建筑。凡库内所有房屋，有坏即理，所废俱兴。补漏屋以覆新瓦，易土筑而为砖墙。款由张公捐廉，工系匠人包做，不费地方一钱，不劳民间一力。未及月余而围墙适成。

　　本库司事高君赞尧请余为文以记。余曰：记者志也，志其功之不朽也。夫桑田沧海者，古今之变迁也；物换星移者，人事之代谢也。昔阿房、铜雀，今则旧苑荒台矣。今者峻宇雕墙，非复后世之陇亩丘墟耶？是故一盛一衰，物极则反；一剥一复，废久必兴。虽循环关于天道，而补救在乎人心。苟非张公毛公治吉，则本库之围墙将必荡然无存焉。今则修理完善，颇堪壮观。援笔为文，书诸壁端，以志纪念。

刘化郡诗选

作者简介

　　刘化郡（1900—1976年）字希琨，号苏庵。吉林省九台市人，一方学者、诗人、书法家。曾祖父为地方官，祖父与父均为农民。由本人刻苦攻读而成名。

　　1923年，刘化郡毕业于吉林省立师范学校，曾任伪满国务总长荣厚秘书兼私人图书馆馆员，后又兼任其家庭教师。1928年任吉林省财厅第四科科长，主管清理田赋。后在长春、九台等地任教。时人誉为"吉林才子"。

　　长春解放前夕，曾掩护过共产党干部并为解放军传递过政治、经济情报。解放后，曾任东北师范大学图书馆馆员、长春中医学院医古文教师。

　　刘化郡为人刚正不阿，对仗势欺压贫苦农民的土豪劣绅深恶痛绝。解放前夕，他做过许多代贫苦农民伸张正义、打击横行乡里的土豪劣绅的好事，一直成为九台乡里广为流传的佳话。其后裔亦多从事教育事业，祖孙三代不绝传人。1986年，九台市政府曾为其后裔颁发"教育世家"光荣匾。遗作有《尚书今译》《诗经选校》《淮南子札记》等，诗作有《苏庵先生诗存》等。

编　者
1990年10月

咏仪古斋绿珠梅

繁华事散逐香尘，金谷园荒草不春。

此日姗姗窗下影，依稀犹似坠楼人。

其 二

风流补阙艳才华，歌舞教成入势家。

一首怨诗悲永诀，美人哪得似名花。

其 三

千古佳人两绿珠，香销玉损恨难苏。

芳魂一缕归何处，幻作名花绝世无。

雪 美 人

一九二八年余馆吉林清理田赋局长杨璞厂先生家，冬日诸生于院中戏为雪美人，先生命余赋之。

天女飞花取作妆，行云行雨梦高唐。

而今转入清凉界，不解人间有热肠。

春日代出窖盆花答杨璞厂先生

余少而孤露，援系都元无赖，先生摧毂供职财厅，故借此志感。

半载穴居隐此身，祗愁芳质委灰尘。

如今得识东风面，赖有先生作主人。

开 江 （1928年春日作于吉林）

昨宵江上雾溟蒙，雷辗冰开雨趁风。

应是老龙春睡觉，翻身撑破水晶宫。

代菊花辩诬

岂为称高傲，离群独著花。

相宜因物性，随分寄生涯。

鳞羽沉潜异，舟车水陆差。

休将陶令忆，妄对世人夸。

落 叶

春来犹忆发华滋，秋老谁怜离故枝？

憔悴不堪名士赏，飘零应系美人思。

风吹细雨潇潇夜，露冷哀蝉切切时。

莫道枯黄无所用，济贫犹可代薪炊。

庆 祝 解 放

在昔遭沦陷，如今返自由。

不期衰老日，得见太平秋。

喜气冲霄汉，祥光射斗牛。

欢呼雷动壑，狂舞蝶寻幽。

午夜飞花火，晴空射彩球。

车行如水逝，马走似龙游。

主席罗三爵，宾筵到五洲。

邦交同漆固，友谊胜胶投。

纪念孙中山逝世三十二周年

　　1957 年 3 月 12 日为孙中山先生逝世 32 周年纪念日，哲人久萎，余烈犹存，遗教如新，音容难接，抚事增怀，慨然有作。

运移汉祚明社屋，天地昏昏悲惨黩。

东胡乘间据中原，炎黄子孙为鱼肉。

君不见，

吾族含痛三百年，复仇谁著祖生鞭？

洪杨功败垂成日，义和奋起总徒然！

又不见，

顾、黄、颜、李标孤节，吕、戴二黄祸尤烈！

仁人志士几头颅，至今血化苌弘碧！

中山先生旷世豪，赫然怒气凌天高。

收揽英杰整义旅，颠复清室如燎毛。

功成不居甘退老，三民五权手自草。

扫除专制倡共和，建国方略勤研讨。

晚年阅历更弘通，三大政策重工农。

假使先生今尚在，政见应与马列同。

可惜流年催暮齿，一暝燕市永不视。

自抛弓剑卅余春，依然遗烈日光新。

即今革命成功际，犹溯先河荐藻蘋。

此日恰逢子卯忌，缅怀典型空涕泗。

联合世界同奋斗，革命渊源来有自。

钟山佳气何壮哉！江流蜿蜒接天来。

试看终日参陵者，笑杀当年金粟堆。

丙申除夕为笔，纪念孙中山先生而作（1955年）

鲰生明朝五十七，已经五十五除夕。

今夕岁除异昔日，精神畅旺体舒适。

祖宗免为若敖鬼，子孙永脱奴隶籍。

全民解放六年余，国基巩固民困纾。

宇内欢声似雷动，残年得此乐何如。

忆余初生值辛丑，牛励其角箕张口。

清政不纲四海扰，内忧外患相缠纠。

欧美风雨匝地来，强半山河非我有。

极亡谁举反满旗，中山先生称义首。

王朝二百六十载，一旦推翻如拉朽。

人民喜见汉官仪，整顿乾坤指顾间。

谁知余孽犹未殄，乘时窃权似猖披。

前有袁氏后有蒋，四十年来称疮痍。

先生赍志黄泉下，革命大业付来者。

煌煌遗著在人间，至今读之泪盈把。

临终不见九州同，千古伤心一放翁。

吾侪今日祭陵寝，乐章应奏告成功。

咏　雁

何事南征复九翔，往来常傍水云乡。

相思时寄书千里，遥望平添字一行。

智解衔芦终远害，明能应侯不沾霜。

嗟余老似孤栖鹤，懒向天涯觅稻粱。

咏　燕

来往年年有定期，春分秋社最相宜。

掠水惊看新影瘦，穿帘慨见故巢危。

阮刘未是神仙侣，王谢已非富贵时。

茅檐草舍权栖顿，一任人间自盛衰。

赴江省道中作

一场春梦渺难寻，晚岁投荒感慨深。

骥老犹怀千里志，鹰饥宁忘九宵心。

夕阳虽好黄昏近，前路方赊白日沉。

匪虎匪兕走旷野，回思吾道欲沾巾。

其　二

几番惘帐去枌乡，前路迢迢入大荒。

贵日人迎苏季子，穷途谁识骆宾王。

也知弃置因衰老，敢许行能胜富强!

晚景已临花甲岁，不须搔首问穹苍。

为友人作自寿诗

寅降初临花甲周，生平志业在田畴。

阅人未易施青眼，守己应能到白头。

畎亩之中多至乐，林泉以内少离忧。

即今把酒称觞日，举目欣看五月榴。

冬夜大风口占七言八句 (1957年)

炎天不肯送清凉，每至严冬便若狂。

为虎作威浑易事，乘人不备最难防。

吹来大雪迷山色，卷去残云见月光。

只有一般堪道处，赤壁鏖兵助周郎。

游长春南湖作

长春名胜地，屈指数南湖。

开辟卅年有，吟哦一字无。

林光增惭怍，草色欠敷腴。

此恨谁能补，衡门一腐儒。

壬 申 七 夕

世界三千又大千，休将彼此判互仙。

尘寰共说鸾凤配，银汉共传儿女缘。

河鼓今宵迎织女，绿华昔日嫁羊权。

从来界界通姻好，不待飞行宇宙船。

七 夕 二首

佛老荒唐甚，超然讲出尘。

不知灵境内，还有有情人。

其 二

人事三秋远，仙家片刻过。

一年一度遇，那得恨离多。

1990年10月3日钞录于汕头大学钓雪堂